백조 소설선 001

검은 입 흰 귀

유응오 소설집

차례

006 요요

032 태초부터 자비가 충만했으니
 ─ 머시Mercy 1

044 신 반장의 쿠데타 진압 사건
 ─ 머시Mercy 2

068 검은 입 흰 귀

120 선홍빛 나무도마

146 비로자나, 비로자나

178 금어록金魚錄

210 연화와운문양蓮花渦雲紋樣

240 하나인가? 둘인가?
 ─ 倩女離魂

264 작가의 말

269 해설

요요

요요를 던진다. 요요는 번지점프를 하듯 축에 감긴 실을 타고 아래로 곤두박질친다. 요요를 당긴다. 요요는 스파이더맨처럼 줄을 타고 재빨리 기어올라 본래의 자리로 돌아온다. 요요는 떠났다가 돌아온다. 요요는 오빠를 닮았고, 킹콩을 닮았다.
 아저씨는 금세 나를 알아볼 것이다.
 손에 요요를 들고 서 있을게요.
 요요?
 실을 타고 내려갔다가 올라오는 장난감 말이에요.
 아하!

KFC 하얀 양복을 입고 검은 뿔테 안경을 쓴 배불뚝이 할아버지 동상 앞에서 나는 계속 요요를 돌린다. 사위가 어두워진다. 멀리 빌딩 숲 사이로 스러져 가는 태양이 보인다. 섹스를 끝마친 남자 성기 같다. 요요는 도르래를 타고 상하 운동을 할 때마다 형광 불빛을 발한다. 붉게 달아올랐다가 파랗게 질렸다가를 반복하는 요요. 오늘 만나는 아저씨는 사정을 할 때 어떤 표정을 지을까? 어쩌면 변태일지도 모른다. 상관없다. 나는 아저씨와 연애를 하는 게 아니라 섹스를 하는 것이다.

몇 달 전에 학교를 잘려서 한동안 조용히 지내려고 했다. 급히 돈이 쓸 데가 있어서 어쩔 수 없이 정숙이한테 다리를 놔 달라고 했다.

사람은 이름대로 산다고 하는데 정숙이를 보면 말짱 헛소리다. 정숙이의 얼굴 어디에서도 '정'이라곤 눈을 씻고 찾아봐도 찾을 수 없다. 오죽하면 별명이 마대 걸레일까. 정숙이는 돈만 주면 누구에게든 준다. 꼰대든 중뺄이든 상관없다. 언젠가는 다섯 명의 남자를 한 번에 상대한 적도 있다.

양복을 입은 삼십 대 초반의 남자가 계속해서 주변을 맴돈다. 쳐다보면 고갤 숙이고 얼굴을 붉힌다. 만나기로 한 아저씨가 맞는 것 같다. 저렇게 숫기가 없는 놈일수록 SM이 많다.

아저씨, 정숙이 소개로 왔어요?

아저씨가 요요를 바라보며 고갤 주억거린다.

옷을 벗고 이 교복을 입어.

아니나 다를까. 여관방에 들어서자마자 아저씨의 태도는 180도 바뀐다. 조금 전까지만 해도 하얗고 가는 손가락으로 안심 스테이크를 썰어 주던 사내가 벗어 놓은 팬티의 냄새를 맡고 있다.

아저씨가 시키는 대로 교복을 입는다. 학교까지 잘린 마당에 교복을 입어야 하다니. 교복까지 챙기고 다니는 것을 보면 아저씨는 분명 변태가 맞다. 교복을 갈아입는 동안 아저씨의 시선이 뜨겁다. 교복을 입자마자 아저씨가 성급하게 내 몸을 덮친다. 아저씨가 뒷치기 자세를 요구한다. 체위를 바꾸고 얼마 안 있어 성기가 빠져나가는 게 느껴진다. 으으- 절정에 도달한 아저씨의 신음이 들려온다.

샤워를 하고 나와 보니 아저씨는 떠나고 없다. 교복 치마 위에 십만 원 수표 세 장이 흩어져 있다. 돈을 집어 지갑에 넣다가 보니 치마 군데군데 정액이 묻어 있다.

오빠가 몹시 술에 취해서 불렀던 노래가 떠오른다. 그 노래는 군바리를 대상으로 한 TV 프로그램인 '우정의 무대'에 나오는 곡을 패러디한 것이다.

엄마가 보고플 때 엄마 사진 꺼내 놓고 똘똘이를 흔들면 좆물이 납니다. 먹고도 싶어요. 하고도 싶어요. 어머니. 새어머니.

오빠는 새엄마들과 사이가 안 좋았다. 세 번째 새엄마한테는 입에 담을 수 없는 욕설을 퍼부은 적도 있었다. 오빠가 중학교 3학년 때였다.

세 번째 새엄마는《문화 초대석》같은 프로그램에 나오는 여자 예술가처럼 혀를 살짝 굴려서 말하는 버릇이 있었는데, 그게 오빠의 성질을 돋웠던 모양이다.

너 오늘도 학교 안 갔니. 도대체 너는 뭐가 되려고 그러니. 정말이지 너라는 애는 막무가내구나.

새엄마가 오빠에게 일장 훈시를 늘어놨다. 그도 그럴 것이 오빠는 며칠째 학교에도 가질 않은 채 방 안에서 담배만 피워 댔다. 때마침 오빠는 우유를 꺼내 먹으려고 냉장고 문을 열고 있었다. 오빠가 냉장고에서 달걀 두 개를 꺼내 새엄마에게 집어던졌다.

시팔년아. 네가 무슨 상관이야. 내가 학교에 가든 말든.

하얗게 질린 낯으로 두 손을 부들부들 떨다가 새엄마는 그 자리에 주저앉고 말았다. 거실 벽에는 오빠가 던진 달걀이 터져 흐물흐물 흘러내렸다.

욕설을 퍼붓고 오빠는 그 자리에서 바로 가방을 싸서 집을 나갔다. 그리고 조금은 색다른 학교엘 갔다. 죄명은 절도. 오빠의 말에 따르면 주차장에 세워져 있는 택시를 털다가 순찰 중이던 경찰에게 붙잡혔다고 한다. 오빠는 드라이버로 택시 문을 따고 동전 통을 훔쳤다. 택시 문을 닫고 나올 때 호루라기 소리가 들렸고, 오빠는 뒤도 돌아보지 않고 뛰었다.

오빠의 얘기를 들으면서 나는 욕심껏 사탕을 넣은 아이의 볼처럼 불룩해진 오빠의 바지 주머니를 떠올렸다. 오빠의 바지 주머니에서는 찰그랑찰그랑 경쾌한 동전 소리가 흘러나왔을 것이다.

소년원에서 나온 오빠의 머리는 막 심은 잔디 같았다. 머리가 길어질 동안 오빠는 매일 일기를 쓰고 그림을 그렸다. 보호관찰 판결을 받은 오빠는 정기적으로 가정법원에 들러야 했다. 그때마다 오빠는 일기와 그림을 들고 가 검사를 받았다.

그림은 우리 가족을 그린 것이었다. 그중 가장 기억에 남는 것은 교회 앞에서 우리 가족이 서 있는 그림이었다. 가족들은 모두 손에 성경 책을 들고 있었다. 사실 우리 가족은 교회에 나가지 않았다. 오빠의 그림에는 태양이 없었다. 대신 교회 첨탑 너머로 떼를 지어 날아가는 새들이 있었다.

오빠가 머리가 길어질 때쯤 새엄마가 바뀌었다. 하지만 그림 속의 엄마는 여전히 같은 모습이었다. 세 번째 새엄마는 단발이었고, 네 번째 새엄마는 커트 머리였는데, 그림 속의 엄마는 파마머리였다.

오빠. 그림 속의 엄마는 새엄마가 아니잖아.

깡통 같은 년. 이게 진짜 우리 엄마의 얼굴이야.

오빠는 네 번째 새엄마와 사이가 좋았다. 새엄마는 오빠가 기타를 배우고 싶다고 하자 기타를 사 줬고, 키보드를 배우고 싶다고 하자 키보드를 사 줬다. 굼벵이도 구르는 재주가 있다더니. 오빠는 손재주가 좋았다. 금세 기타와 키보드를 익혔다. 오빠는 자신이 지은 곡이라며 내게 노래를 들려줬다.

대개 컴퓨터로 대충 리믹스한 난삽하기 짝이 없는 하우스 뮤직이었다.

오빠의 손재주 중 가장 빛을 발한 것은 뭐니 뭐니 해도 도둑질이었다. 오빠의 손에서 기타가 떨어지는가 싶더니 다시 한번 짭새한테 달려갔다. 아무래도 오빠의 손에는 드라이버가 제격인 모양이다.

네 번째 새엄마와 사이가 너무 좋았던 게 화근이었다. 어버이날 선물로 오빠가 새엄마에게 금팔찌를 선물했다. 금팔찌를 받은 새엄마는 뛸 듯이 기뻐했다. 그 팔찌는 장물이었다. 팔찌 디자인이 맘에 들지 않았던지 새엄마는 금은방에 금팔찌를 들고 갔다. 팔찌를 받은 금은방 아저씨는 고개를 갸우뚱거렸다.

이거 어디서 났어요.

새엄마는 자랑스럽게 대답했다.

우리 아들이 선물로 사 왔어요.

금은방 아저씨가 팔찌를 유심히 살펴봤다.

이건 쌀집 아줌마 건데……. 내가 맞춰 줘서 알죠. 여기 아주머니 이름이 적혀 있잖아요. LJJ. 이정자.

오빠는 다시 감옥에 갔고, 성인이 되어 돌아왔다. 오빠는 출소 후 단 하루도 집에서 머물지 않았다. 오빠의 방은 먼지가 쌓여 갔지만 오빠의 소식을 궁금해하는 가족은 없었다. 오빠의 소식을 다시 들은 것은 지방 경찰서에서 걸려 온 전화를 통해서였다. 죄명이 제법 거창했다. 특수 절도. 이번에는 단독 범행이 아니었다.

사건의 내막은 이랬다. 오빠 일당은 어느 소도시의 가정집을 털었다. 재수가 터지게 좋은 날이었는지 그 집에는 현금이 많았다. 현금을 들고 나온 오빠 일당은 너무 기쁜 나머지 골목길에서 하염없이 돈을 세었다. 하나 둘…… 이백이십삼.

그때 순찰 중이던 경찰이 오빠 일당을 불러 세웠다.

오빠가 의연하게 허리춤에서 무엇을 끄집어냈다. 드라이버였다. 죽지 않을 만큼 얻어터지고 오빠 일당은 경찰서로 호송됐다.

오빠가 감옥에 가 있는 동안 일상은 변함이 없었다. 다만, 오빠가 세 번째 별을 다는 동안 네 번째 새엄마는 헌 엄마가 됐고, 다섯 번째 새엄마가 안방을 차지했다.

나이키 매장에 들러 킹콩에게 줄 선물을 고른다. 내일은 킹콩의 생일이자 킹콩이 출전하는 배틀 대회가 열리는 날이다. 나이키 마크가 붙은 하얀색 런닝화를 집어 든다. 승리의 여신을 상징한다는 나이키. 이 신발을 신으면 승리의 여신이 킹콩을 지켜 줄 것이다. 신발을 고른 후 트레이닝복이 걸려 있는 곳으로 걸음을 옮긴다. 벨벳 소재의 하얀색 트레이닝복이 눈에 들어온다. 조명을 받은 하얀색 벨벳은 사금처럼 눈부실 것이다. 사이키 조명을 받으면 역광이 나는 킹콩의 검은 피부와 대조를 이룬다. 벨벳 트레이닝복을 입고 춤을 추는 킹콩을 상상해 본다.

스테이지에 서면 그는 그야말로 킹콩이 된다. 고층 빌딩으로 올라가 날아다니는 비행기를 한 손에 부숴 버리는가 하면, 미녀를 위해 목숨을 바치는 영화 속 킹콩처럼 그는 열정과 순정을 동시에 갖고 있다. 그의 춤을 보면 알 수 있다. 킹콩의 브레이크 댄스는 때로는 보드카처럼 화끈하고 때로는 비엔나커피처럼 감미롭다.

내가 킹콩을 만난 것은 한 달 전이다. 잘 가는 클럽에서였다. 클럽에서는 여느 날처럼 비보이 크루(Crew)가 배틀을 벌이고 있었다. 그중 한 팀이 유난히 실력이 뛰어났다. 여태껏 한 번도 본 적이 없는 팀이었다. 팀은 파워 무브며 프리스타일이며 마무리 프리즈까지 기술은 물론이고 레퍼토리도 훌륭했다.

사이키 조명 아래서 일사불란하게 움직이는 크루의 동작은 날개를 팔랑거려 짝짓기를 하는 나비 떼와 같았다. 크루 중에서 단연 눈길을 끄는 놈이 있었다. 짧은 목. 두툼한 입술. 툭 불거진 광대뼈. 움푹 파인 눈동자. 게다가 놈은 팔이 비정상으로 길어서 침팬지나 고릴라처럼 보였다. 하지만 그 원시적인 외모가 내게는 외려 더 섹시하게 느껴졌다.

무대 위에서 크루가 배틀을 벌일 동안 무대 아래에서는 크루 멤버를 차지하기 위한 여자들의 배틀이 벌어지기 마련이다. 처음 보는 팀이 나와서인지 여자들의 기 싸움은 치열했다. 끝까지 기를 꺾지 않은 것은 근처 대학생년들이었다.

나는 클럽을 기웃거리는 대학생들을 보면 뚜껑이 열린다.

대학생이면 대학생답게 도서관에서 공부나 할 것이지 왜 이런 데를 기웃거려.

나미가 애들이 있는 곳으로 걸어가서 한 애한테 귓속말을 했다. 머지않아 나미가 애들을 화장실로 데리고 왔다.

우리가 찍은 애들한테 찝쩍대지 말고 꺼져.

내가 쏘아붙이자 애들의 표정이 파리해졌다. 내 말이 떨어지기 무섭게 곧바로 두 년이 고갤 숙였고, 키 큰 한 년만이 똑바로 나를 쳐다봤다. 내가 키 큰 년의 낯짝에다 침을 찍, 뱉었다. 키 큰 년의 얼굴이 잔뜩 구겨졌다. 계집애는 비 맞은 강아지처럼 다리를 부들부들 떨고 있었다.

킹콩의 춤은 황홀했다. 그는 발 기술보다는 손 기술이 뛰어났다. 바닥에 손을 짚고 몸을 풍차처럼 돌릴 때는 그의 몸 중심이 바닥에 뿌리를 내리고 있는 것 같고, 한 손으로 물구나무서서 통통, 몸을 튀길 때면 그의 몸이 허공에 부유하고 있는 것 같았다.

그런데 배틀을 끝내고 무대를 내려오는 킹콩의 걸음이 예사롭지 않았다. 춤을 출 때는 원체 동작이 현란해서 몰랐는데 분명히 한쪽 발이 짧았다. 그의 왼발은 걷는 게 아니라 끌려가는 것 같았다.

괜찮다. 절름발이든 하반신 불구든 상관없다.

무대를 내려오는 킹콩에게 내가 다가갔다. 오늘 밤 어때? 킹콩이 잇몸이 환히 드러나게 웃었다. 레게 머리를 한 것인 줄 알았는데 그게 아니었다. 가까이서 보니 킹콩은 흑인계 혼혈이었다.

괜찮다. 혼혈이든 깜둥이든 다 괜찮다.

나이가 몇 살이야, 오빠?

킹콩이 랩을 하듯 영어로 주절거리며 검지와 중지를 세워 V자를 만들었다. 스무 살이라는 뜻이다.

나는 에잇틴. 시팔 좆같은 에잇틴.

나도 그를 따라서 손가락을 세워 나이를 표시했다.

오빠는 별명이 뭐야?

내 질문에 그가 눈을 동그랗게 떴다.

별명. 어렸을 때는 연탄이나 철 수세미라고 불렸지. 지금은 없어.

연탄?

얼굴이 까맣다고.

그럼 수세미는?

머리털이 철 수세미처럼 생겼다고.

대충 알 것 같았다. 그가 양주 스트레이트 잔을 단숨에 비웠다. 나는 술을 따르면서 그의 눈치를 살피다가 조심스럽게 입을 열었다.

내가 오빠 별명 하나 지어 줄까?

그가 호기심을 보였다.

킹콩.

그가 고갤 갸우뚱거렸다.

킹콩?

나는 그의 두툼한 입술을 손으로 매만졌다.

섹시하잖아. 내가 오빠의 미녀가 되어 줄게.

킹콩이 손으로 동그라미를 만들었다. 그는 분명 킹콩이었다. 춤판에서만큼은 누구도 대적할 수 없는 힘을 가졌지만 여자 앞에서는 한없이 약한 킹콩.

우리는 클럽을 나와 모텔로 향했다. 킹콩의 알몸을 보니 어릴 적 별명이 왜 연탄이었는지 알 것 같았다. 그의 성기는 너무 새까매서 김밥 같았다.

김밥 같네.

김밥이면 잘라 먹어라.

말이 떨어지기 무섭게 그가 내 몸을 올라탔는데, 웬일인지 그의 몸집이 작게 느껴졌다. 그 순간 그는 두 주먹으로 가슴을 내리치는 성난 킹콩이 아니라 비에 젖은 한 마리 새였다. 그날 밤 작은 새는 내 몸 위에서 쉴 새 없이 푸덕거렸고, 나는 나느라 지친 그 새가 날개를 접고 쉴 수 있도록 작은 둥지를 만들어 줬다.

신발과 트레이닝복을 고른 후 나는 킹콩이 있는 비보이 연습장으로 향한다. 택시 안에서 킹콩에게 선물할 신발과 트레이닝복을 꺼내 보는데 핸드폰이 울린다. 문필이 새끼다. 고등학교 1학년 때 친구들이 하는 일일 나이트에서 만난 놈이다. 강남 출신이라 스타일이 괜찮은 녀석인데 웬일인지 놈에게는 정이 안 간다. 우선 문필이란 이름부터 마음에 안 든다. 삐리하게 문필이가 뭐람. 녀석은 만날 때마다 알마니라든지 구찌라든지 명품 선물을 해 준다. 나는 여자의 환심을 사기 위해서 돈을 처바르는 새끼들이라면 질색이다.

돈으로 섹스는 할 수는 있어도 연애를 할 수는 없다. 연애를 하려면 상대방의 마음을 움직일 줄 알아야 한다. 그것은 결코 돈으로 할 수 없는 일이다.

친구들은 문필이는 본 척도 않고 킹콩만 해바라기하는 날 보고 대가리 총 맞은 년이라고 놀려 댄다. 나도 내가 이해가 안 간다. 까짓 거, 눈 딱 감고 한 번 줘도 되는 거 문필이한테는 안 된다.

한 달 전에는 문필이가 제 아빠의 차를 몰고 나온 적이 있다. 그날 문필이는 한강 고수부지로 가서 어떻게든 내 속옷을 벗기려고 애를 썼다. 나는 문필이의 입술이 얼굴로 다가오면 고개를 돌렸고, 문필이의 손이 가슴으로 다가오면 손을 철썩 내리쳤다. 한 시간 가량 실랑이를 벌이다 나는 차 문을 열고 밖으로 나와 중지를 봉긋 세우면서 급하면 딸딸이나 치라고 했다.

내일 만나자는 문필이의 부탁을 매몰차게 거절하고 전화를 끊는다. 내가 문필이를 싫어하는 만큼이나 엄마도 아빠가 싫었던 것일까? 내 마음이 저절로 킹콩을 향해 기우는 것처럼 엄마의 마음도 그렇게 김 씨 아저씨에게로 흘러간 것일까?

엄마가 집을 나간 이튿날 오빠와 나는 마을 공터에서 연을 날리고 있었다. 당시 오빠는 초등학교 6학년이었고, 나는 초등학교 4학년이었다. 오빠의 연은 방패연이었고, 내 연은 가오리연이었다.

엄마는 어딜 간 거야.

오빠가 신경질적으로 실패의 실을 잡아당겼다. 방패연이 허공 위에서 흔들렸다. 나도 따라서 실을 잡아당겼다. 가오리연의 긴 꼬리가 실제 가오리의 지느러미처럼 유영했다.

엄마는 바람이 났어.

바람이 난 게 뭐야?

나도 잘 몰라.

드센 겨울바람을 타고 연들이 몸살을 앓듯 온몸을 흔들었다. 오빠가 느닷없이 실패의 실을 해찰하듯 풀어 댔다. 웬일인지 모르게 오빠를 따라 해야 할 것 같아 나도 실패의 실을 풀었다. 실패를 벗어난 실들이 하늘 위에 긴 선을 그리면서 풀어졌다. 끝내 연은 자신을 옥죄던 실패에서 벗어났다. 연들은 끝 간 데 없이 날아가서는 붉게 타오르는 노을 속으로 빨려 들어갔다. 점이 되어 사라지는 연들을 오빠와 나는 우두커니 바라봤다.

엄마를 다시 만난 건 그로부터 일년 후이다. 아빠가 수소문 끝에 엄마가 있는 곳을 알아냈던 것이다. 엄마가 있던 곳은 강원도 묵호였다. 엄마가 사는 곳은 우리 집 거실보다 작았으며 우리 집 창고보다 더러웠다. 엄마의 곁에는 아버지의 운전기사였던 김 씨 아저씨가 앉아 있었다. 그는 우리를 보자 헛기침 소리를 내며 자리를 벗어났다.

왜 왔죠?

아이들이 엄마를 찾아.

엄마가 목젖이 보이게 웃었다. 실성한 사람으로 보일 만큼 과장된 웃음이었다. 나는 엄마 앞에 가서 무릎을 꿇었다. 막연하게나마 그렇게 행동해야 엄마가 돌아올 것 같았다.

엄마 내가 잘못했어요. 앞으로는 말 잘 들을 게요. 우리 같이 살아요.

엄마는 나를 쳐다보지도 않았다.

그만 돌아가요. 나는 이제 그 집 여자가 아녜요. 당신 아내도, 이 애들 엄마도 아녜요.

엄마의 말에 아빠의 얼굴이 불판처럼 시뻘겋게 달궈졌다. 아버지는 말없이 헛기침 소리를 냈다. 방 안에는 무거운 침묵이 흘렀고, 바깥에서 다시금 김 씨 아저씨의 헛기침 소리가 들렸다. 김 씨 아저씨의 헛기침 소리는 마치 뻐꾸기시계 소리처럼 무엇을 해야 할 시간이란 것을 알리는 것 같았다. 우리 가족이 방을 나갈 때도 엄마는 우리에게 시선조차 두지 않았다. 바깥으로 나왔을 때 멀리 밤바다 소리가 요란했다. 모든 것을 삼킬 듯 무서운 기세로 몰려오는 파도 소리. 바깥을 나와서야 오빠가 숨을 죽이고 울었다. 파도 소리가 오빠의 울음소리마저 삼켰다.

킹콩은 내일 열릴 배틀을 준비하고 있다. 킹콩이 내일 배틀에서 선보일 춤은 '하얀 머리 독수리' 춤이다.

독수리가 몇 천 피트 상공까지 올라간다. 독수리가 허공에 원을 그리며 회전을 한다. 대지를 바라보다가 먹잇감을 발견한 독수리가 땅으로 쏜살같이 급강하를 한다. 먹잇감을 낚아챈 독수리가 크나큰 날개를 휘저으면서 둥지로 날아간다.

하얀 머리 독수리의 일상을 연속 동작으로 표현하는 게 이번 킹콩 춤의 레퍼토리다. 춤에 몰입하면 그의 팔은 날개가 된다.

킹콩의 몸은 물구나무선 상태다. 두 다리가 교차하는 동안 킹콩의 한 손이 바닥을 튕긴다. 손이 바닥을 칠 때마다 킹콩의 몸은 솟구쳐 오른다. 킹콩이 동작을 바꿔 머리를 바닥에 박고 두 다리와 허리를 곧추세운다. 그의 머리를 구심점으로 몸이 돌아간다. 한 바퀴. 두 바퀴. 세 바퀴…….

킹콩이 춤추는 모습을 보고 있으면 가끔씩 그가 있는 자리가 내가 알지 못하는 우주의 어느 공간인 것 같은, 그가 있는 시간이 아득한 저편의 과거나 미래인 것 같은 생각이 든다. 춤을 출 때 그의 몸은 모든 공간과 시간을 지운다. 그럼으로써 그의 몸은 이 땅에 뿌리를 내려야 하는 두 다리로부터 자유로워진다. 그는 춤출 때만큼은 궤도를 이탈한 혜성이 된다. 중력이라는 사회의 굴레를 벗어나 그의 몸은 손가락으로 쳐서 떨어뜨린 담배 불똥처럼 자유롭게 떨어지며 빛을 발한다. 그리고 끝내 그는 자신이 그토록 떠나고 싶어 몸부림쳤던 세상이라는 둥지로 다시 안착한다. 모든 춤이 끝날 때 그의 몸은 날개를 접고 둥지에 사뿐히 내려앉는다.

그의 춤을 보고 있으니 오빠의 문신이 생각난다.

오빠가 출소하는 날 아빠는 내게 말없이 돈을 건넸다. 돈봉투는 제법 두둑했다. 나는 가족을 대표해 오빠를 맞았다. 교도소 앞에서 두부를 들고 서 있는 것은 열네 살짜리 여자애에게는 감당하기 힘들 정도로 창피한 일이었다. 많은 출소자들이 힐끗힐끗 나를 쳐다보았다. 한동안 여자 구경을 못해서 그랬는지 출소자들의 시선은 뜨겁고 끈적끈적했다. 어쩔 줄 몰라 하는데 오빠가 뒤에서 불렀다. 오빠는 어른이 돼 있었다. 어깨가 쫙 벌어져 있었다. 우적우적 두부를 씹어 먹는 오빠의 팔뚝에는 성인의 징표라도 되는 것처럼 문신이 새겨져 있었다. 큰 날개를 펼치고 먼 곳을 향해 날아가는 새였다.

이게 뭐야?

오빠는 자신의 팔뚝 문신을 손바닥으로 쓸었다.

까치.

오빠는 문신이 까치라고 했지만 내 눈에는 까마귀로 보였다.

문신을 파려면 좀 멋있는 걸 파지. 왜 까마귀를 팠어.

내 입에 왜 느닷없이 까마귀가 튀어나왔는지 모르겠다. 조악한 문신 때문이었을까? 오빠가 나를 째려보면서 말했다.

까마귀가 아니고 까치라니까.

킹콩은 타고난 춤꾼이다. 헤드 스핀을 아무리 몇십 바퀴를 돌아도 리듬을 못 타면 춤꾼이 아니다. 킹콩의 몸은 움직이는 대로 리듬이 된다. 게다가 킹콩은 지독한 춤 벌레이다. 하루의 대부분을 춤추는 데 바친다. 킹콩은 춤을 출 때 제일 행복하다고 한다. 소아마비라는 핸디캡을 벗고 누구한테도 꿀리지 않는 춤꾼이 되기까지 얼마나 연습을 했을까. 나는 킹콩이 왜 춤에 자신의 모든 것을 거는지 알고 있다. 킹콩이 춤을 배운 것은 열네 살 때이다. 8년 동안 킹콩은 춤을 춰서 먹고 살았다. 그의 춤 솜씨는 미군 부대에서 배운 것이어서 이 땅의 어느 춤꾼에게도 뒤지지 않는다. 킹콩은 동두천을 벗어나기 위해 춤을 췄다. 그리고 지금은 그가 몸담고 있는 이태원을 벗어나기 위해 춤을 춘다. 그는 세계 최고의 비보이가 되어 미국으로 가길 꿈꾼다.

킹콩이 태어난 곳은 동두천이다. 미군 상사였던 아빠는 엄마가 만삭일 때 고향인 뉴올리언스로 날아갔다. 킹콩의 엄마는 산파 없이 킹콩을 낳아야 했다. 킹콩의 엄마가 산통을 느낀 것은 물주전자를 연탄불에 올릴 때였다. 급작스레 밀려오는 진통을 참지 못하고 킹콩의 엄마는 물주전자를 뒤엎고 말았다. 킹콩이 태어난 곳은 부엌의 더러운 바닥 위였다. 미처 준비치 못한 상황에서 아이를 낳은 킹콩의 엄마는 태를 이빨로 자르고 입술 위에 번진 시뻘건 피를 혀로 닦았다. 뜨거운 물을 엎지른 탓에 킹콩은 찬물에 씻겨졌다. 킹콩이 태어날 때 울음을 터트리지 않아 엄마에게 엉덩이를 몇 차례 맞았는데, 배 속에서 울지 않는 법을 배우고 태어났는지 살면서 눈물을 흘려 본 적이 없다. 엄마가 죽었을 때도······. 킹콩의 엄마는 킹콩이 열 살 때 죽었다. 킹콩의 엄마는 소주에다 쥐약을 타 먹고 죽었는데, 죽기 직전 정말 쥐약 먹은 쥐처럼 온몸을 바들바들 떨었다. 쥐처럼 찍찍- 거리기도 했다. 킹콩 엄마의 유언은 사랑해, 찢어 죽일 놈, 보고 싶다, 퍼킹 유어 마마 등 종잡을 수 없는 얘기들이었다. 그러다 킹콩의 엄마는 킹콩을 바라보고 눈물을 한 방울 툭 떨어뜨리면서 불쌍한 것, 이라고 말했다.

 이상이 내가 킹콩에게 들은 킹콩의 족보이다. 우리 집만큼이나 콩가루 족보이다. 우리처럼 쿨한 애들도 가슴에는 뜨거운 불덩이 하나씩을 숨기고 산다는 게 믿기지 않는다. 하긴 냉장고도 차가움을 유지하기 위해 뒤편에서는 뜨거운 열을 발산하니까.

 킹콩이 춤을 추는 동안 내내 나는 요요를 돌린다. 꼴도 보기 싫으니까 꺼져 버려. 내가 잘못했어, 다시 돌아와. 요요는 연애와 같다. 떠나고 돌아온다. 혹시 자신을 잊어버릴까 봐 요요는 제 존재를 알리기 위해 쉴 새 없이 온몸으로 빛을 발한다. 나를 잊지 말라고. 그러면서도 요요는 원래의 자리로 돌아가면 떠나길 꿈꾼다.

요요를 돌리는 내 옆으로 킹콩이 다가온다.

요요를 늘 들고 다니네.

네가 사 준 것이니까. 춤출 때 기분이 어때?

요요와 같아. 춤을 출 때는 몸이 마음의 속박에서 벗어나야 해. 그래야 펄이 살지. 하지만 춤을 마무리할 때는 착륙하는 비행기처럼 마음의 활주로에 몸의 바퀴를 안전하게 내려놔야 해. 몸과 마음이 서로를 밀고 당기는 것, 그게 바로 비보이야.

땀을 흘리는 킹콩에게 종이 가방을 내민다.

생일 선물이야.

뭔데.

운동복과 신발.

킹콩의 눈이 당구공만큼 커진다. 내가 가방 속에서 운동복과 신발을 꺼내 보이자 킹콩의 입술이 휘면서 귀에 걸린다. 내가 운동복을 펼쳐 보이자 웬일인지 그의 낯빛이 창백해진다.

벨벳이네.

킹콩이 엄지손톱을 이빨로 깨문다. 마음이 좋지 않을 때 킹콩이 곧잘 하는 행동이다.

 엄마가 죽을 때 유리구슬이 박힌 벨벳 드레스를 입고 있었어. 사실 엄마는 늙어서 손님도 없었는데 말이야. 동두천을 가 본 지도 오래됐네. 동두천에는 아직도 쎄리 이모랑 패티 이모가 살까. 이모들도 이제는 늙어서 팔 게 없을 텐데.

 쓸쓸하게 웃는 그의 눈에 그늘이 진다. 킹콩의 엄마는 자신의 가장 화려한 순간, 킹콩의 아빠와 만났던 때로 돌아가고 싶었는지도 모른다. 나도 나이가 들면 인생의 봄날을 떠올릴까? 내게 벚꽃 난분분 흩날리는 시절은 언제일까? 지금일까? 이전일까? 이후일까?

 킹콩과 나는 연습장을 나와 24시간 영업하는 감자탕 가게로 향한다. 시곗바늘이 이미 자정을 넘어섰다. 어느덧 킹콩의 생일이 된 것이다. 가게는 남들의 술 시중을 들다가 새벽이 되어서야 한잔하려고 모여든 사람들로 북적인다. 가게 한 귀퉁이에 자리를 잡고 앉은 우리는 서로의 소주잔에 소주를 따르고 건배를 한다. 내가 그의 귀에 대고 속삭인다.

 시팔 좆같이 축하해.

 킹콩 역시 귓속말로 대꾸한다.

 쌩유, 퍼킹 마이 달링.

 우리는 입에 감자탕 국물이 묻은 채 프렌치 키스를 나눈

다. 그의 입 속에 고인 돼지 뼈다귀의 비린 맛과 내 입 속에 고인 감자의 담박한 맛이 서로의 입 속에서 범벅이 된다.

 소주 다섯 병을 비우고 우리는 감자탕 가게를 나선다. 나올 때 보니 바로 선 소주병이 세 병이고 엎어진 소주병이 두 병이다. 우리는 서로의 의견도 묻지 않고 크라운모텔로 향한다. 그곳은 곧잘 우리가 투숙했던 곳이다. 모텔로 가는 내내 킹콩이 노래를 부르며 걷는다. 후지스의 'Killing me softly with his song'이다. 킹콩이 곧잘 흥얼거리는 노래로 로버타 플랙의 노래를 힙합 버전으로 리메이크한 것이다. 킹콩의 노래는 흑인 특유의 소울 음색이 묻어 있다. 실리콘처럼 끈적끈적한 킹콩의 노래는 섧다. 가슴을 후비는 그의 노래. 아무리 버전을 바꿔도 'Killing me softly with his song'은 슬프다. 술 취해서 부르는 그의 노래에 내가 비트 박스를 넣어 준다. 어떤 놈은 비트박스가 '북치기 박치기'만 알면 된다고 하는데 뭣도 모르는 소리다. 북은 왜 치고 박은 왜 치나. 비트박스의 기본은 '부킹'과 '퍼킹'이다. 부킹, 퍼킹, 부킹, 퍼킹……. 만나고 섹스하고 만나고 섹스하고. 그게 세상의 기본이다.

 모텔 앞에 멎으니 까치집이 눈에 들어온다. 왕관 모양의 간판 위에는 까치 한 쌍의 둥지가 있다. 낮에 저 까치들을 본 적이 있다. 수컷이 나무 삭정이를 물어 오자 암컷이 부리로 수컷의 부리를 비벼 댔다. 외로움이라든지. 쓸쓸함이라든지. 지상 위를 떠돌던 바람 같은 마음도 깃털 속에 파묻어 잠재우는 까치들.

내일 열리는 배틀에서 승리하면 킹콩은 미국으로 간다. 미국에서 열리는 국제 대회에 참가하기 위해서이다. 설령 내일 배틀에서 진다 해도 그는 어떻게든 미국으로 날아갈 것이다. 그의 아빠가 그랬던 것처럼. 하지만 킹콩은 언젠가 다시 이 땅으로 돌아올 것이다. 라스베이거스라든지 LA라든지 조명 꽃이 팡팡 터지는 도시를 거닐다 벨벳 드레스를 입은 여자를 우연히 보면, 그때는 그토록 벗어나고 싶었던 동두천의 후미진 골목이 미치도록 그리워서 견딜 수 없을 것이다. 그때 킹콩의 입에서는 엄마라는 말이 맴돌 것이다.

오빠도 언젠가는 돌아올 것이다. 오빠가 처분하지 않은 장물이 있었다. 수동식 니콘 FM2 카메라였다. 오빠가 감옥에 가고 오빠의 방에 있는 필름을 심심해서 현상한 적이 있었다. 사진은 우리가 살고 있는 골목을 찍은 것이었다. 사진으로 보니 늘 지나다니던 골목이 새롭게 보였다. 우리가 사는 골목이 그렇게 아늑한 곳이었다니. 오빠가 그토록 훔치고 싶었던 것은 어쩌면 집이었는지도 모르겠다.

까치들의 둥지를 무심히 바라본다. 허공 위에 지은 까치들의 집 옆에 두 마리의 새가 날아가 둥지를 트는 게 보인다. 한 마리는 오빠의 팔뚝에 새겨져 있는 것이고, 다른 한 마리는 춤추는 킹콩의 새이다.

태초부터 자비가 충만했으니
— 머시Mercy 1

태초에 하늘과 땅이 있었다. 橫橫으로 보니 하늘과 땅이 끝도 없이 펼쳐져 있어서 뭔가 심심하게 느껴졌을 때 해와 달이 여러 행성을 피해 가며 달려왔는데, 그 모습이 마치 프로 당구 선수가 친 스핀 잔뜩 먹은 공과 같았다. 밤과 낮이 생겼으나, 적당한 시간이 되면 밝고 어두울 뿐 심심하긴 마찬가지였다. 무료함에 하품이 나오려고 할 때 구름이 하늘 밑에 몰려들었는데, 그 모습이 마치 대대로 이어 온 순두부 집의 순두부 빚는 것 같았고, 점심 때 그 순두부 집에 줄지어 있는 손님들 같았다. 이후 적당한 때가 되면 비가 내리고, 천둥이 울리고, 번개가 쳤으니, 7.1채널 A/V 설비를 갖

춘 듯해서 심심함이 조금은 덜했다.

 그러나 종縱으로 보면 하늘과 땅의 간격이 밑도 없이 펼쳐져 있어서 하늘에서 땅을 보려면 목이 부러질 정도로 고개를 숙여야 했고, 땅에서 하늘을 보려면 목의 인대가 늘어날 정도로 고개를 젖혀야 했다. 아득하다, 까마득하다는 생각이 들 때 즈음 내린 비로 인해 평평했던 땅에 굴곡이 생겨서 내를 이루고 그 내가 흘러서 강이 되고, 바다가 되었다.

 그럴 동안 땅이 융기하여서 산이 생기고 그 산들이 길게 늘어서 산맥을 이루었다. 그리하여 평야에는 농부들이, 물가에는 어부들이, 산 아래에는 심마니들과 사냥꾼들이 모여 살았고, 산에서 들로 이어진 길들이 바닷가까지 닿았다. 인적이 없는 곳이라고는 당최 오를 길이 없는 벼랑이 에워싸고 있는 산골짜기밖에 없었는데, 언젠가부터 그곳에도 사람들이 하나둘씩 모여들었다. 너와로 지붕을 얹은 절이 천상의 누각이라도 되고, 누더기 회색 장삼이 천의天衣라도 되는 양 살아가는 산인山人들을 저자의 사람들은 높임말로는 스님僧, 예삿말로는 걸사乞士, 낮춤말로는 중衆놈이라고 했다. 더러는 존경의 눈빛을 보내고, 더러는 멸시의 눈빛을 보냈으나, 그러거나 말거나 그들은 산골짜기에서 모여 살면서 대부분의 일과를 가만히 가부좌를 틀고 앉아 있는 데 보냈다. 그러다 보니 밭농사를 지어도 그 소출은 낯부끄러운 양이었다.

산인들도 가축을 키웠는데 염소였다. 새끼 염소가 어지간히 자라서 약에 쓸 만큼 살이 오르면 장에 내다 팔아 양식으로 바꿔 왔다. 메에, 메에, 염소들 울음이 산골짜기에 메아리치고, 그 염소가 새끼를 낳고, 그 새끼가 다시 새끼를 낳길 거듭하는 동안 세상은 많이 바뀌어서 농부들은 경운기를 몰게 되었고, 어부들은 통통배를 타게 되었고, 사냥꾼들은 총을 들게 되었다. 무엇보다도 도시가 생겨서 농촌, 어촌, 산촌의 사람들이 모여들었다. 도시로 가는 도로는 나날이 넓어졌다.

이 무렵 인적 드문 남루한 절에도 종종 사람들이 찾았는데, 그들은 보육원 대신 아이를 버리려는 어딘가 하나씩 부족한 부모들이었다.

멧돼지 말고는 오를 수 없는 북막골 독은암獨隱庵에도 이 년 동안 세 사람이 찾아와 예닐곱 살의 코흘리개 남자애를 맡겼다. 독은암 주지는 이 세 아이를 자신의 상좌로 받아들인 후 법명을 천지天地, 현황玄璜, 우주宇宙라고 지었다. 무슨 깊은 뜻이 있는 것은 아니고, 독은암 주지가 배운 한자라고는 천자문 몇 자밖에 없었던 까닭이다.

천지, 현황, 우주는 어느 순간 형제처럼 독은암에서 살게 되었는데. 그나마 다행인 것은 저자의 살림살이가 넉넉해져서 그 산골 절에도 더러 시주가 들어왔다는 것이다. 굶어 죽지 않을 만큼 먹었는데도 세 동자승은 잘도 자랐다. 동자승들의 일상은 해가 뜨면 염소를 한 마리씩 끌고 나가 풀을 먹인 뒤 해가 지면 염소를 끌고 절로 돌아오는 것이었다. 메에, 메에, 염소들 울음이 산골짜기에 메아리치고, 그 염소가 새끼를 낳고, 그 새끼가 다시 새끼를 낳길 거듭하는 동안 독은암 인근에는 탄광이 생겨서 광부들이 모여들었고, 그 광부들을 후리려는 술집 작부들도 모여들었다. 그러다 보니 자연스럽게 독은암 복전함에도 지폐들이 조금씩 늘어 갔고, 그 돈을 다시 세간世間에 회향하고자 탄광촌 니나노 색싯집으로 만행卍行을 떠나는 주지 스님의 발길이 잦아졌다.

동자승들은 훌쩍 자라서 삭발한 머리의 정수리가 발기한 귀두처럼 보일 만큼 어엿한 비구比丘들이 되었다. 밤꽃 향기가 흐드러지는 어느 봄날, 염소를 끌고 산길로 오르다 말고 천지 비구가 말했다.

"늘창늘창허니 날도 존데, 우덜도 만행 한번 가 봐야 하는 거 아녀? 그 정도는 해 줘야 큰스님 소리 듣는 거 아녀?"

때마침 염소가 울자 현황 비구가 염소의 목줄을 천천히 잡아당겼다.

"오죽허면 염소도 울겄어."

앞장서서 걷던 우주 비구가 산길로 가려던 발길을 슬그머니 돌리고 섰다.

"은사 스님이야 초파일 때나 기어 올라올 거고, 복전함에는 복전이 쌓여 가고, 그 복 안 돌려주는 것도 부처님께 큰 죄짓는 건데. 어쩔 텨?"

천지 비구가 사하촌 쪽을 내려다본 뒤 발길을 돌렸다.

"어쩌긴 뭘 어쩌. 염소들도 따라 우는구먼."

그 길로 세 비구는 복전함을 턴 뒤 사하촌으로 내려가 낮부터 술집에 앉아 술추렴을 시작했는데, 색시들을 옆에 끼고서, "좋구먼." "좋구말고." "좋다뿐인가." 한마디씩 내뱉으면서 주거니 받거니 술잔을 비우다 보니 싸한 밤꽃 향기가 흐드러지는 봄밤이 깊어 갔다.

이튿날 새벽에 절에 올라서니 "잘 놀고 왔냐?"고 묻는 듯 염소들이 떼창을 하자, "암만 좋았구먼." "좋았고말고." "좋았다뿐인가." 한마디씩 대꾸를 하고서는 마루에 털썩 주저앉았다.

방귀가 잦으면 똥이 되는 법. 세 비구의 만행이 잦아지는

가 싶더니, 천지 비구가 절을 떠나고 말았다. 우연히 들른 찻집에서 만난 한 색시와 눈이 맞은 것인데 하필이면 그 색시는 사하촌의 유일한 교회 목사의 딸이었다. 눈만 맞은 것은 아닌 듯 배가 부른 딸을 데리고 와서 목사는 천지 비구를 향해 삿대질을 해 댔다. 행인지 불행인지 그날도 주지 스님은 출타 중이었다.

이튿날, 일어나자마자 천지 비구는 냉수 한 사발을 벌컥벌컥, 들이켠 뒤 다른 비구들에게 인사도 없이 절을 빠져나갔다. 현황, 우주 비구는 눈을 떴음에도 애써 자는 척하다가 인기척이 들리지 않자 그제야 자리에 일어났다.

"염소들이 우는구먼."

우주 비구의 말에 현황 비구가 대꾸했다.

"배고픈 모양이지. 아님 심심하거나."

두 비구는 염소들을 끌고 산길로 올라가다 말고 천지 비구가 내려간 길을 뒤돌아봐야 했다.

천지 비구가 떠난 뒤 두 비구는 어찌 된 일인지 만행의 길에 나서는 것도 싫증이 났다. 두 비구는 예전대로 아침이 되면 염소를 몰고 나가서 저녁이 되면 염소를 몰고 돌아오길 거듭했다. 그렇게 일 년이 지난 뒤 천지 비구로부터 편지가 왔다. 한글을 읽을 줄 모르는 현황 비구가 무슨 내용이냐고 물었다.

"배운 게 염소 풀 먹이는 거라서 염소 키우면서 산다는구 면. 인사말인지 증말인지 한번 놀러 오라고도 하네. 어쩔 텨?"

"어쩌긴 뭘 어쩌. 한번 댕겨오라고 염소들도 따라 우는구 면."

누가 먼저랄 것도 없이 두 비구의 발길은 복전함으로 향했 다. 버스 타고 산 넘은 뒤 배 타고 강 건너서 천지가 사는 집 에 닿으니 천지는 염소 풀 먹이러 가고 없고 색시만 갓난애 에게 젖을 먹이고 있었다.

두 비구는 복전함을 턴 돈으로 산 쌀 두 말, 쇠고기 다섯 근, 돼지고기 열 근, 닭 두 마리, 달걀 한 판을 슬그머니 방 바닥에 내려놓았다. 천지 색시의 시선이 곱지 않았다. 그 눈 빛에는 이제야 간신히 세간살이에 재미를 들이고 있는데, 먹 물 옷에 삭발한 비구들이 들이닥치면 어쩌느냐는 의중이 담 겨 있었다.

도반들이 찾아온 것을 알고 천지는 부리나케 달려와서는 술상부터 차렸다. 이렇다 할 인사말도 없이 부어라 마셔라 해 대니 금세 소주 됫병이 바닥이 났고, 색시는 갓난애를 들 쳐 업고 십 리를 걸어서 술을 받으러 가야 했다.

이튿날에도 그 이튿날에도 술판은 이어졌다. 두 비구가 사온 고기들은 며칠 만에 바닥이 났다. 셋은 텃밭의 푸성귀를 뜯어서 안주 삼았다. 밥도 안 먹은 채 술만 마셔 대길 열흘이 지나서야 두 비구가 방 밖으로 모습을 드러냈다. 그 모습을 보고서 색시는 옳거니, 저것들이 떠나려나 보구나, 라고 생각했다. 그런데 두 비구는 염소 우리로 가서는 억지로 염소 한 마리를 끌어내려고 했다.

"술을 물처럼 마셔 댔더니 몸이 허해졌구먼. 아무래도 보신을 하려면 염소 한 마리 고아 먹어야겠네."

현황 비구의 말을 듣고서야 상황을 파악한 천지가 손사래를 쳤다.

"그 염소는 새끼를 뱄어."

천지가 새끼 밴 염소의 목줄을 잡아채자 현황 비구는 다른 염소의 목줄을 잡아당겼다. 천지가 이를 만류하면서 말했다.

"자네들도 염소를 키워 봤잖은가. 키운 염소를 잡아먹는 법이 어디 있나. 그 무슨 무자비한 소린가?"

현황 비구가 염소의 뱃구레를 발로 걷어차면서 대꾸했다.

"우리가 언제 잡아먹는다고 했나, 고아 먹는다고 했지."

함께 발길질을 하면서 우주 비구가 말을 이어 갔다.

"자네, 사람이 변했구먼. 염소가 죽기 전에 우리가 먼저 죽게 생겼구먼. 무슨 자비 타령이여."

 메에, 메에, 발길질에 못 이겨 바닥에 배를 깔고 누운 염소가 울자 다른 염소들도 따라서 울어 댔다. 말릴 새도 없이 두 비구는 염소를 가마솥이 걸린 곳으로 끌고 갔다. 메에, 메에, 염소의 울음이 멎는가 싶더니 두 비구는 불을 지폈다. 물이 끓는 동안 두 비구는 주거니 받거니 하면서 차례대로 댓병 채 나발을 불어 댔다. 염소 고기를 남김없이 다 뜯어 먹고 더운 국물도 후후, 불어 가면서 다 마시고, 꺼억, 트림을 한 뒤에야 두 비구는 발그레한 낯빛을 하고서 바랑을 챙겨 맸다. 마을 동구 앞까지 따라온 천지가 진지한 표정을 하고서 어렵게 입을 뗐다.

 "이보게들, 앞으로는 우리 보덜 마세. 내 잠깐 잘못 생각했구먼. 세간 살림도, 남녀의 정도 그 재미가 첫날밤뿐이어서 줄곧 자네들이 그리웠구먼. 하루에도 몇 번씩 다시 절로 들어가고 싶은 생각이 들 정도로. 서로 갈 길이 다르니 나는 여기서 잘 살 테니, 자네들도 거기서 잘 살게."

 현황 비구가 대꾸했다.

 "그려, 자네는 집 염소를 잘 키우게, 나는 절 염소를 잘 키울 테니."

 우주 비구가 그만 들어가 보라는 신호로 손짓을 하면서 말했다.

"자네 새끼는 아들인가, 딸인가? 이름은 뭔가?"

"빨리도 묻는구먼. 아들이네. 이름은 홍황洪荒이네."

두 비구가 약속이라도 한 듯 입으로 말했다.

"잘 살게."

세월이 흘렀다. 천지는 염소들을 열심히 키웠다. 염소들을 팔아서 모은 돈으로 소를 샀다. 소들을 열심히 키웠다. 소들을 팔아서 모은 돈으로 땅을 샀다. 그 땅들이 재개발이 되어서 천지는 군에서 손꼽히는 부자가 되었다. 아들딸도 일곱 명이나 낳았다. 자식들의 이름은 모두 천자문에서 땄다.

독은암에 돌아오자마자 현황 비구는 더 큰 절로 공부를 하겠다고 떠났다. 현황 비구는 큰 절 강원의 강사가 되었고 학승으로 이름을 떨쳤다.

우주 비구는 현황 비구가 떠나자 염소들을 이끌고 산길로 향했다. 독은암 주지는 여전히 복전함의 복전을 세간에 회향하기에 바빴고 탄광촌이 문을 닫자 염소들까지 모두 팔아서 술을 퍼마셨다. 그리고는 다시는 절로 돌아오지 않았다. 그해 겨울 우주 비구는 독은암의 문을 걸어 잠그고 수행한 끝에 밤송이를 까고 알밤이 터지듯 활연대오豁然大悟하였다.

더 세월이 흘렀다. 한 고찰에서 조실 스님의 추대식이 봉행됐다. 조실 스님이 법상에 올라서 법어를 내리려고 할 때였다. 대중이 만류하는데도 한 늙은 중이 염소 한 마리를 끌고 법당으로 들어왔다. 메에, 메에, 염소가 울었다. 늙은 중을 보자 조실 스님의 입가에 미소가 번졌다. 두 노승은 이심전심以心傳心으로 이렇게 말하고 있었다.
"좋구먼."
"좋구말고."
"좋다뿐인가."
웃음 끝에 조실 스님이 법어를 시작했다.
"태초에 하늘과 땅이 있었다. 그리고 뭇 생명이 생겨나니, 하늘과 땅에 자비가 충만했다."

신 반장의 쿠데타 진압 사건
— 머시Mercy 2

오 년 전 어머니는 목 뒤에 생긴 혹이 신경을 누른다는 이유로 수술을 받았다. 수술 당일 나는 어머니 곁을 지킬 수 없었다. 대신 국회의원 보좌관을 하는 첫째 형과 공중파 방송국 프로듀서를 하는 둘째 형이 어머니의 곁을 지켰다. 당시 나는 종교 단체의 국장으로 근무하고 있었는데, 말이 국장이지 그 조직에는 실무자가 나밖에 없었으므로 법정 공휴일조차도 맘대로 쉴 수가 없었다. 수술 전날 밤에 나는 어머니에게 내 사정을 말했다.

"엄마, 직장 일 때문에 수술이 끝나고서야 병원에 갈 수 있을 것 같아."

"아가. 엄마는 괜찮다. 일이 중요하지."

어머니의 말은 진심이었다. 말투에서 서운한 기색을 느낄 수 없었다. 30대 초반에 남편을 여의고 슬하에 아들 셋을 키워야 했던 어머니로서는 일자리를 잃는다는 것은 가족 전체의 생계를 잇지 못한다는 것을 의미하는 것이어서 무엇보다도 직장 일을 우선시했다. 그러다 보니 어머니는 자식들의 소풍이나 운동회는 물론이고 입학식이나 졸업식에도 좀처럼 참석할 수 없었다. 이런 상황이 계속되다 보니 우리 형제에게는 가슴에 어두운 그늘이 드리워지게 되었다. 그렇다고 해서 형제 중 누가 불만을 토로하거나 내색한 적은 없었다.

나는 국민학교 1학년 소풍날의 기억이 두고두고 잊히지 않았다. 정확히 소풍 장소가 어디였는지 모르겠지만, 관광버스를 타고서 산으로 갔고 한 시간 정도 가족과 점심을 먹는 시간이 주어졌는데, 나는 혼자였다. 김밥과 사이다가 든 가방을 메고 부모님 내지는 어머니와 함께 앉아 김밥을 먹고 있는 급우들을 흘낏흘낏 훔쳐보면서 산속으로 들어갔다. 그들 곁에 앉아서는 안 될 것 같은 생각이 들었던 것이다. 그들에게서 도망치기라도 하듯 계속해서 산속으로 들어가다가 그만 길을 잃어버렸다. 어떻게 길을 잃었는지, 또 어떻게 길을 찾았는지는 기억이 나지 않는다. 신록이 우거진 산속 나무들 사이를 오가는 내 모습만이 또렷이 떠오를 따름이다. 그 기억이 떠오를 때면 나도 모르게 '아이야, 어딜 가니? 그 길이 아니야. 그 길이 아니라니까.'라는 혼잣말을 중얼거리곤 했다.

내가 병원에 도착했을 때 어머니는 수술을 마치고 병상에 누워 계셨고, 침대 밑 보호자 석에 첫째 형과 둘째 형이 나란히 앉아 있었다. 형들에 따르면 어머니는 여덟 시간 동안 수술을 받은 뒤 병실로 옮겨졌고, 잠시 정신이 깨어났으나 간호사에게 진통제를 맞은 뒤 다시 잠이 들었다고 한다.

형들이 떠난 뒤 나는 자벌레처럼 웅크리고 모로 누워서 주무시고 계신 어머니를 내려다봤다. 어머니의 몸이 유난히 작게 느껴졌다. 어머니는 젊은 날들을 역행해 다시 어린애가 된 것만 같았다.

수술 당일에도 그 이튿날에도 어머니는 식사를 하거나 화장실에 갈 때를 제외하고는 계속해서 잠을 잤다. 조금 몸이 좋아졌는지 수술 이틀 후부터는 휴대폰으로 걸려 오는 전화를 받았다. 수술 당일을 제외하고는 우리 형제는 퇴근 후 한두 시간 정도만 어머니에게 문안을 왔다가 갔다. 담당의로부터 수술 경과가 좋다는 말을 들었고, 퇴원할 때까지 어머니를 지킬 간병인을 뒀던 터라 특별히 걱정할 게 없어 보였던 것이다. 그런데 수술한 뒤 삼 일째 되는 날 어머니로부터 전화가 왔다.

"막내야, 바쁘냐?"

"아뇨, 말씀하세요."

"병원에 좀 와 줘야겠다. 올 때 네 차를 타고 오너라."

왜 차를 타고 오라는 것인지 물으려는데 전화가 끊겼다. 용건만 말씀하시는 것은 어머니의 전화 습관이었다. 내가 더 말을 붙이려고 하면 어머니는 "전화세 나온다. 끊어라."라고 말했다.

병원에 가 보니 어머니는 환자복 차림으로 침대에 앉아 있었다. 나를 보자마자 침대에서 일어나더니 내 손목을 잡고 병실 밖으로 나갔다.

"나하고 어디 갈 데가 있다."

"그 몸으로 어딜 가려고요?"

"너는 내가 가자는 데로만 가면 된다."

어머니의 첫 행선지는 수유리에 있는 낡은 5층 빌딩이었다. 어머니는 빌딩 1층에 있는 커피숍으로 들어가더니 가장 먼저 보이는 테이블에 앉았다. 커피숍의 사장인지 커트 머리를 한 30대 여성이 수상한 눈빛으로 환자복 차림의 어머니를 살펴보았다. 그러거나 말거나 어머니는 핸드폰으로 누군가에게 전화를 걸었다.

"김 씨, 나요. 집의 빌딩 1층 커피숍에 와 있으니 좀 봅시다."

통화가 끝나자마자 어머니는 손으로 머리를 매만졌다.

"누군데? 엄마."

어머니는 나를 한번 보고는 시선을 거둘 뿐 말이 없었다. 얼마 후, 60대 후반 내지는 70대 초반으로 보이는 여성이 커피숍 안으로 들어왔다. 급히 나오느라 그랬는지 얼굴에 기초화장조차 하지 않았고, 헤어스타일도 뽀글뽀글한 게 전형적인 할머니들의 파마머리였는데도 여자는 어딘지 모르게 귀티가 났다. 어머니 주변에 저런 귀부인도 있었나, 하는 생각에 환자복 차림의 어머니와 아이보리 색의 바바리코트를 입은 여자를 번갈아 봐야 했다. 어머니가 "집의 빌딩"이라는 말을 한 것을 봐서는 이 빌딩도 그녀의 소유인 게 분명했다. 그녀는 황급히 달려와 어머니 앞에 앉더니 커피숍 사장을 불렀다.

"여기, 주문받아. 뭐 드시겠어요? 반장님."

반장님이라는 말을 듣고서야 어머니와 여자의 관계를 알수 있었다. 어머니는 60대 초반부터 조경 일을 시작했다. 호미로 잔디를 심는 게 어머니의 업무였다. 관공서의 청소부를 하다가 부당 해고를 당한 뒤 어머니는 이런저런 직장을 전전해야 했다. 직장이라고 해 봐야 식당의 찬모나 재래시장의 주차 관리원처럼 보수도 많지 않고 고용 안전성도 보장되지 않는 일이었다. 그러던 중 지인의 소개로 잔디를 심는 일을 하게 됐는데, 반농반어半農半漁의 강변에서 태어나 서울로 상경하기 전까지 돌밭을 일궈 작물을 키웠던 경험이 있던 어머니로서는 조경 일이 몸에 익었다고 한다. 게다가 고생한 만큼 보상도 있었던 터라 어머니는 새벽 일찍 일어나 일터로 나가야 했음에도 그 일을 즐거워하는 눈치였다. 그렇게 1년 정도 조경 일을 한 뒤 어머니는 '반장'이라는 감투를 쓰게 됐다. 반장은 잔디를 심을 아주머니들을 모아서 데려가는 일종의 연락책이라고 할 수 있었다. 반장과 반원의 가장 큰 차이점은 노임이었다. 반장은 조경 회사로부터 반원보다 10% 정도 더 받는데다가 모집한 반원들로부터도 노임의 10%씩을 별도로 받았다. 따지고 보면, 반장의 역할은 직업소개소 역할과 같았다. 반장이라는 완장을 찬 뒤 어머니는 더욱 조경 일에 재미를 붙였고, 일을 마치고 집에 돌아오면 치부置簿에 자신만 알아볼 수 있는 글씨로 반원들이 며칠 일했는지, 또 그 임금이 얼마인지를 기록했다. 어머니가 반장을 맡은 뒤 달라진 것 중 하나는 명절이 되면 여기저기서 작은 뇌

물들, 이를테면, 김치나 과일 같은 먹거리들을 받았다는 것이다.

반장이라는 말을 듣고서야 나는 바바리코트 차림의 여자가 어머니와 함께 잔디를 심으러 다니는 반원 중 하나임을 알 수 있었다. 여자가 어머니의 눈치를 살피면서 입을 뗐다.

"반장님, 안 그래도 큰 수술을 받았다는 말은 들었어요. 오늘이나 내일쯤 문병을 가려고 했는데……."

어머니가 손사래를 쳤다.

"기계가 낡으면 여기저기 고장이 나고, 사람이 늙으면 여기저기 병이 드는 건 당연한 이치니까 집이가 내 몸 아픈 건 신경 쓸 일은 아니고. 내가 집이한테 코피 얻어먹으려고 이렇게 환자복 차림으로 찾아온 건 아니고, 할 말이 있어 왔어."

여자의 낯이 붉어졌다. 어머니는 잠시 숨을 고르는지 길게 한숨을 내쉬었다.

"와서 보니까 듣던 대로 번듯한 빌딩도 갖고 있고 집이는 부러울 게 없이 사네. 아들이 교수라고 했지?"

어머니의 물음에 대답을 하지 않고 여자는 웬일인지 어머니를 똑바로 쳐다보지 못하고 시선을 돌렸다.

"그렇게 남부러울 게 없는 사람이 굳이 반장 자리까지 탐을 내. 내가 수술을 하고 누워 있는 동안 여기저기 전화를 했다면서. 조경 회사에까지 전화를 해서 반장을 맡겠다고 하고."

여자는 어머니가 보란 듯이 다소 과장되게 두 손을 흔들었다.

"아닙니다. 반장님, 오해가 있는 모양이에요."

어머니는 여자의 말허리를 잘랐다.

"내가 아직 몸이 안 좋으니 오해가 있었는지 없었는지는 나중에 따지기로 하고, 내 할 말만 먼저 할게. 내 나이가 이제 일흔하고도 다섯이야. 내가 반장을 하면 얼마나 더 하겠어. 언젠가는 이 반장 자리도 누구한테는 물려줘야겠지. 그런데 나는 반장을 물려줘도 나보다 더 못 배우고, 더 못 살고, 더 안 된 년한테 줄 거야."

어머니는 말을 마치고 자리에서 일어났고, 여자도 따라 일어섰다. 뒤돌아서서 걷는 어머니를 향해 여자는 고갤 숙여 인사를 했다.

어머니는 차에 앉자마자 다음 행선지를 일러 줬다. 나는 자동차 시동을 켜면서 말했다.

"엄마, 저 아주머니는 왜 빌딩도 갖고 있는데, 잔디 떼 심으러 다닌데?"

어머니는 한동안 말이 없다가 입을 뗐다.

"막내야, 늙으면 배운 사람이고 못 배운 사람이고 일자리가 그다지 많지 않단다."

뒤를 돌아보니 어머니는 시선은 차창 밖을 응시하고 있었는데, 어딘지 모르게 쓸쓸해 보이기도 했고, 냉정해 보이기도 했다.

나는 몇 해 전 한 환승역에서 아침에 어머니를 만났을 때가 떠올랐다. 1호선에서 4호선으로 갈아타려고 걷고 있는데 귀 익은 목소리가 발길을 붙잡았다. 뒤돌아보니 어머니였다. 어머니를 만났다는 반가움과 지척에 살면서도 곧잘 찾아뵙지 못하는 죄송함이 교차하였다. 얼른 달려가 인사를 하니, 어머니의 일행이 왁자하게 떠들면서 내게 아는 척을 했다. 어머니는 물론이고 어머니의 일행은 등에 가방을 둘러매고 있었다. 어머니의 일행은 잔디를 심으러 가는 중이었다. 어머니의 가방 안에는 30대 초반에 과부가 되어 돌밭 같은 세상을 헤치고 왔던 이력 같은 호미가 담겨 있을 것이었다. 내가 어머니의 가방을 유심히 쳐다보자 어머니가 손사래를 쳤다.

"얼른 니 갈 길 가. 에미는 따로 갈 테니까."

말을 마치고 어머니는 작업복 차림이 부끄러운지 황급히 자리를 피했다.

"니 갈 길 가. 에미는 따로 갈 테니까."라는 말 때문인지 외가에 살 때의 기억이 연속적으로 떠올랐다. 1년에 한 번씩 어머니는 친정에 맡긴 막내를 보러 왔다. 어렴풋한 기억이지만 나는 어머니가 낯설었고, 그런 까닭에 살갑게 어머니를 대하지 못했다. 이별의 순간에는 어머니는 자꾸만 뒤를 돌아보며 손을 흔들고 나는 큰이모의 치마 뒤에 숨어서 어머니의 뒷모습이 소실점이 되어 사라질 때까지 바라보았다. 뒤늦게 들은 얘기지만 어머니는 눈물을 흘렸다고 하는데, 어린 나로서는 만남의 기쁨이라든지 이별의 슬픔이라든지 하는 감정을 느낄 수 없었다. 그저 어머니를 만나는 것이 어딘지 모르게 서먹서먹하고 어색할 따름이었다. 어머니의 심정을 이해하는 데는 제법 오랜 세월이 흘렀다. 어머니에게 나라는 존재는 일종의 원죄 내지는 업보라고 할 수 있었다.

아버지가 돌아가셨을 때 나는 돌도 쇠기 전이었다. 어머니는 아버지 대신 가계를 책임져야 했던 터라 젖먹이인 나를 친정에 의탁해야 했다. 언젠가 어머니는 나를 외가에 맡길 수밖에 없었던 배경에 대해 설명한 적이 있었다.

"내가 벌어야 하니까 어머니에게 애들을 봐 달라고 연락을 했다. 그런데 한 보름인가 우리 집에 계시다가 어머니가 다시 시골집으로 내려가셨다. 어머니의 처지도 이해 못하는 바는 아니지. 큰집 애들을 거두느라 고생을 했는데, 둘째 집 애들까지 돌보려고 하니까 막막하기도 하고, 부아도 나셨겠지. 아이를 돌볼 사람은 없고 나는 출근을 해야 하고 새벽부터 일어나 고민하다가 큰애와 둘째를 학교에 보낸 뒤 아기를 방 안에 두고 문을 닫았단다. 행여 아기가 밖으로 기어 나와 사고를 칠까 봐 방 문고리에다가 숟가락을 꽂아 두었지. 그날 오전에 젖이 흘러서 몰래 화장실에 가서 젖을 짜야 했다. 젖을 짜는데 가슴이 아려서 젖만큼이나 눈물이 나더구나. 점심시간에 아기에게 젖을 물리려고 집으로 뛰어가 보니 아기가 방문 창호지를 손가락으로 여기저기 뚫어 놓고 울다가 지쳐서 잠이 들어 있더구나. 아기를 깨워서 젖을 물리려는데 나도 울고 아기도 울었다."

그 이야기를 할 때마다 어머니는 내 이름이나 막내라는 호칭이 아닌 아기라는 말을 썼다. 이후 나는 진학하기 전까지 외가에서 살아야 했다. 외가에서의 내 생활이 어떠했는지를 단적으로 정의할 수 있는 것은 '인쥐'라는 아호였다. 외조부는 그 마을에서는 상당한 부호였다고 한다. 배를 열 척이나 갖고 있었고, 방앗간도 운영하고 있었으며, 마을의 땅 대부분이 외조부 소유였다. 그 마을 기생집이 먹고살 수 있었던 것도 외조부의 덕이라고 하니 한때 외조부의 위세가 대단

했던 모양이다. 하지만 내가 기억하는 외가는 다 쓰러져 가는 초가집이었다. 외조부가 보증을 서 줬던 이가 패가망신하였고, 그 바람에 외가의 가세는 가파르게 내리막길을 걸어야 했다. 상황이 이렇다 보니 식구들이 삼시 세끼조차 넉넉히 먹을 수 없었다. 여름에는 수제비로, 겨울에는 찐 고구마로 점심을 때우기 일쑤였다.

외조모의 전언에 따르면 어느 해 겨울에는 외가 앞에 우물 공사를 하느라 일꾼들이 일박하게 되었는데, 내가 한 일꾼의 젖가슴을 더듬었다고 한다. 쥐새끼인 줄 알고 놀란 일꾼이 나를 보고서 '인쥐' 즉, '사람 쥐'라는 별명을 지어 주었다. 내게 인쥐라는 별명이 있었음을 안 것은 어른이 된 뒤였다. 인쥐라는 말을 들었을 때 나는 몰락한 집에 몰래 숨어 사는 한 마리의 쥐를 떠올렸다.

생각이 거기까지 이르렀을 때 어머니의 다음 행선지인 당고개역 인근에 닿았다. 차에서 내린 어머니는 사위를 둘러보면서 혼잣말을 하였다.

"길자네 가게가 어디였더라."

"길자가 누군데 엄마."

갈 곳이 생각이 난 듯 어머니는 환자복 소매를 펄럭이면서 앞장을 섰다. 어머니의 뒤를 따라서 구불구불한 골목길을 걷다 보니 서울에도 이런 곳이 있구나, 하는 생각이 절로 들었다. 예전에 산동네나 달동네라고 불리던 골목의 풍경이었다. 길바닥에 박힌 사금파리가 햇빛에 눈물처럼 반짝이는, 어느 집에서는 갓난애 우는 소리가 들리고, 또 다른 집에서는 남자에게 머리채를 휘어 잡힌 채 여자가 악다구니를 부리는 소리가 들릴 듯한, 슬픔의 노스텔지어가 깃들어 있는 그런 골목이었다. 어머니는 골목 끝에 위치한 분식집으로 성큼 들어갔다. 수유리의 커피숍에서 그랬던 것처럼 어머니는 제일 먼저 보이는 테이블의 의자에 앉았다. 인기척을 못 들었는지 분식집 주방에서는 어머니의 연배로 보이는 초로의 여자가 깍두기를 버무리고 있었다. 어머니가 앉은 채 소리를 질렀다.

"길자야."

그 소리를 듣고서야 여자는 누가 찾아온 것을 안 모양이었다. 여자는 손에 묻은 고춧가루를 물로 씻은 뒤 양손을 몸뻬바지에 쓰윽, 문지르며 밖으로 나왔다.

"어머, 형님 오셨어요? 몸은 괜찮아요? 안 그래도 내일이나 문병을 가려고 했던 차인데, 그 몸을 하고서 형님은 뭘 하려고 여기까지 왔어요."

어머니는 혀를 끌끌, 찬 뒤 매섭게 여자를 쏘아보았다.

"내가 왜 왔겠냐?"

여자의 얼굴이 붉어졌고, 어머니는 계산대에 놓인 공책을 가리키면서 말했다.

"너 거기 있는 공책과 볼펜 좀 가져와 봐라."

여자는 어머니가 시키는 대로 공책과 볼펜을 들고 왔다.

"앉아서 먼저 간 네 남편 이름을 써 봐라."

어머니의 말을 듣고서 여자도 과부 신세인 것을 알 수 있었다. 여자는 선뜻 자리에 앉지 못하고 말없이 공책과 볼펜을 들고 서 있었다. 어머니가 다시 혀를 찼다.

"남편 이름 석 자도 못 쓰는 년이 어떻게 반장을 한다는 거야. 네가 반장이 되면 치부는 어떻게 쓸 것이며 일한 사람들의 일당은 어떻게 계산할 거야."

얼굴이 붉어진 여자가 어머니의 앞에 앉은 뒤 말했다.

"형님, 뭔가 오해를 한 것 같은데……."

어머니는 여자의 말허리를 잘랐다. 어머니의 음성이 높아졌다.

"내가 다 들었어. 네가 다른 아주머니들한테 전화해서 신 반장이 쓰러졌으니까 반장을 바꿔야 한다고 선동을 했다는 걸. 이년아, 똑바로 들어. 내가 머지않아서 반장을 관둘 거야. 관둘 때는 누군가한테는 반장 자리를 물려줘야겠지. 그런데 반장 자리를 물려줘도 한글은 읽고 쓸 줄 알고 셈도 빠른 사람한테 물려줄 거야. 그래야 일한 사람들이 제 일당을 제대로 못 받는 일은 없을 것 아냐?"

여자는 말없이 고개를 숙였고, 한동안 침묵의 순간이 이어졌다. 아마도 여자는 문맹인 모양이었다. 어머니는 글을 쓸 줄 모르는 여자를 몰아세웠지만, 정작 자신도 완벽하게 한글을 쓸 줄 아는 것은 아니었다. 언젠가 어머니가 내게 전화기록부에서 스님의 연락처를 찾아보라고 시킨 적이 있었다. 그런데 전화기록부 어디에도 스님의 연락처는 적혀 있지 않았다. 내게서 전화기록부를 낚아챈 뒤 어머니는 지면을 손가락으로 가리켰다.

"없긴 뭐가 없어. 여기 쓰여 있는데."

어머니의 손가락이 가리킨 데는 '스님'이 아니라 '순임'이라는 글자가 쓰여 있었다. 순임이라는 글자를 안 본 것은 아니었다. 그저 어머니의 친구일 것으로 생각했던 것이다.

무슨 생각이 들었는지 어머니는 여자의 손을 잡고 입가에 미소를 띤 채 말했다.

"길자야, 너 만나러 오느라 점심도 못 먹었다. 배고프다. 함께 라면이라도 먹자. 내 막내아들도 한 그릇 주고."

"그래. 형님. 내가 라면을 한 솥 맛있게 끓여 올게."

여자는 여느 분식집에서 하는 것처럼 각기 그릇에 담아서 라면을 내놓지 않고, 라면을 끓인 냄비를 식탁 가운데 놓았다. 라면 냄비 옆에 총각김치가 담긴 그릇을 놓았다. 라면 냄비를 가운데 놓고 앉으니 어머니와 여자와 내가 한 식구인 것처럼 느껴졌다.

여자가 어머니에게 물었다.

"여기가 형님네 막내아들이요. 방송국에서 일한다는."

"그건 둘째고, 막내는 글 쓰는 작가라."

"형님은 좋겠소. 아들들이 다 잘돼서."

어머니가 손사래를 쳤다.

"너도 잘 알겠지만 자식들은 어리나 크나 다 일거리야. 며느리는 어디 갔냐?"

여자는 바로 대답을 하지 못했다.

"아들놈하고 싸우고 친정에 갔소. 곧 돌아오겠죠. 뭐."

어머니는 면발을 후루룩, 들이켠 뒤 총각김치를 젓가락으로 가져가면서 말했다.

"생니가 다 빠지고 나니 총각김치 먹는 게 제일 아쉽더라."

"왜 형님도 임플란트를 하지 않고?"

"내가 얼마나 더 산다고."

총각김치를 우물우물 씹고 있는 어머니를 보니, 내가 처음으로 쓴 「김장」이라는 졸시가 떠올랐다.

 어머니는 일요일도 쉬지 못하고 찬바람에 움츠려 앉아 배추를 썰었네. 시퍼런 칼날에 싹둑 잘려진 배추 속을 바라보며 형은 얼음이 배겼다고 했네. 배추도 추운 모양인갑다. 배추는 쉼 없이 움직이는 어머니의 손길을 따라 소금물에 절여졌고, 가난에 절은 식구들처럼 숨죽이며 차곡차곡 쌓였네. 보기에도 희멀건 한 양념을 버무리다 말고 언 배춧속처럼 어머니 가슴에도 얼음이 박힌 듯 혼잣말을 웅얼거렸네. 젓갈을 조금이라도 넣었으면 좋으련만. 담장 너머로 짙은 노을이 스며 오던 저녁에서야 어머니는 허리를 곧추세워 하늘을 바라봤네. 이젠 다 됐구나. 장독에 묻힌 김장처럼 어머니를 따르던 축 늘어진 그림자가 하나 둘 셋. 시름하는 어미 곁에 누워서 타박을 하던 모가지가 하나 두울 셋. 어머니 겨울은 아직도 멀었나요. 동치미를 아무리 베어 먹어도 겨울밤은 너무나 길어 문풍지 사이로 스멀거리던 바람 소리만이. 유난히 추운 겨울이었네.

 진학할 나이가 되어서 나는 어머니에게 돌아갔다. 당시를 떠올리면 잠이 들 때까지 천장을 뛰어다니며 찍찍대던 쥐새끼 소리가 떠오르고, 아침에 일어났을 때 수돗가에 놓인 비누에 새겨진 쥐새끼의 이빨 자국이 떠올랐다. 돌이켜 보면,

나만 인쥐인 것은 아니었다. 형들도 어미 쥐의 품에서 찍찍대는 생쥐이긴 마찬가지였다.

어린 나는 환경이 바뀌다 보니 일종의 향수병 같은 것이 생겨서 학교생활에 적응하질 못했다. 청소년기 내내 말썽을 부렸고, 고등학교를 졸업한 뒤에도 술집이나 공장을 전전했다. 남들보다 대학에 늦게 진학한 이유도 이 때문이다.

라면을 다 먹고 일어서는 어머니를 향해 여자가 꾸벅, 인사를 했다. 어머니는 차의 뒷좌석에 앉더니 노래를 흥얼거렸다. 이미자의 〈울어라 열풍아〉였다. 노래를 부르다 말고 어머니가 내게 소리쳤다.

"막내야. 안 가고 뭐 하냐?"

"엄마, 그래서 반장 자리는 누구한테 줄 거야. 수유리 여자한테 더 못 배운 년한테 준다고 해 놓고서 당고개 여자한테는 글도 읽고 쓸 줄 알고 셈도 빠른 사람한테 준다고 했으니 앞뒤가 안 맞잖아."

"내가 반장 자리를 왜 줘. 갖고 싶으면 지들이 빼앗든지 해야지."

말끝을 흐리면서 어머니는 차창 밖으로 시선을 돌렸다. 어머니는 비록 말을 하지 않았지만 내게 이렇게 말을 하고 있었다.

"정을 붙이는 건 쉽단다. 하지만 정을 떼는 건 참으로 어려운 일이란다."

때마침 하늘이 붉게 물들고 있었다. 어머니의 옆모습은 어딘지 모르게 쓸쓸해 보이기도 했고, 냉정해 보이기도 했다. 그 모습이 어딘지 모르게 낯익어 보였는데, 생각해 보니 어머니의 얼굴에는 할머니의 모습이 깃들어 있었다. 돌도 쇠지 않은 갓난애인 손자를 두고서 떠났다는 할머니. 1800년대생인 할머니는 백 세를 넘도록 살았다. 자식을 여덟 명을 낳았으나 그 절반인 네 명만 돌을 넘겼고, 그 넷 중에서도 두 명은 사십 세를 넘기지 못하고 단명하였다. 할머니는 산 자는 죽은 자의 기억을 젖줄 삼아 살 수밖에 없다는 것을 몸소 깨달았을 것이다. 갓난애의 시신을 뒷산에 묻을 때 할머니의 젖가슴에서는 젖이 흘렀듯, 갓난애를 친정에 맡길 때 어머니의 젖가슴에서는 젖이 흘렀을 것이다. 하얀 젖을 짜는 시간이 늘어날수록 눈가가 짓무르는 시간은 줄어들었을지도 모를 일이다.

생각이 거기까지 미치자 어릴 적 어머니의 손을 잡고 아버지의 산소를 찾아가던 게 떠올랐다. 하늘에 뜬 태양이 머리를 뜨겁게 달궜고, 헉헉거리면서 나는 어머니의 손목을 잡고 흙먼지가 이는 황톳길을 걸어야 했다. 산으로 접어들면 송진 타는 냄새가 코끝을 찔렀고, 까마귀 떼가 날개를 펼쳐 햇무리를 가린 채 보채듯 깍깍, 울어 대곤 했다.

병실까지 모셔다 드리자 어머니는 침대에 누웠다.

"막내야, 그만 가 봐라."

"엄마, 그런데 왜 수유리 여자가 준다는 커피는 안 마시고, 당고개 여자에게는 라면을 끓여 달라고 했어?"

어머니가 이불을 가슴께까지 끌어 올린 뒤 말했다.

"그 집이한테는 별 마음이 안 들던데 길자한테는 왜 그런지 미안하더라."

병실 밖으로 나가려는데 어머니가 다시 나를 불렀다.

"막내야, 조금 있으면 추석이구나. 에미가 몸이 안 좋으니 형들한테 미리 명절 준비해야 한다고 말해라."

어머니는 명절을 기다리는 눈치였다. 첫째 형이 모시겠다는 것을 극구 마다하고 어머니는 혼자 살았다. 그래서 명절이 되면 어머니 집으로 세 아들 식구들이 모였다. 벌써 몇 년째 이어지고 있는 한가위 풍경은 이러했다.

손자, 손녀들이 제가 아는 말들이란 말들은 모두 종알거리며 돌아다닌다. 어머니는 손자, 손녀 먹이려고 떡고물을 준비한다. 형들과 내가 아파트 창문 너머 달을 쳐다본다. 형수와 아내가 떡 반죽을 이기다 말고 밤하늘을 쳐다본다. 어머니도 침침한 눈으로 밖을 내다본다. 어머니의 눈빛에는 만감이 교차한다.

'차면 기우니, 헌들 대수냐? 다 찼는데…… 꽉 찼는데…….'

어머니는 고개를 거두면서 손자 손녀 눈썹 같은, 초승달 같은 송편을 마저 빚는다. 때마침 견우과 직녀가 만나 낳은 아이인 듯 보름달이 밝고 금줄이라도 걸린 듯 밤하늘에는 미리내가 환하다.

병실을 빠져나올 때 어머니가 언젠가 했던 말이 이명처럼 들려왔다.

"니 갈 길 가. 에미는 따로 갈 테니까."

나는 속엣말을 중얼거렸다.

'그래, 언젠가는 어머니와 나도 서로 갈 길이 갈리겠지. 삶의 길과 죽음의 길로 나뉘겠지. 그러나 삶은 죽음을 껴안고, 죽음 역시 삶을 품는 것일 테지. 이는 마치 어머니가 아이를 품고, 아이가 어머니를 껴안는 것과 같은 일일 테지.'

안타까운 것은 가족도 세상 인연의 하나인지라 사소한 일상이 환열歡悅로 다가올 때가 있는가 하면 곤곤困困한 슬픔으로 북받칠 때도 있다는 것을 실로 이해할 나이가 되면, 이미 은혜에 보답할 부모님은 가고 없다는 것이다. 그러니 어머니의 은혜에 보답할 길은 애오라지 자식을 사랑하는 것밖에 없는지도 모른다. 어쩌랴. 그것이 비장하면서도 숭고한 삶의 유전流轉인 것을.

나는 걸음을 재촉하면서 생각했다. 그래도 얼마나 다행인가? 이 삭막한 세상에 대지를 핥으면서 대지에 붉게 물든 핏자국까지 핥아 주는 혓바닥이 있다는 것은.

긴 혓바닥을 지녔으면
몸속에서 꿈틀대던 것들
양수를 터뜨리고 나와 외투막에 싸여 잔뜩 웅크린 것들
울음을 터뜨릴 때까지 샅샅이 빨아 주고
더러는 아무리 핥아 줘도 소리가 없는 것들
그러다가 이내 싸늘히 식어 버리는 것들
그 안쓰러운 어린 넋도 달래 줬으면

긴 혓바닥을 지녔으면
세상의 모난 송곳니에 물려
상처 입고 돌아와 신음하는 것들
응어리진 핏멍울도 밤새 핥아 줬으면

쇠 슬지 않도록 병나지 않도록 보듬어 줬으면
찌그러진 개밥그릇 쉰밥 한 덩어리에
이빨 드러내고 으르렁거릴 때
매번 꼬리를 내리는 안쓰러운 것들
그 비루먹은 자리도 싹싹 쓸어 줬으면

사족蛇足

 쿠데타를 진압한 뒤 오 년이 지났지만 어머니는 여전히 반장 자리를 그 누구에게도 물려주지 않았다. 다만, 어머니에게 반기를 들었던 여자가 반장이 되어서 반원들을 데리고 나간 까닭에 어머니의 권위는 예전에 비해 절반으로 줄어들었다고 한다. 그러거나 말거나 어머니는 팔순의 몸을 이끌고 일이 있으면 반원들을 모아서 일터로 나가고 있다. 그런 까닭에 어머니에게서 전화가 자주 오면 일이 없는 것이고, 전화가 뜸하면 일이 있는 것이다. 아들로서 전화가 자주 올 때는 어머니가 쉬고 있으니 기쁘고, 전화가 뜸하면 어머니가 일을 나가 반장으로서의 역할을 다하고 있으니 기쁠 따름이다.

검은 입 흰 귀

1

1 아담과 하와의 낙원 추방을 묘사한 16세기 목판. 보들레르의 『악의 꽃』 재판 표지.

1

 검은 입과 흰 귀는 악명을 떨친 도둑이었어요. 물론 둘의 이름은 실명이 아니고 별명인데요. 검은 입은 벙어리인데 들을 수 있었고, 흰 귀는 귀머거리인데 말을 할 수 있었어요. 그래서 흰 귀는 검은 입의 입이, 검은 입은 흰 귀의 귀가 되어 주었죠.
 그럼, 먼저 둘이 만난 얘기부터 해 볼까요.

 검은 입은 보육원에서 자랐는데요. 벙어리라는 이유로 보육원 형들한테 곧잘 얻어터졌죠. 열다섯 살 때까지 나타나는 양부모가 없자 보육원장은 양식만 축내는 쥐새끼라고 욕설을 퍼부어 댔어요. 보육원장은 뚱뚱해서 걷는 것은 물론이고 숨 쉬는 것도 힘들어하는 여자였죠. 벚꽃이 난분분 흩날리는 봄날, 보육원장은 바깥에 나갈 채비를 했어요.

"쥐새끼야, 얼른 나를 따라와."

보육원장은 검은 입의 손을 잡아끌었어요. 보육원장의 잔소리를 들으면서 걷다 보니 검은 입의 눈에는 멀리 성냥갑처럼 생긴 건물들이 모여 있는 게 보였어요.

굉음이 나는 허름한 건물로 보육원장이 들어섰을 때 말쑥하게 정장을 차려입은 사장이 오른손에 가죽 채찍을 들고 서 있었죠. 사장은 왼손으로 콧수염을 쓰다듬으면서 검은 입을 위아래로 훑어봤어요.

"원장님, 강아지를 데리고 와야지 다 큰 개를 데리고 오면 어떡합니까? 그것도 수캐를."

보육원장은 아랑곳하지 않고 대꾸했어요.

"강아지보다는 개가 낫지. 집도 잘 지키고. 그리고 수캐면 어떻고 암캐면 어때?"

"강아지보다는 개가, 암캐보다는 수캐가 더 사료 비가 드니까 하는 말이죠."

사장은 검은 입의 입을 벌려서 이빨을 찬찬히 살펴봤어요.

뭔가 미심쩍었는지 사장은 고개를 가로저었죠.

"네 이름이 뭐냐?"

검은 입은 시선을 보육원장에게 돌려야 했어요. 난처한 표정을 짓더니 보육원장은 말했죠.

"이 아인 벙어리야. 그래도 말귀는 알아들으니까 부리는 데는 아무 지장이 없을 거야."

사장은 콧수염을 쓰다듬으면서 말했어요.

"이 아인 반값만 받으쇼. 짖지도 못하는 개가 무슨 소용이 있겠소."

잠시 낯빛이 바뀌는가 싶더니 보육원장은 말없이 사장이 건넨 지폐를 가로챘어요. 그리고 검은 입의 등을 떠밀었죠. 푼돈에 검은 입을 넘긴 뒤 보육원장은 뒤도 돌아보지 않고 공장 밖으로 나가 버렸어요.

보육원장의 뒷모습이 소실점이 돼 사라질 때까지 검은 입은 우두커니 서 있어야 했죠. 이윽고 검은 입의 눈에는 보육원의 높고 긴 담이 스쳐 지나갔어요. 순간 깨달았어요. 그나마 자신의 보호막 역할을 해 줬던 게 그 담이라는 사실을.

사장은 주위를 환기시키려는 듯 들고 있는 가죽 채찍을 내리쳤죠. 휙휙, 날카로운 소리가 허공을 갈랐어요. 사장은 검은 입을 내려다본 뒤 가죽 채찍으로 방적기계를 가리켰죠.

일정한 간격을 두고서 처녀들이 서서 끊어진 실을 잇고 있었어요. 방적기계 아래에는 또래의 아이들이 바닥에 몸을 넌 채 먼지 낀 실뭉치를 꺼내더니 개처럼 기어 나왔죠. 검은 입의 눈에는 한 여자아이가 들어왔어요. 바로 흰 귀였죠. 흰 귀를 봤을 때 검은 입의 귀에는 먼 데서 울리는 것 같은 종소리가 들렸어요. 맑은 소리였죠. 검은 입의 시선이 멎은 곳은 흰 귀의 눈망울. 흰 귀의 눈을 보고서 검은 입은 때로는 입보다 눈이 더 정확한 말을 전달할 수 있다는 사실을 알게 됐죠.

그럼 이번에는 흰 귀가 방적 공장에 오게 된 경위를 알아볼까요.

흰 귀는 유랑극단의 가수인 어머니 밑에서 자랐답니다. 말이 가수지 밤이 되면 아무 데나 자리를 펴고 몸을 팔았어요. 언젠가 흰 귀가 아버지에 대해 물었을 때 어머니는 "길에서 만나서 길에서 헤어졌다. 새의 말을 엿들을 수 있는 사람이었다."는 당최 알아들을 수 없는 말을 했어요. 흰 귀는 그러려니 했죠. 어머니는 조금 정신이 이상한 사람이었거든요. 어머니가 몹쓸 성병에 걸려서 죽자 유랑극단 단장은 가장 먼저 닿은 도시의 방적 공장에 흰 귀를 팔아 버렸죠. 단장은 흰 귀가 귀머거리인 사실을 숨겼던 터라 흰 귀의 몸값을 제대로 받을 수 있었죠. 그래 봐야 헐값이긴 마찬가지였죠.

바닥을 기어 나오다가 흰 귀는 검은 입과 눈이 마주쳤어요. 홀린 듯 서 있는 검은 입을 보는 순간 흰 귀는 말을 걸고 싶어서 입이 간지러울 지경이었죠. 시키지도 않았는데 검은 입은 흰 귀가 들고 있는 실뭉치를 건네받았어요. 흰 귀가 속삭였죠.
"너는 손이 빠르구나."
검은 입이 멋쩍게 씩, 웃었어요. 그런데 검은 입만 손이 빠른 게 아니었어요. 검은 입의 웃음이 멎기도 전에 사장이 휘두른 채찍이 허공을 가로질렀죠. 검은 입은 외마디 비명을 질러야 했어요.

그날 밤 검은 입은 꿈을 꿨어요.
하얀 나비가 팔랑거리며 날아갔어요. 검은 입은 노래를 부르면서(꿈속에서 검은 입은 노래를 부를 수 있었어요) 나비를 쫓아갔어요. 나비는 꽃들이 만발한 꽃밭으로 숨어들었어요. 이 꽃에서 저 꽃으로 쉴 새 없이 옮겨 다니며 꿀을 훔치느라 바쁜가 싶더니, 나비는 어느 붉은 꽃에 앉아 날개를 접었죠. 잠시 쉬고 있는 것일 텐데 검은 입에게는 나비가 깊은 잠이 든 것 같았어요. 일순 대기의 흐름이 멎은 것 같았죠.

다시 나비가 팔랑거리며 날아다녔죠. 나비는 날갯짓만으로도 다른 나비를 부를 수 있는지 금세 나비는 한 쌍이 됐어요. 한 쌍의 나비는 앞서거니 뒤서거니, 높거니 낮거니 허공을 날아다녔죠.

사장은 말이 적은 사람이었어요. 아이들의 손이 느려지기라도 하면, 곧바로 채찍을 휘둘렀어요. 잘 듣지 못하는 흰 귀는 대답이 늦다는 이유로 곧잘 발길질을 당했죠. 사장은 체벌할 때 손을 곧게 펴게 한 뒤 채찍으로 때렸기 때문에 항상 둘의 손등과 손톱에는 푸른 조각달이 뜬 것처럼 멍이 들어 있었어요.

사장은 곧잘 채찍을 휘두르면서 성경 구절을 암송했어요. 채찍이 허공에서 떨어질 때마다 콧수염 끝이 바르르 떨렸는데요.

사장의 입에서 '일하는 자에게는 그 삯이 은혜로 여겨지지 아니하고 빚으로 여겨진다.'[2]라는 말이 흘러나올 때면 검은 입은 그 성경 말씀이 자신을 때리는 것만 같은 착각이 들었죠.

---

2 〈로마서〉 4장 4절.

친해진 뒤 검은 입과 흰 귀는 대화를 나누게 되었어요. 흰 귀가 하는 수화는 엉터리였어요. 가령, '예쁘다'라는 말 대신 '멍청이'라고 말을 하는 식이었죠. 어쩌면 일부로 수화를 엉터리로 했는지도 모르겠어요. 수화를 하면서 흰 귀가 깔깔거린 걸 보면. 사실 검은 입도 흰 귀가 짓궂은 장난을 치고 있다는 것을 알고 있었어요. 그러니까, 실제로 상대를 속인 것은 흰 귀가 아니라 검은 입이었던 거죠. 흰 귀는 종종 노래를 부르기도 했어요. 검은 입은 흰 귀가 귀머거리여서 노래를 못 할 것이라고 생각했어요. 어떻게 노래를 부를 수 있지? 검은 입이 묻자 흰 귀가 답했죠. 나는 소리를 살갗으로 듣거든.

공장 생활에 검은 입은 그럭저럭 적응했지만 꾀가 많은 흰 귀는 사정이 달랐어요. 흰 귀는 틈만 나면 농땡이를 피웠죠. 검은 입에게도 선배 행세를 톡톡히 하면서 제 일까지 시키는 흰 귀였으니까요.

공장의 규정상 지각하거나 결근하면 벌금이 부과됐어요. 결근자는 벌금이 하루 임금의 3배에 해당했죠. 작업장에서 잡담하는 것도 규정상 위반 사항이었어요. 1년 내내 바닥을 기었지만 둘은 한 푼의 돈도 받지 못했어요. 농땡이를 피웠다고 사장에게 모질게 가죽 채찍으로 얻어맞고 나서 흰 귀가 검은 입에게 물었죠. 큰 도시에 가 본 적 있어?

하루를 꼬박 걸어서야 검은 입과 흰 귀는 큰 도시에 도착했죠. 번화가 거리에 도착한 두 사람은 자기력에 이끌리듯 우뚝 세워진 건물 앞으로 걸어갔어요.

건물은 유리 지붕으로 덮여 있었는데, 거기 저녁놀이 반사돼서 찬란한 광채를 뿜어내고 있었어요. 어찌나 위엄이 있던지 검은 입은 한 걸음 물러서서 건물을 올려다봐야 했어요. 뒷걸음을 치는 검은 입의 손을 흰 귀가 잡아채듯 이끌었어요.

건물의 골목마다 취객들이 즐비했어요. 술에 취해 비틀거리며 걷는 남자를 유혹하는 여자가 눈에 들어왔어요.

같은 듯 다르고, 다른 듯 같은 수많은 현란한 상점들이 늘어서 있었어요. 술집을 지나면 또 다른 술집, 양복점을 지나면 또 다른 양복점, 미용실을 지나면 또 다른 미용실이 기다렸어요.

상점의 쇼윈도에서는 맞붙은 풍경을 복사하고 있었어요. 그 복사된 풍경에는 여러 사람이 비쳤죠. 창백한 낯에 짙은 화장을 한 여자들이 스쳐 지나갔어요. 쇼윈도에 비친 그녀들의 모습은 옆얼굴뿐이었죠.

핸드백을 들고 중년 여자가 지나가는 것을 보더니 흰 귀가 말했죠. 저걸 낚아채. 조금 뒤 상점 거리 입구에서 만나. 검은 입의 손발은 재빨랐어요. 흰 귀의 손짓이 끝나기 무섭게 검은 입은 중년 여자의 핸드백을 낚아챈 뒤 부리나케 도망쳤죠. 그런데, 미로 같은 상점 거리를 돌다가 검은 입은 길을 잃고 말았어요. 검은 입이 보기에 상점 거리는 그 전체가 입구이자 출구 같았어요. 출발한 곳이 끝나는 자리가 되고, 끝나는 곳이 다시 출발하는 자리가 되었어요. 한참을 뛰어다니다가 여자를 다시 마주치게 됐죠.

"도둑놈을 잡아라."

여자가 소리쳤고, 지나가던 청년들이 검은 입을 에워쌌어요. 흰 귀는 상점 거리 입구에서 검은 입을 기다리고 있었어요. 경찰한테 끌려가는 검은 입을 보고서 흰 귀는 얼른 자리를 피했어요.

2

소년원의 일상은 권태로웠어요. 소년수들은 일어나면 이불을 개고 마당에 모여서 점호를 받았죠. 세수를 하고, 아침을 먹고, 작업장으로 향했어요.

작업은 삼을 잘게 찢고 다시 그것을 꽈서 밧줄을 만드는 단순노동이었어요. 작업은 분업화해 진행됐어요. 삼을 찢는 일은 상대적으로 신입 아이들이 도맡아야 했어요. 억센 삼의 줄기를 찢다 보면 손톱이 갈라지기 일쑤였죠. 삼을 꼬는 일도 쉬운 것은 아니었어요. 삼을 꼬는 아이들의 손바닥은 고사목 껍질처럼 딱딱해졌으니까요. 손끝의 통증보다도 견딜 수 없는 건 변화 없이 반복되는 일상이었어요. 수북이 쌓여 있던 삼 뭉치가 사라지면 그 자리에는 다시 삼 뭉치가 놓였죠.

점심을 먹고, 다시 작업을 하고, 저녁을 먹고, 다시 작업을 이어 나갔죠. 저녁 여덟 시가 되어야 각기 동으로 돌아갈 수 있었죠.

취침 시간은 아이들이 가장 기다리는 시간이었어요. 더러 간수들이 각 동을 돌면서 순찰을 하기도 했지만 자주 있는 일은 아니었어요. 이때부터 아이들은 진짜 교육에 들어갔죠.

검은 입에게 도둑질을 가르친 것은 육손이었어요. 육손이는 모든 소매치기 기술에 능했어요. 첫 대면부터 검은 입은 육손이가 맘에 들었어요. 육손이는 동갑인데도 한 뼘 넘게 차이가 나게 키가 컸어요. 웃을 때 보이는 큼지막한 앞니도 시원해 보였죠. 죄수복 바지에 꿰매어 만든 주머니에 두 손을 찌른 모습이 어른스러워 보였어요.

육손이가 악수를 청했을 때 검은 입은 눈이 휘둥그레졌어요. 여섯 번째 손가락이 반듯하게 손에 붙어 있었거든요. 검은 입은 신기해서 다른 손도 봤죠. 왼손도 마찬가지였어요. 음지식물의 줄기처럼 가늘고 긴 팔과 손목. 그리고 뭔가를 간절히 움켜쥐고 싶어 하는 것만 같은 여섯 개의 손가락. 육손이는 웃으면서 말했어요.

"손가락이 이상하지. 쌍둥이인 내 동생도 육손이야. 우리 형제의 손가락을 합하면 모두 스물네 개지."

 육손이의 말에 따르면, 쌍둥이 동생은 다른 소년원에 있다고 했어요.

 소매치기 수업은 육손이가 죄수복 위에 꿰맨 주머니마다 잡다한 것들을 쑤셔 넣고 일어서는 것으로 시작됐죠.

 육손이가 방 안을 돌았어요. 그러면 아이들이 차례대로 육손이와 어깨를 부딪치면서 지나갔죠. 어깨가 부딪칠 때 육손이의 주머니를 아이들이 털어야 했어요. 도둑질이 손에 익지 않은 아이는 종종 물건을 바닥에 떨어트리곤 했죠. 더러는 물건을 집는 손을 육손이가 와락 붙잡을 때도 있었어요. 검은 입이 보기에는 번쩍하는 순간에 벌어진 일이어서 두 사람의 어깨가 부딪치는 것밖에는 보이지 않았죠.

 하루는 육손이가 검은 입의 정강이를 걷어찼어요. 곧바로 손으로 뒤통수를 내리쳤죠. 검은 입은 영문을 몰라서 말똥말똥 육손이를 바라봤어요.

"내가 정강이를 걷어찰 때 아팠지?"

검은 입은 고개를 끄덕였어요.

"뒤통수를 내리쳤을 때는 어땠어? 감각이 없었지? 왜 그런지 알아? 정강이를 맞자마자 뒤통수를 내리쳤기 때문이야. 이게 도둑질의 기본이야. 상대의 혼을 빼놓는 것."

이튿날부터 검은 입은 도둑 수업에 참여하게 됐어요.

"한번 해 보겠어?"

어깨를 으쓱 추켜올린 뒤 검은 입은 육손이의 곁으로 걸어갔죠. 검은 입은 육손이의 어깨에 몸을 부딪치지 않았어요. 대신 육손이의 발을 밟았어요. 곧바로 육손이의 바지 주머니에 있는 종이 뭉치를 꺼내서 자신의 허리춤에 쑤셔 넣었죠. 그야말로 눈 깜짝하는 순간이었어요. 육손이도 놀란 눈치였어요. 아이들이 주머니에서 물건을 꺼낼 때 육손이는 곧바로 그 물건을 가로채서는 아이들의 눈앞에 흔들어 대곤 했어요. 그런데 검은 입한테는 그럴 수 없었던 거죠. 육손이가 가로채기 전에 종이 뭉치가 검은 입의 허리춤으로 들어갔으니까요.

"제법인데. 그래 그렇게 하는 거야. 다시 한번 해 봐."

검은 입은 이번에는 자신의 어깨를 육손이의 어깨에 부딪혔어요. 그 순간 뒷주머니에 감춰져 있던 장기 알을 꺼내서 손아귀에 쥐었죠. 그리고 정중하게 허리를 굽힐 때 두 팔을 뒤로 빼서는 뒤쪽에 서 있는 다른 아이에게 장기 알을 던졌어요. 이번에도 검은 입의 동작은 재빨랐어요. 검은 입의 물건을 빼앗는 데 실패한 육손이는 두 손을 허공에 두고 있기 머쓱했던지 손뼉을 쳤어요.

"그렇게 하는 거야. 내가 도로 물건을 뺏을 틈이 없으니 초짜치고는 제법 손이 빨라. 누가 가르쳐 주지도 않았는데 물건을 뒤로 빼돌리는 걸 보면 머리도 좋고. 타고난 기계들이 그렇지. 저거다 싶으면 곧바로 손이 가고, 어느새 물건은 손에 쥐어져 있지. 이건 연습에 불과하니까 실제로 행인의 주머니를 터는 건 어떨지 모르지만 몇 가지 기술만 가르치면 뭐 더 배울 게 없겠어."

검은 입은 육손이가 시키는 대로 주머니 터는 연습만 했죠. 육손이가 바지 주머니를 가리키면 바지 주머니를 털었고, 상의 주머니를 가리키면 상의 주머니를 털었어요. 이미 육손이는 검은 입의 손이 어디에 닿을지 알고 있었기 때문에 도둑질은 쉽지 않았어요. 몇 번인가는 물건을 육손이에게 뺏기기도 했죠. 하지만, 도둑질은 할수록 손에 익어 갔어요. 나중에는 손바닥에 풀칠이라도 한 듯 물건이 절로 손에 붙어

왔어요. 그다음부터는 떼를 지어 도둑질하는 법을 배웠어요.

"저번에 주머니에서 빼낸 종이 뭉치를 허리춤 뒤로 빼돌려서 뒤에 서 있는 놈한테 던졌던 거 기억나? 바로 그거야. 무리 지어서 하면 도둑질은 배로 쉬워. 우선 두 명 정도가 바람잡이를 하는 거지. 그 두 놈이 무슨 짓을 해서든 행인의 시선을 끄는 거야. 흔히 쓰는 방법으로는 둘이 시비가 붙은 것처럼 가장하는 거지. 사람들이 불구경만큼 좋아하는 게 싸움 구경이잖아. 다른 방법으로는 한 명이 길을 묻고 한 명이 행인의 몸에 오물을 묻히는 거야. 행인이 정신이 없을 때 진짜 기계가 움직이는 거지. 여기서 가장 중요한 건 작업 뒤에는 기계의 손에 장물이 없어야 한다는 거야. 기계는 물건을 터는 즉시 다른 놈한테 넘겨야 하지. 전에 네가 했던 것처럼. 만약 상대가 도둑질당했다는 걸 눈치챘다 싶으면 한 놈이 꽁지에 불붙은 것처럼 뛰는 거지. 그때 바람잡이들은 뭘 해야겠어? 소리를 질러야지. 도둑놈 잡으라고. 쉽지? 한 놈이 여럿을 어떻게 이기겠어."

검은 입이 두 손바닥을 닿을락 말락 하게 했어요. 만약 작업 공간이 비좁으면 어떻게 하느냐는 뜻이었죠. 육손이가 웃었어요.

"대가리가 그렇게 반짝해야 도둑질도 해 먹는 거지. 좁은

데서는 어떻게 하느냐는 거 아냐? 좁은 데서는 작업을 않는 게 좋지. 하지만 우리가 더운물 찬물 가릴 처지가 아니잖아. 만약에 좁은 공간에서 작업을 하다가 들통이 나면 바로 이걸 써야 해."

 육손이는 자신의 신발 밑창에 붙어 있던 면도날을 꺼내 보였어요. 그리고 두 손가락 사이에 면도날을 끼운 뒤 허공에다가 그었죠.

"상대방이 소리치기 전에 면도날을 보여 줘야지. 조용히 하지 않으면 그어 버리겠다는 표시로. 그럼 대개 입을 다물게 돼 있어. 그런데도 떠들어 대는 새끼는 어쩔 수 없지. 앞으로도 아무 때나 실컷 떠들어 대라고 주둥이를 더 크게 만들어 주는 수밖에. 면도날로 쭉, 긋는 거야. 주둥이가 아귀 아가리처럼 되게. 때로는 칼도 휘두를 수 없을 때가 있어. 전차를 타고 가다가 옆에 서 있는 사람을 털 때가 그렇지. 전차에 있는 모든 사람을 다 긋고 찌를 수는 없는 노릇이니까. 그럴 때는 적당한 곳에 물건을 숨기는 거야."

 검은 입의 도둑 수업은 점차 난이도가 높아 갔어요. 육손이는 작업장에서 가져온 밧줄과 골판지로 모형 핸드백을 만든 뒤 바닥치기의 시범을 보였어요. 그리고 면도날을 건네면서 따라서 해 보라고 했어요. 바닥치기는 생각보다 쉬웠어요. 보이지 않게 검지와 중지 사이에 면도날을 숨긴 뒤 그것으로 핸드백 바닥이나 옆을 긁으면 그것으로 끝이었죠.

"실제로 할 때도 별 차이 없어. 차이라고 해 봐야 핸드백이 골판지가 아니라 가죽으로 만든 거라는 정도겠지."

다음으로, 육손이가 가르쳐 준 것은 안창따기였어요. 안창따기는 신사들의 양복 안쪽을 L자로 째서 지갑을 빼내는 기술이었어요. 이 역시 신사복이 없었으므로 죄수복 안쪽을 째는 것으로 대신해야 했어요.

이어서 육손이는 줄따기 기술을 가르쳐 주었어요. 줄따기 기술은 펜치가 없었기 때문에 말로만 설명을 들을 수밖에 없었어요.

"줄따기는 상대방이 제일 눈치를 채기 쉬워. 그래서 상대가 넋이 빠졌을 때 작업에 들어가야 해. 바지나 구두에 밀가루를 묻히는 게 제일 좋은 방법이야. 실수로 부딪친 척하면서 슬쩍 준비한 밀가루를 묻히는 거지. 그러면 바지나 구두를 털려고 허리를 숙이게 돼 있거든. 그때 따는 거지."

육손이에게 도둑질을 배우면서 검은 입은 키가 쑥쑥 자랐어요. 1년이 지났을 무렵 검은 입은 옷소매가 짧아진 것을 느낄 수 있었어요. 하루는 육손이가 키를 재 보자고 했어요.

검은 입과 육손이는 등을 맞대고 섰죠. 키를 잰 아이가 말했죠.
"둘이 똑같아."

작업장의 화장실에서 용변을 보고 나오다가 검은 입은 낯익은 사람과 마주쳤어요.
"이게 누구야. 어버버 아니야. 키가 커서 긴가민가했네."
보육원에서 곧잘 검은 입을 괴롭혔던 놈이었어요. 놈의 말이 끝나기 전에 검은 입의 두 주먹이 놈이 얼굴에 꽂혔어요. 곧바로 발이 날아갔죠. 복부를 발에 가격당한 놈이 바닥에 쓰러졌어요. 간수들이 몽둥이를 들고 달려왔어요. 게거품을 물고 있는 놈을 보면서 검은 입은 적이 놀랐어요.

검은 입은 그 사건에 대한 징벌로 1주일간 독방에서 지내야 했어요. 독방은 지하여서 빛이 들어오지 않았어요. 머리로 피가 몰리는 것 같아서 검은 입은 틈이 날 때마다 물구나무를 서야 했어요. 지상으로 올라왔을 때 부신 빛에 눈을 감아야 했죠. 검은 입의 시야에는 백지가 펼쳐졌어요. 머릿속마저 하얗게 지워지는 느낌이었어요.

검은 입이 돌아오자마자 육손이가 끌어안고 반겼어요.

싸움을 잘한다는 소문이 돌자 소년원의 많은 아이들이 검은 입에게 시비를 걸어 왔어요. 하지만 서너 살이 많은 놈들도 검은 입의 상대가 되지 않았어요. 무엇보다도 검은 입은 눈썰미가 좋았어요. 상대의 움직임만 보고도, 상대의 눈빛만 읽고도 이미 상대가 어떻게 공격을 할 것인지 어림짐작할 수 있었던 거죠.

그렇게 두 해가 흘러갔죠. 작업장에서 새끼를 꼬면서, 방에서 육손이와 도둑 수업을 하면서, 시비를 건 놈들을 패면서. 꽃은 아랫녘에서부터 올라오고, 단풍은 윗녘에서부터 내려온다는 것을 체득할 즈음 검은 입은 소년원에서 나올 수 있었어요. 소년원의 입구에는 은행잎이 흩어져 있었어요. 검은 입의 눈에는 부는 바람에 이리저리 구르는 노란 은행잎들이 황금처럼 보였죠.

3

흰 귀와 헤어졌던 도시에 도착하자마자 검은 입은 가장 번화한 거리로 들어갔어요. 양복을 입은 남자가 눈에 들어왔어요. 지갑이 들어 있을 상의 안주머니만 크게 보였어요. 검은 입은 크게 심호흡을 한 뒤 남자가 있는 쪽으로 걸어갔어요. 검은 입의 어깨와 남자의 어깨가 부딪치는 순간 남자의 주머니에서 검은 입의 주머니로 지갑이 건너왔죠.

남자에게 의심을 사지 않으려고 검은 입은 태연하게 행동했죠. 제일 먼저 보이는 골목으로 몸을 피한 뒤 주위를 살펴봤어요. 사람이 없다는 걸 확인한 뒤 검은 입은 훔친 지갑을 꺼냈어요. 지갑 안에는 지폐가 두둑했죠. 지폐를 상의 안주머니에 넣은 뒤 지갑을 바닥에 버릴 때였어요. 뒤에서 누군가 자신을 부르는 소리가 들렸죠.

"이봐."

뒤를 돌아보니 흰 귀였어요. 흰 귀가 검은 입을 와락 끌어안았어요. 검은 입은 봉긋 솟은 흰 귀의 가슴이 닿는 게 느껴졌죠. 포옹을 풀면서 흰 귀가 지폐 뭉치를 펼쳐 보였죠.

"지폐가 두툼한 걸 보면 벌써 한 건 했나 보네. 몸집이 커져서 몰라봤어. 이제 남자가 다 됐구나."

흰 귀도 그동안 거리에서 소매치기 기술을 익혔던 거예요. 둘은 눈빛만 봐도 서로 속내를 읽을 수 있었어요. 남자의 주머니는 검은 입이, 여자의 주머니는 흰 귀가 털었죠. 하지만 둘은 쉬는 날이 많았기 때문에 목돈을 만질 수가 없었어요. 경찰이 거리에 나타나면 숨을 죽여야 했으니까요.

거리를 헤매고 있는데 누군가 검은 입의 등 뒤를 두드렸어요. 뒤돌아보니 육손이였죠. 그 옆에는 육손이와 똑같이 생긴 사람이 서 있었어요.

"쫙 빼입어서 몰라봤잖아. 인사해. 여긴 내 쌍둥이 동생이야."

동생 육손이가 악수를 청했어요.

"형한테 얘기 많이 들었어."

이목구비는 물론이고 이마가 넓은 것이며, 하관이 가파른 것까지 형을 그대로 닮은 얼굴이었어요. 입은 옷만 같았다면 누가 누구인지 구분을 할 수 없을 것 같았죠. 쌍둥이 형제는 눈을 깜박이는 버릇까지 똑같았어요.

흰 귀가 검은 입의 옆에 바투 붙어 섰어요. 그리고 웃으면서 말했죠.

"검은 입이 많이 기다렸어요. 아주 솜씨가 좋다고 들었어요."

이렇게 해서 일행이 네 명이 됐죠. 육손이 형제는 손가락 숫자만큼이나 실적이 좋았어요. 둘은 생김새가 똑같아서 행인의 혼을 뺏다시피 했죠. 둘은 같은 양복을 입고 머리 모양도 똑같이 했죠. 둘의 스물네 개의 손가락은 보이지 않을 만큼 빨라서 한 명이 행인의 안창을 따고 다른 한 명이 팔찌를 따도 몰랐어요. 눈치가 빨라서 바로 주머니부터 두드리는 사람도 더러 있기는 했지만, 작업을 마치고 나면 다른 방향으로 줄행랑을 치는 둘을 번갈아 가며 쳐다볼 수밖에 없었어요. 저놈 잡아라, 라는 말을 하려고 해도 둘 중 어느 놈을 손가락으로 가리켜야 할지 막막했던 것이죠.

4년이 흘렀으나 일행은 여관방을 벗어나지 못했어요. 수입만 보자면 그까짓 여관은 사고도 남을 돈이었죠. 하지만, 여기저기 뜯기고 나면 남는 게 많지 않았어요. 조직폭력배 두목인 빠른 손에게 바치는 상납금이 수입의 절반이 넘었죠. 장물아비에게도 매달 뇌물을 바쳐야 했어요. 시세의 6할밖에 안 쳐 주는 장물아비였지만 보석과 금붙이를 처리하려면 어쩔 수 없었죠. 게다가 경찰들에게도 세금을 바쳐야 했어요.

검은 입은 여기저기 세금을 내고 남은 돈을 4등분해서 일행들에게 나눠 줬어요. 일행 모두 돈이 생기면 쓰기 바빠서 여관비도 검은 입이 내 줘야 하는 형편이었죠. 육손이 형제는 돈만 생겼다 하면 술집으로 향했어요. 걸음걸이가 꼬일 때까지 술을 마셨죠.

흰 귀는 돈만 생기면 도박장으로 향했어요. 흰 귀는 자기 돈은 물론이고 다른 일행의 돈까지 훔쳐서 도박을 했어요.

하루는 상납금을 바치고 와서 검은 입이 일행을 불러 모았어요. 검은 입이 수화를 시작했어요. 흰 귀가 말로 옮겼죠.

"보름 전 형 육손이가 사고 친 게 일이 커졌다. 면도날에 낯바닥이 긁힌 게 하필이면 공장 사장이라는데 경찰들하고 선이 닿는 모양이다. 경찰들이 범인을 잡는다고 혈안이 돼 있다. 한동안 일을 쉬어야 할 것 같다."

동생 육손이가 핏대를 세웠어요.

"형 육손이가 긋지 않았으면 외려 우리가 당할 판이었어. 한동안 일을 안 하면 우린 뭘 먹고 살지. 손가락만 빨 수도 없고."

검은 입은 일어서면서 동생 육손이의 어깨를 툭툭, 쳤어요.

침대에 눕자 검은 입은 상납금을 바칠 때마다 빠른 손이 했던 말이 떠올랐어요.

"길을 내기는 어렵지만 닦은 길을 가기는 쉽지."

그 말을 들을 때마다 검은 입은 빠른 손의 싸늘한 웃음이 그 어떤 흉기보다도 무섭게 느껴졌죠. 그 말에는 그가 살아온 이력이 모두 담겨 있는 것 같았죠. 빠른 손은 그 도시에서 가장 큰 술집을 운영하고 있었고, 도시의 많은 술집에 술과 마약과 여자를 공급하고 있었어요. 그랬겠지. 이렇게 저렇게 굴러먹다가 조직폭력배의 두목이 됐겠지. 한 번 길을 내 본 경험이 있기에 두 번째 길을 낼 때부터는 그다지 어려울 것도 없었겠지. 생각이 거기까지 미치자 검은 입은 빠른 손의 양손에 들려 있던 가방이 눈에 선했어요. 마지막 주 토요일 새벽 5시가 되면 빠른 손은 술집에서 벌어들인 수입을 챙겨서 집으로 향했죠.

육손이 형제는 걸인들이 모여 있는 곳으로 향했어요. 둘은 거리에 누워 있는 걸인들 중 그나마 몸이 성한 사내 넷을 골랐죠. 육손이 형제는 사내들을 모은 뒤 돈다발을 보여 줬어요. 며칠째 밥 한 그릇도 못 얻어먹었는지 사내들은 돈다발을 보더니 군침을 흘렸어요.
"시키는 대로만 하면 여기 있는 돈은 당신들 거야."
동생 육손이의 말에 사내들이 일시에 고개를 끄덕였어요.
육손이 형제는 사내들을 이끌고 식당으로 갔죠. 사내들은 식당에서 실컷 고기를 뜯고 술을 마셨어요. 사내들이 취기에 오른 걸 확인하자 육손이 형제는 식당을 나와서 사내들을 데리고 빠른 손의 술집으로 향했어요.
흰 귀는 이른 저녁부터 빠른 손의 업소에 가서 동정을 살폈어요. 그러는 동안 검은 입은 빠른 손의 것과 똑같이 생긴 검은 가죽 가방 두 개를 트럭에 실었죠. 트럭은 이틀 동안 쓰기로 한 용달차였어요. 용달차 기사가 시동을 걸자 검은 입은 속으로 되뇌었어요. 이 도시를 떠날 때는 신문지가 아니라 돈다발이 가득 든 가방을 들고 있겠지.

  검은 입은 빠른 손의 업소에서 제법 떨어진 자리에 차를 세웠어요. 시계를 보니 새벽 네 시였어요. 한 시간 후면 빠른 손이 움직일 시간이었죠. 검은 입은 육손이 형제를 만났어요. 육손이 형제 옆에는 걸인들이 서 있었어요. 얼굴이 불그죽죽한 게 언뜻 봐도 이미 취할 대로 취한 상태였죠. 검은 입은 빠른 손의 술집 입구에 시선을 고정하고 숨을 깊게 들이마셨어요. 4년간 제집처럼 들쑤시고 다닌 골목인데도 거리의 공기가 낯설게 느껴졌어요. 멀리서 흰 귀가 뛰어나오는 게 보였어요.

  "똘마니들이 빠른 손의 방으로 들어갔어. 이제 곧 물건이 나올 거야."

  정확히 시침이 다섯 시에 멈췄을 때 빠른 손이 네 명의 부하의 비호를 받으면서 모습을 드러냈죠. 빠른 손이 사위를 살피면서 걸어 나왔어요. 그의 몇 걸음 뒤에 서 있던 흰 귀가 빠르게 뛰어갔어요. 흰 귀는 빠른 손의 앞에 멈춰 서서 인사를 했죠. 빠른 손이 걸음을 멈추고 흰 귀를 위아래로 훑어보았어요.

  "새벽부터 가게에는 웬일이냐?"

  흰 귀가 시계를 보고서 말했어요.

"벌써 시간이 이렇게 됐네요. 마작을 하다 보니 시간 가는 줄 몰랐어요."

빠른 손의 술집 밀실에서는 마작과 섯다판이 열렸거든요. 흰 귀가 빠른 손에게 인사를 하는 동안 부하들은 돈 가방을 들고 빠른 손의 자동차가 주차돼 있는 곳으로 움직였어요. 그때 걸인들이 비틀거리며 부하들이 있는 곳으로 갔죠. 걸인들은 곧장 걸어가서는 부하들과 몸을 부딪쳤어요. 부하 중 두 놈이 나자빠졌어요. 넘어진 부하들이 일어나더니 바지를 털면서 걸인들에게 욕설을 퍼부어 댔어요.

"여기가 어디라고 진상을 치고 있어. 어둑새벽부터 거지 같은 새끼들이 달려들어서는."

걸인들이 팔을 걷고 대거리를 했어요.

"거지 같은 새끼가 아니고 거지야. 거지들을 봤으면 적선을 하든지."

일시에 부하들이 불끈 쥔 주먹을 들어 올렸어요. 걸인들이 계속해서 나불거렸죠.

"어디 한번 맘껏 때려 보라고."

부하들이 잠시 주춤하는 사이 걸인들이 부하들의 멱살을 잡고 흔들었어요. 그 틈을 이용해서 한 걸인이 빠른 손의 자동차가 서 있는 곳으로 비틀거리며 걸어갔어요. 걸인은 자동차 문을 연신 발로 걷어찼죠. 사건이 커지자 빠른 손의 눈에 불이 켜졌죠.

멀리서 일이 진행되는 것을 지켜보던 검은 입이 발걸음을 뗐어요. 검은 입은 싸움이 난 곳으로 달려가서 걸인을 발로 걷어찼어요. 걸인이 웩웩, 바닥에 구토하기 시작했어요. 검은 입은 재빠르게 다른 걸인의 명치를 발로 걷어찼죠. 그 걸인 역시 배 속의 것을 게워 냈는데 토사물은 빠른 손의 가방 위로 떨어졌죠. 빠른 손의 부하들이 어떻게 일을 수습할지 몰라 난감해할 때 검은 입이 육손이 형제에게 눈짓했어요. 형제가 재빨리 뛰어와서 외투 주머니에서 손수건을 꺼내어 가방을 닦았어요. 빠른 손이 큰소리를 쳤죠.

"뭣들 하고 있어. 어서 가방부터 차에 실어."

육손이 형제가 가방을 들고 차가 세워진 곳으로 걸음을 뗐어요. 빠른 손이 차가 있는 곳으로 향하려고 하자 한 걸인이 그의 바짓가랑이를 잡고 늘어졌어요. 빠른 손이 걸인의 얼굴에 발길질했어요. 걸인의 입에서 피가 쏟아져 나왔어요. 그러는 사이 검은 입의 일행은 가방을 바꿔치기했죠. 다른 데 정신이 팔려서 빠른 손은 가방이 바뀐 것을 몰랐어요. 육손이 형제는 신문지가 든 가방을 미리 준비해 둔 차에 실었고, 바꿔치기한 돈이 든 가방은 흰 귀가 들고 사라진 것이죠. 차

뒤에서 가방의 교환이 이뤄졌기 때문에 빠른 손은 그 사실을 까맣게 모르고 있었죠. 빠른 손이 차에 탔을 때는 두 개의 가방이 가지런히 차 안에 놓여 있었죠. 빠른 손은 차에 오르자마자 가방부터 살펴봤어요. 검은 입이 다가가 허리 숙여 인사를 하자 빠른 손이 안도의 한숨을 내쉬었어요. 빠른 손이 손을 들어 인사를 한 뒤 부하에게 어서 떠나라고 지시했죠.

다른 도시로 튄 지 보름이 되자 일행은 빠른 손의 손아귀에서 완전히 벗어났다고 안도하게 되었어요. 육손이 형제는 술을 마시러 나가고 흰 귀는 도박장에 놀러 나가고 검은 입 홀로 여관방을 지켜야 했어요. 검은 입의 잠을 깨운 것은 문을 두드리는 소리였어요. 육손이 형제였어요. 형제는 옆에 여자 한 명씩을 데리고 서 있었어요.
"우리는 다른 방에서 잘게. 무슨 일 있으면 불러."
형 육손이의 입에서 술 냄새가 진동했어요. 검은 입이 고갤 끄덕인 뒤 시계를 봤어요. 자정이 지난 시간이었죠. 검은 입은 다시 바닥에 누웠으나 좀처럼 잠이 오지 않았어요. 검은 입은 멍하니 천장을 바라봤죠. 새벽까지 흰 귀는 돌아오지 않았어요. 다시 육손이 형제가 방문을 두드려 댔어요. 문을 열고 보니 형 육손이의 얼굴이 보였어요. 그런데 어딘지 모르게 경직된 표정이었죠. 아니나 다를까 문이 활짝 열리고 몽둥이를 든 빠른 손의 부하들이 밀어닥쳤어요. 검은 입은 두 팔로 머리를 감싼 채 넘어져서 쏟아지는 발길질과 몽둥이를 맞았어요. 얼굴이 피범벅이 돼서야 놈들은 몰매를 멈췄어요. 고개를 들어 보니 빠른 손이 보였어요. 빠른 손의 부하들이 검은 입의 무릎을 꿇렸어요. 검은 입 옆으로 육손이 형제를 끌고 와 앉혔어요. 빠른 손이 검은 입의 뺨을 때렸어요. 빠른 손이 담배에 불을 붙인 뒤 입을 뗐어요. 그의 입에서 담배 연기가 아련하게 피어올랐죠.

"가방을 열고 보니까 돈이 아니고 신문지더군. 얼른 가게로 돌아와서 네놈을 어떻게 잡아야 하나 고민을 해 봤지만 뾰족한 수가 없더군. 그런데 보름이 지나고 반가운 소식을 들었지. 멀지 않은 곳에 내 물건이 있다는 말을. 내가 그 소식을 누구한테 들었는지 알아? 네 계집이 놀았던 도박장 주인한테 들었어. 낯선 계집이 와서 판돈을 질러대니까 도박장 주인이 유심히 봤겠지. 그런데 어디선가 본 계집인 거야. 기억을 더듬어 보니 함께 마작을 했던 계집인 거야. 마작을 했던 곳은 바로 내 가게의 밀실이었고. '여기까지 어쩐 일이냐?'고 물었더니, 네 계집이 선뜻 대답을 못 했다는군. 내가 도둑질당했다는 소식을 들어서 알고 있던 터라 도박장 주인은 수상한 낌새를 느낀 거지. 그래서 내게 부하를 보냈고. 그 도박장 주인은 예전에 내 부하였어."

빠른 손이 가방 안에 담긴 돈다발 하나를 꺼내서 검은 입 눈앞에 갖다 댔어요.

"이게 뭔지 알아. 돈이야. 그런데 그냥 돈이 아니고 바로 빠른 손의 돈이야. 도박장 주인이 네 계집을 붙잡아 두기 위해서 어떻게 했는지 알아? 내가 여기까지 오는 시간을 벌어 주기 위해 계속 돈을 잃어 줬다는 거야. 그런데 멍청한 네 계집은 연방 히죽거렸다는군. 어쨌든 덕분에 재밌는 경험을 했어. 벙어리라 말이 없으니 그 속을 알 수가 있나? 그건 그렇고 죄를 지었으면 죗값은 치러야지."

빠른 손이 부하들에게 수신호를 보냈어요. 빠른 손의 부하들이 육손이 형제에게 달려들어서 입에 재갈을 물리더니 양팔을 붙잡았어요. 빠른 손이 육손이 형제를 보고서 말했죠.

"왜 조물주가 사람의 손가락을 다섯 개만 만들 줄 알아? 열 이상은 숫자를 세지 말라고 그런 거야. 그러니 손가락 하나씩을 거두도록 하지."

한 놈이 형 육손이의 손에 전지가위를 댔어요. 이어서 동생 육손이의 손가락도 잘리었어요. 네 개의 손가락이 방바닥 위에서 펄떡였어요. 가문 날 갈라진 땅바닥에서 펄떡이는 물고기들처럼 이리저리 뒤척이는 손가락들을 보고 있으려니 검은 입은 저도 모르게 고개가 돌아갔어요. 손가락이 잘린 뒤 육손이 형제는 실신해서 그 자리에 쓰러졌죠.

  빠른 손의 부하들은 피 묻은 발자국을 남기면서 검은 입에게로 왔어요. 피가 뚝뚝 듣는 전지가위가 자신의 오른손 검지에 닿자 검은 입은 어금니를 악물었어요. 눈앞이 하얗게 변했죠. 정신을 차렸을 때 빠른 손의 일행이 방을 나가는 소리가 들렸어요. 불에 덴 것 같은 통증이 손끝에 밀려왔어요. 그리고 그 통증은 독버섯처럼 온몸에 퍼져 나갔죠.

4

  네피림 노인은 손바닥 위에 빵가루를 올려놓고 휘파람을 불고 있었어요. 이윽고 작은 새 한 마리가 네피림 노인의 손바닥에 앉았어요. 부리가 붉고 꽁지가 하얀 새였죠. 너무 작아서 손바닥에 심장박동이 전해질 것처럼 보였어요. 새는 휘리리릭, 노래를 부르듯 울어 댔어요. 다시 한번 네피림 노인의 휘파람 소리가 들렸어요. 네피림 노인은 새와 대화라도 나누는 것 같았어요. 새가 모이를 쪼는 동안 네피림 노인은 검지로 새의 머리를 어루만졌어요. 모이가 떨어지자 새는 날개를 펼치고 날아갔죠.

그제야 네피림 노인이 힐끗 검은 입을 돌아봤어요. 정면으로 보니 네피림 노인은 올려다볼 정도로 키가 컸어요. 머리가 하얗게 세어서 우묵한 눈자위가 더욱 어두워 보였어요. 네피림은 거인처럼 장신인데다가 못 만드는 게 없어서 붙여진 노인의 별호였어요.

"산다는 게 대단한 것 같아도 숨 한 번에 달렸다. 들이쉰 숨을 내쉬지 않고 거두고 가면 이 세상에서 저승으로 건너가는 거다. 숨 한 번 내쉴 힘만 있다면 아직 살아갈 힘은 남아 있는 거다."

감옥에 오자마자 검은 입은 열병을 앓았는데, 네피림 노인이 끓여 준 죽을 먹고 나서 검은 입은 몸을 일으킬 수 있었어요. 네피림 노인이 손바닥에 붙은 빵가루를 털면서 말했어요.

"너를 부른 건 조수가 필요해서다. 조수라고는 하지만 특별히 할 일은 없다. 말동무나 해 주면 된다. 십 년이 찍혔다고 하던데 십 년이면 결코 짧은 시간이 아니다. 물론 무기수 처지에서 보면 방귀 뀌는 시간에 지나지 않겠지만……. 너도 짐작하고 있겠지만, 이곳의 시간은 바깥과는 달리 매우 더디 간다. 그러니까 함께 시간이나 죽이자는 거다."

검은 입은 두 손으로 입을 막았어요. 자신은 말을 못한다는 의미였죠.

"네가 벙어리인 줄 안다. 내가 널 조수로 쓰려고 하는 것도 그 때문이다. 왜 입은 하나인데 귀는 두 개인지 아느냐? 자기 말을 하지 말고 남의 말을 들으라는 뜻이다. 떠드는 건 내가 할 테니 듣는 건 네가 해라."

네피림 노인이 작업장 한곳에 놓인 성경을 찢어서 담배를 두 대 말더니 한 대를 검은 입에게 권했어요. 검은 입은 담배를 받았어요. 네피림 노인이 성냥에 불을 지폈죠. 자신의 담배에 불을 붙인 뒤 검은 입에게 성냥불을 내밀었어요. 네피림 노인은 담배를 한 모금 빨고 연기를 내뿜었어요.

검은 입은 오랜만에 담배를 피워서 어질머리가 일었어요. 검은 입은 담배를 피우면서 조금씩 타들어 가고 있는 종이에는 무슨 경구가 쓰여 있을까 생각했죠.

그렇게 검은 입은 네피림 노인의 조수가 됐어요. 다른 죄수들이 검은 입을 부러워했는데, 며칠 생활을 해 보니 검은 입은 그 이유를 알 것 같았어요.

죄수들은 매일같이 노동해야 했는데 그 노동이라는 게 대개 관급 공사의 노역이었어요. 죄수들은 해가 뜨면 삽과 곡괭이를 들고서 감옥 밖으로 나가서는 해가 지면 소금에 전 야채처럼 땀에 푹 젖어서 돌아왔어요. 처음에는 검은 입도 관급 공사에 나가야 했어요. 공사에 나가 보면 일이라는 게 무작정 땅을 파고 메우는 단순노동이어서 고될 뿐만 아니라 무료하기 짝이 없었어요. 검은 입이 열병에 걸린 것도 관급 공사 노역을 다녀온 직후였어요. 검은 입이 관급 공사 노역에 나가지 않게 된 것은 네피림 노인이 감호소장을 찾아가 검은 입의 노역을 면제해 달라고 간청을 했기 때문이었죠.

네피림 노인은 죄수 중에서 가장 자유로운 생활을 했어요. 죄수들이 곧잘 감호소장보다 네피림 노인이 돈을 더 많이 벌 것이라고 지껄일 정도였어요. 네피림 노인은 다른 죄수들과 달리 밖에서 일감을 얻어 왔을 뿐만 아니라 비싼 일만 맡아서 했어요. 감호소장은 네피림 노인 수입의 3할을 챙기는 대신 네피림 노인이 감호소 밖으로 나가는 걸 눈감아 줬어요. 간수들도 네피림 노인에게는 상관을 대하듯 깍듯했어요. 죄수들을 상대로 담배와 술을 파는 간수들에게 네피림 노인만큼 좋은 고객도 없었기 때문이죠.

관급 공사에 나가지 않게 되면서부터 검은 입은 아침을 먹고 나면 네피림 노인과 함께 작업장으로 갔어요. 작업장에 일이 있는 건 한 달 중 보름에 불과했죠. 일이 없을 때면 온종일 해바라기를 하거나 지평선 끝까지 펼쳐진 황야를 물끄러미 쳐다보는 게 일과의 전부였어요.

네피림 노인에게 들어오는 일 대부분은 농기구 제작이었어요. 한 달 중 1주일은 숨 돌릴 틈 없이 삽과 낫을 만들었어요. 그때가 되면 검은 입도 공구를 날라다 주고 화톳불에 풀무질하느라 여념이 없었죠.

농기구를 제작하면 네피림 노인은 그걸 들고서 감호소 인근 마을로 갔어요. 감호소를 벗어날 때는 간수 한 명이 따라붙었어요. 간수는 감호소를 나가기 전에 네피림 노인과 검은 입의 수갑이 잘 채워져 있는지 확인했어요. 그러나 감호소 문을 빠져나가자마자 둘의 수갑을 풀어 줬어요. 둘은 평상복으로 갈아입었어요.

농기구를 다 팔면 일행은 다시 감호소로 돌아왔어요. 감호소 앞에 당도하면 간수는 둘에게 다시 수갑을 채웠죠.

하루는 할 일이 없어 작업장에서 해바라기를 하고 있는데 감호소장이 찾아와서 수선을 떨었어요.

"금고가 작동이 안 돼서 들고 왔소."

감호소장이 수신호를 하자 동행한 세 명의 인부가 낑낑거리며 트럭에서 금고를 내렸어요. 네피림 노인이 바닥에 내려진 금고를 손바닥으로 툭툭, 쳤죠. 금고는 네피림 노인의 허리까지 올라오는 크기였어요.

"도시에도 열쇠 수리공은 많을 텐데 이 무거운 걸 여기까지 들고 왔습니까?"

감호소장이 멋쩍게 웃었어요.

"남한테 알릴 일이 아니어서……."

네피림 노인이 알겠다는 듯 고개를 주억거렸어요. 네피림 노인은 가방에서 만능열쇠를 꺼내더니 무릎을 꿇고 앉았어요. 만능열쇠를 금고의 열쇠 구멍에 넣고 몇 번 돌려 대자 찰칵 소리가 났어요. 네피림 노인은 금고에 바짝 귀를 갖다 대고 다이얼을 천천히 돌려 댔어요. 십 분 정도 지났을 무렵 됐다 싶었는지 네피림 노인은 길게 숨을 몰아쉬었어요. 금고의 손잡이를 돌리자 덜컹 소리가 나면서 문이 열렸어요. 인부들의 입에서 탄성이 터져 나왔죠. 열린 금고 안에는 돈다발이 수북이 쌓여 있었고, 그 아래 작은 손금고가 보였어요. 감호소장이 안도의 한숨을 내쉬더니 손금고부터 챙겼어요.

"역시 손재주가 좋군. 금고를 잘 다루니 금고를 만들 수도 있지 않을까 싶은데……."

"만든 적은 없지만 뭐 어렵겠습니까. 누가 들고 가지 못하게 무겁게 만들고 쉽게 따지 못하게 잠금장치를 달면 되는 거지."

"그렇다면, 현금, 귀금속, 문서들을 따로 보관할 수 있는 금고를 주문할 수 있을까? 1박 2일 밖에 나갈 수 있게 해 줄 테니."

"그럽시다."

한 달 내내 네피림 노인은 금고를 만드느라 분주했어요. 밖에 나가서 철판과 나무를 사들이는가 싶더니 온종일 망치를 두드렸어요. 각목으로 골조를 세우고, 그 위에 철판을 덧붙여 벽면과 천정과 바닥을 만들었어요. 금고 안에 각기 수납할 귀중품의 크기대로 선반을 제작했죠. 금고의 겉모양이 갖춰지자 자물쇠를 만들었어요. 자물쇠를 제작한 뒤 네피림 노인은 검은 입을 불렀어요.

"이 자물쇠는 숫자를 맞춰야 열 수 있다. 고리는 모두 네 개다. 다이얼에 100까지 적혀 있기 때문에 총 1억 개의 숫자 조합이 가능하다. 이 자물쇠는 조합할 수 있는 숫자가 거의 무한에 가깝고 구멍이 없어서 폭약을 집어넣을 수도 없다. 그래서 가장 안전한 자물쇠로 손꼽힌다. 하지만······."

네피림 노인은 말을 끊고 검은 입을 뚫어지라 봤어요.

"가장 손쉽게 열 수 있는 자물쇠라고도 할 수 있다. 고리 안쪽의 홈들이 모두 한 줄로 맞춰지면 축이 제거되기 때문이다. 이 자물쇠를 금고에 달았다고 쳐 봐라. 자물쇠가 달린 옆에 구멍을 내고 거기 철사를 집어넣어서 흔들면 걸림쇠는 절로 풀리게 된다. 그러니까 다이얼은 그럴싸해 보여도 실은 장식에 불과한 거다."

　네피림 노인은 문자 맞춤식 자물쇠의 원리를 설명하고 나서 검은 입이 보는 앞에서 그것을 금고에 달았어요. 그 과정은 문에 손잡이를 다는 것만큼이나 간단했죠.

　"어떠냐? 괜찮게 보이냐?"

　검은 입이 고개를 끄덕였어요. 네피림 노인이 실소를 흘렸죠.

　"괜찮긴……. 다이얼 위에 열쇠 구멍 보이지?"

　네피림 노인이 검은 입에게 만능열쇠를 던졌어요. 그리고 열어 보라고 턱짓을 했어요. 검은 입이 금고 구멍에 열쇠를 꽂아서 돌리자 찰칵, 소리가 났어요.

　"만능열쇠를 유심히 봐라. 열쇠에 물결무늬가 있지? 모든 열쇠를 열 수 있도록 홈을 파서 그렇다. 만능열쇠라는 게 별거 아니다. 구멍에 맞으면 된다. 손쉽게 만능열쇠를 만드는 방법이 있다. 가는 철사를 구부려서 물고기 모양으로 만들면 된다. 다이얼을 돌려서 문을 여는 것도 어렵지 않다. 너처럼 귀가 밝은 사람이라면 다이얼을 돌리다 보면 덜컹하는 소리가 들릴 거다. 귀가 어두워도 금고문은 열 수 있다. 다이얼이 맞는 순간 귀에 소리가 들리기 직전에 손끝에서 미미한 진동이 전해 온다. 한번 직접 다이얼을 돌려 봐라."

검은 입은 금고에 귀를 대고 앉아서 다이얼을 돌렸어요. 온 신경을 귀에 집중해 봤지만, 철판이 두꺼워서 그런지 다이얼 돌아가는 소리의 미묘한 차이를 느낄 수 없었어요. 검은 입은 계속해서 다이얼을 돌렸죠. 한 시간이 지나고 두 시간이 지났어요. 그 사이 네피림 노인은 멀찍이 떨어져서 술을 마셨어요. 등이 땀으로 흥건해졌죠. 그만 포기해야겠다고 일어서려고 할 때였어요. 덜컹하는 소리가 났어요. 네피림 노인의 말대로 금고에서 소리가 나기 전에 손끝에서 신호 같은 게 느껴졌어요.

네피림 노인이 금고문을 활짝 열어젖혔어요.

"거 봐라. 쉽지? 벙어리라 귀가 밝긴 밝구나. 고작 몇 시간 만에 금고문을 연 걸 보면."

검은 입은 그저 웃을 수밖에 없었죠.

"너는 나가면 뭘 할 생각이냐?"

잠시 침묵이 흘렀어요.

"배운 게 도둑질인데 다른 무엇을 할 수 있겠어."

네피림 노인의 말은 검은 입에게 하는 것 같기도 했고 지난날의 자신에게 하는 것 같기도 했어요.

"금고 따는 건 처음 해 봤겠구나. 금고도 안에 귀중품이 있다는 게 다를 뿐 철문에 지나지 않는다."

 네피림 노인은 의미심장한 미소를 지으면서 봉초 담배를 말았어요. 두 개비를 말더니 한 개비를 검은 입에게 건네줬어요.

 "그런데 말이다. 문을 열지 않고 금고의 안의 귀중품을 꺼내는 방법도 있다. 그 방법이 뭔지 아냐?"

 검은 입이 멀뚱멀뚱 쳐다보자 네피림 노인이 소리가 나게 손뼉을 쳤어요. 검은 입이 소스라치게 놀라자 네피림 노인이 시커먼 입 속이 보이게 낄낄 웃어 댔죠.

 "벌써 금고 안의 돈이 나왔지 않느냐?"

 네피림 노인이 허공에 담배 연기를 내뿜었어요.

 "문이라는 게 다 마찬가지다. 천국이나 지옥문이라면 모를까 이 세상의 모든 문은 다 열리게 돼 있다. 금고문이든, 감옥문이든."

 네피림 노인이 검은 입을 뚫어지게 쳐다봤어요. 수면은 물론 물 밑에 노니는 물고기들의 움직임까지도 꿰뚫어 보는 시선이었죠.

 며칠 후 네피림 노인은 소장을 찾아가 도시에 소재한 성당에 다녀오겠다고 했어요. 감호소장이 1박 2일 동안 밖에 나가게 해 주겠다는 약속을 지키라는 것이었죠. 네피림 노인의 손에는 돈다발이 들려 있었죠. 그날도 둘에게 각각 한 명의 간수가 따라붙었어요. 감호소 문밖에 나서자마자 간수들은 둘의 수갑을 풀어 줬죠.

신부는 구면인 네피림 노인을 반갑게 맞아 주었어요. 네피림 노인은 신부에게 고해성사告解聖事를 한 뒤 일행에게로 왔어요.

"모처럼 만에 도시까지 나왔으니 오늘은 밖에서 잡시다. 간수님들은 술로 목을 좀 축이고 여자의 살냄새를 맡아 봐야 하지 않겠어요?"

네피림 노인의 말에 대번 간수들의 얼굴에 화색이 돌았어요. 술집을 세 곳이나 전전하면서 간수들은 술을 마셔 댔죠. 술집을 나서는 간수들의 옆에는 아가씨가 하나씩 붙어 있었죠. 여자들은 비틀거리는 간수들을 이끌고 여관으로 들어갔어요. 네피림 노인이 인사불성으로 취한 간수들에게 말했어요.

"편히 쉬십시오."

간수들이 여관방으로 들어가는 걸 확인한 뒤 네피림 노인이 들릴 듯 말 듯 말했어요.

"따로 방을 잡았다. 너도 가서 쉬어라."

검은 입은 침대에 누워서 천장을 올려다봤어요. 시간이 참으로 더디게 흐르는 것 같았죠. 한 시간이나 지났을까요? 방문을 두드리는 소리가 들렸어요. 문을 열어 보니 네피림 노인이었어요.

"간수들은 곯아떨어졌다. 얼른 떠나라."

네피림 노인이 가방을 건네더니 곧바로 문을 닫았어요. 검은 입은 네피림 노인이 건넨 가방을 열어 봤어요. 양복과 셔츠, 구두가 들어 있었죠. 감호소를 나오면서 평상복으로 갈아입었다고는 하나 남루하기 이를 데 없는 행색이었어요. 새 옷을 갈아입고 나니 누가 봐도 죄수로 보이지 않을 듯싶었죠. 가방에는 돈다발과 만능열쇠도 들어 있었어요.

검은 입은 소리를 남기지 않는 도둑고양이처럼 재빠르게 여관을 빠져나왔죠.

5

검은 입은 도심을 배회하다가 신용금고가 있는 건물을 발견했어요. 검은 입은 이리저리 돌아다니면서 건물을 유심히 살펴봤어요. 저녁 무렵 검은 입은 화장실로 숨어들었어요. 발소리를 죽이기 위해 신발 위에 양말을 껴 신은 뒤 천장을 뜯고 올라갔죠. 천장의 통로는 좁았어요. 검은 입은 낮은 포복으로 기어서 신용금고가 놓인 방까지 갔죠. 거기서 숨소리를 죽인 채 밤이 깊어지길 기다렸어요.

쥐새끼들만 찍찍거리는 밤이 되자 검은 입은 천장을 뜯어서 방으로 내려왔어요. 방에는 몇 개의 책상과 의자가 놓여 있었죠. 방의 가장 깊숙한 자리에 놓인 두 개의 금고는 어른의 몸집만큼이나 컸어요. 검은 입은 금고 앞에 수건을 깔고 그 위에 가방에서 미리 준비해 간 연장들을 꺼내서 늘어놓았어요. 만능열쇠를 금고의 열쇠 구멍에 집어넣어 돌렸어요. 다이얼 옆에 핸드드릴을 갖다 댔죠. 톱니바퀴 돌아가는 소리가 났어요. 예전에 들어 본 바 없는 경쾌한 금속성의 소리였죠. 구멍 안으로 철사를 집어넣었어요. 철사를 아래위로 흔들었어요. 철사의 끝이 걸림쇠에 걸리는 게 손끝에 느껴졌죠. 금고 안에는 지폐와 금붙이들이 차곡차곡 쌓여 있었어요.

두 번째 금고는 다이얼을 돌려서 따 보기로 했어요. 청진기 판을 금고에 대고 온 신경을 귀에 집중해 봤지만 철판이 두꺼워서 다이얼 돌아가는 소리의 미묘한 차이를 느낄 수 없었어요. 검은 입은 계속해서 다이얼을 돌렸어요. 불현듯 덜컹하는 소리가 났어요. 숨이 멎을 것 같은 순간이었죠. 한쪽 귀에서는 걸림쇠가 풀리는 소리가, 한쪽 귀에서는 심박동 소리가 들렸어요. 두 번째 금고에도 돈다발이 가득했어요. 양손에 가방을 들고 검은 입은 유유히 건물을 빠져나왔어요.

목돈을 손에 넣자 검은 입은 흰 귀의 행방을 찾는 데 열중했어요. 수소문 끝에 흰 귀가 나병 환자들의 집촌集村에서 머물고 있다는 것을 알게 됐죠. 검은 입에게 흰 귀의 근황을 알려 준 것은 검은 천으로 얼굴을 가리고 손가락 끝이 몽당연필처럼 뭉뚝해진 나병 환자 사내였어요.

 유곽을 찾았을 때 흰 귀는 몰라보게 수척해진 얼굴로 밖을 내다보고 있었어요. 검은 입은 유곽 입구의 주렴을 걷고 안으로 들어갔어요. 그리고 흰 귀 앞에 돈이 든 가방을 집어 던졌죠. 그리고 그걸 챙기라고 손짓했어요. 그때 유곽을 관리하는 기둥서방들이 몰려오는지 바깥이 어수선했어요. 공기가 수상하다는 것을 눈치채고 검은 입이 일어섰어요. 밖에는 여섯 명의 사내가 진을 치고 있었어요. 사내들은 나병 환자들이 아니었어요. 아마도 돈을 벌려고 타지에서 모여든 뜨내기 건달들인 것으로 보였어요. 검은 입이 밖으로 나가자 사내들이 에워싸며 경계를 좁혀 왔어요. 우두머리로 보이는, 독사처럼 눈이 찢어진 사내가 이죽거렸어요.

 "귀머거리 년이 애타게 찾던 게 너로구나."

 검은 입이 흰 귀에게 가방을 앞에 던지라고 눈짓으로 신호했어요. 흰 귀가 가방을 놈들의 발 앞에 던졌죠. 검은 입의 의중을 안 흰 귀가 입을 뗐죠.

"우리를 보내 줘라. 여기 가방에는 돈이 들어 있다. 여자의 몸값으로 충분할 것이다."

놈들의 진용이 흐트러지는가 싶더니 검은 입과 흰 귀 앞에 길이 열렸어요.

검은 입의 다음 목표는 보석상이었어요. 자신감이 생긴 검은 입은 보석상을 털 때는 흰 귀를 데리고 갔어요. 보석들을 가득 채운 가방은 들기 어려울 만큼 묵직했어요. 검은 입은 가방을 짊어진 뒤 조심스럽게 발을 뗐어요. 흰 귀가 현금이 든 작은 가방을 들고서 그 뒤를 따랐죠. 둘은 어둠의 통로를 한 발씩 디뎌 나갔어요. 보석상 골목을 빠져나올 때 흰 귀가 물었어요. 금고문을 딸 때 무슨 소리가 나? 감옥 문이 열리는 소리. 문을 열기 전에는 심박동 소리에 귀가 먹을 것 같지. 그러다가 문이 열릴 때가 되면 심박동 소리마저 멎어. 그리고 철컥. 흰 귀가 손을 뻗어서 검은 입의 심장을 만졌어요. 둘은 마주 보면서 웃었어요.

둘은 이틀 간격으로 소도시를 옮겨 다니며 보석상을 털고, 신용금고를 털었어요.

제법 많은 돈을 모은 검은 입과 흰 귀는 1년에 두어 번밖에 작업을 하지 않았어요. 그들은 주요 도시의 신용조합 금고만 노렸어요. 둘의 악명이 높아질수록 금고를 터는 게 어려워졌죠. 신용조합마다 경비 인력을 썼고, 범인을 잡으려는 별도의 수사팀도 꾸려진 지 오래였어요. 어렵게 금고를 열었는데 지폐 두어 다발밖에 놓여 있지 않은 때도 있었고, 삼엄한 경비 때문에 3층 건물에서 밧줄을 타고 내려오다가 넘어져서 다리가 골절된 적도 있었어요.

검은 입과 흰 귀가 자신들의 범행을 다룬 기사를 읽게 되었어요. 신문을 덮으려는데 기사가 눈에 들어왔어요. 세계박람회가 열린다는 내용을 담은 기사였어요.

둘은 도심의 한가운데 있는 여관에 여장을 풀었어요. 검은 입은 세계박람회가 열린다는 장소를 살펴봤어요. 멀지 않은 곳에 은행이 있었어요. 검은 입은 몇 차례나 은행과 은행 전후좌우의 상점을 살펴봤어요. 그리고 한 달 동안 둘은 내처 쉬었어요. 세계박람회가 열리기 전날 빨갛고 파란 축포가 도시의 밤하늘을 수놓았죠. 그 시각 검은 입과 흰 귀는 은행에 바투 붙어 있는 양복점 안에 서 있었어요. 축포가 터질 때 검은 입은 들고 온 해머로 벽을 내리쳤어요. 꽃처럼 밤하늘에 피어난 축포에 거리로 쏟아져 나온 사람들이 환호성을 질렀어요. 축포 소리와 사람들의 환호성에 묻혀 검은 입이 해머로 벽을 깨는 소리는 들리지 않았죠. 어느 정도 벽이 깨지자 금고의 뒤판이 모습을 드러냈어요. 금고의 높이는 검은 입의 신장만 했어요. 검은 입은 계속해서 해머를 휘둘렀어요. 금고의 뒤판이 우그러지는가 싶더니 구멍이 생겼어요. 해머가 부딪칠수록 구멍은 커졌어요. 구멍이 머리만 해지자 검은 입은 바닥에 해머를 내던졌죠. 팔을 구멍 속으로 집어넣었어요. 그런데 문득 불길한 예감이 엄습해 왔어요. 금고는 속이 텅 비어 있었어요. 서둘러서 도망을 가야 하는데 이상하게도 발길이 떨어지지 않았어요. 그리고 네피림 노인이 감호소를 탈출하기 전날 해 줬던 말이 떠올랐어요.

"부잣집을 털고 나오는데 벽에 걸린 초상화를 보게 됐다. 초상화의 주인공이 어딘지 모르게 낯이 익더구나. 그림 속의 사내는 오래전에 감옥에서 만난 사람이었다. 그는 아내를 살해해 무기징역을 받았다. 기결수 방으로 이송될 시간만 기다리던 그가 나를 보더니 대뜸 내기 장기를 두자고 하더구나. 자신이 이기면 자신 대신 내가 감옥을 살고, 자신이 지면 평생 써도 남을 돈을 내게 주겠다는 거였다. 만약 게임에서 지면 평생 감옥에서 썩어야 하는데도 나는 내기를 거절하지 못했다. 감방에서 장기를 두며 시간을 죽였던 터라 이길 자신이 있었던 거지. 그런데 막상 장기를 시작하고 보니 그는 내 상대가 아니었다. 스무 수도 안 돼서 그가 장군을 외쳤다. 그가 돈다발은 물론이고 자신이 차고 있던 시계와 반지를 풀어 주더구나. 오래지 않아서 간수들이 기결수 방으로 이송될 죄수들을 불러 모았다. 간수가 그를 호명했을 때 내가 일어나고, 내 이름을 불렀을 때 그가 일어났지. 그것으로 서로 운명이 바뀌었다. 그런데 이상한 것은 기분이 좋았다는 거다. 사람은 누구나 자기가 아닌 다른 사람이길 원하지 않느냐? 내 몸의 주인이 그가 된 것만 같았다. 돈을 들고 있어서 징역 생활은 별 어려움이 없었다. 그 대신 살게 된 감옥에서 나는 금고 터는 법을 배웠다. 그리고 오 년이 지났을 무렵 감옥의 담을 넘었다. 원래 내 형기만큼만 산 셈이지. 모든 게 잘 풀리는 것만 같았다. 수중에서 돈이 떠날 날이 없었으니까.

집에는 그의 초상화 말고는 다른 초상화는 없더구나. 아내를 죽인 뒤 그는 혼자 외롭게 사는 눈치였다. 나는 그의 초상화를 한참 동안 뚫어지라 쳐다봤다. 그러자 화가 치밀더구나. 그 분노는 내 자신을 향한 것이었다.

나이가 제법 들어서 만난 여자가 있었다. 건달들한테 칼에 맞은 나를 여자가 구해 줬지. 여자가 아니었으면 나는 죽었을 거다. 이 년 반 동안 그 여자와 살았다. 그러다 여자가 내 아이를 뱄지. 여자는 자기와 똑같이 생긴 눈망울이 말간 여자애를 낳았다. 그날 밤 나는 아이에게 젖을 물리는 여자를 두고 몰래 집을 도망쳐 나왔다.

돌이켜 보면 죽어서야 관 뚜껑이라도 볼까 살아서는 지붕도 없이 이슬의 잠을 자다가 가는 인생인데……. 그날 이후 나는 곧잘 길을 걷다가 뒤를 돌아보게 됐다. 그럴 때마다 눈앞에 아득히 먼 강이 펼쳐지더구나."

흰 귀가 어서 도망을 가자고 외치는데도 검은 입은 넋이 빠진 표정을 지은 채 그 자리에 서 있었어요. 경비들이 뛰어오는 소리가 들렸어요. 아무리 손목을 잡아끌어도 검은 입이 못 박힌 듯 움직이지 않자 흰 귀가 먼저 자리를 피했어요. 흰 귀가 밖으로 나왔을 때 바깥에는 인파가 물결을 이루고 있었죠.

6

검은 입이 면회실에 당도했을 때 흰 귀는 철창 앞에 서 있었어요. 흰 귀가 입을 떼려고 하자 검은 입은 검지를 입에 갖다 댔어요. 쉬이!

검은 입은 두 손을 자신의 가슴으로 가져가서는 손등이 보이도록 두 손을 엇갈리게 했어요. 두 손은 나비의 날개가 됐죠. 검은 입은 두 손을 흔들었어요. 검은 입이 서 있는 자리 위로 검고 긴 나비의 그림자가 어렸어요. 잘린 검지 때문에 검은 입이 만든 나비는 날개가 찢기고 해진 것만 같았어요.

 검은 입이 입을 벙긋거렸어요. 물론 당최 알아들을 수 없는 벙어리의 말이었죠. 자음 없이 모음만으로 이뤄진 검은 입의 말을 알아들을 수 있는 건 애오라지 흰 귀뿐이었어요. 사과를 베어 물었던 기억이 있어서, 과즙이 입 안에 고이던 다디단 기억이 있어서.

 흰 귀가 면회를 마치고 나오는데 하늘에서는 한 줄기 햇살이 내렸어요. 햇살은 무한히 펼쳐진 하늘을 뚫고 단번에 대지에 꽂혔어요. 멀리 햇살이 우뚝 솟은 성당의 종탑에 머물고 있는 게 보였어요. 햇살을 받아서 황금빛으로 반짝이는 성당의 주변에는 신상을 감싸는 신비로운 서기처럼 원형의 무지개가 종소리처럼 은은하게 퍼지고 있었어요.

선홍빛 나무도마

"엄마."

가물치의 대가리 아래를 손으로 억세게 누르고 있을 때 방 안에서 소리가 들렸다.

나를 부른 것은 딸년이다. 친딸은 아니다. 자식을 가져 본 적은 없지만, 의붓딸들은 수없이 많다. 나를 엄마라고 부른 계집애들이 얼마나 될까? 그래, 나는 엄마다. 창녀들의 엄마다.

나는 출산을 한 계집애에게는 가물치를 끓여 주고, 낙태를 한 계집애에게는 소고기를 넣은 미역국을 끓여 줬다. 미역국은 계절마다 끓이지만, 가물치를 끓여 준 것은 손에 꼽을 만큼 적었다. 언젠가는 딸년 둘이 낙태 수술을 해서 미역국을 한 솥 끓인 적이 있었다. 밥상을 받자 한 년은 수저를 들지 못하고 국그릇에 눈물을 떨어뜨렸지만, 다른 한 년은 허겁지겁 국에 밥을 말아 먹었다. 제 신세가 처량해서 우는 년이나 그럴수록 더 마음을 다잡고 살아야 한다고 밥을 먹는 년이나 배 아래를 손바닥으로 쓰다듬었다. 딸년들의 자궁은 새 생명을 잉태한 공간이기도 하지만 그 새 생명이 세상의 빛을 보기도 전에 죽인 공간이기도 했다. 그래서 딸년들은 새 생명을 낳은 뒤가 아니라 죽인 뒤에 미역국을 받았다. 딸년들에게 생명은 축복이 아니라 저주였다.

내가 이 고장에 자리를 잡은 게 30여 년 전이다. 이 고장은 두 마리의 용이 여의주를 물고 하늘로 올라가는 형상을 하고 있다고 해서 예부터 쌍용雙龍골이라고 불렸다. 대추나무가 많아서 대추마을이라고 불리기도 했다. 이곳에 처음 유곽이 들어선 것은 한국전쟁 때라고 한다. 미군부대가 주둔하면서 미군을 상대로 한 네온사인이 즐비한 환락의 거리가 생긴 것이다. 내가 쌍용골에 똬리를 틀 때는 미군은 보이지 않았다. 예전에 미군 보병 사단의 헌병대가 주둔했던 곳이라서 그런지 한국군 보병 사단의 헌병대가 자리를 잡았다. 상대 대상이 미군에서 한국군으로 바뀌었을 뿐 밤거리의 호객 행위는 변함이 없었다.

내가 쌍용골로 왔을 때는 군인보다 민간인 손님이 많았다. 서울과 인접한 까닭에 주말이 되면 나라시 택시(자가용으로 영업하는 택시)들이 골목마다 즐비했다. 손님들을 데리고 오고, 데리고 가려는 차량이었다.

손아귀에 힘을 풀자 가물치가 싱크대 개수통 안에서 펄쩍 튀었다. 손바닥에 묻은 미끌미끌한 점액을 트레이닝복 바지에 쓰윽, 문지르고 딸년이 누워 있는 방문을 열었다. 딸년 옆에 아직은 이목구비가 흐릿함에도 불구하고 어딘지 모르게 딸년을 꼭 빼닮은 갓난애가 누워 있었다.

"배고프지 않니?"

딸년은 힘없이 고개를 저었다.

"일 마치고 오느라 아침이 늦었다. 조금만 기다려라. 가물치 끓이려고 한다."

"괜히 엄마만 성가시게 하네. 이럴 줄 알았으면 산후조리원으로 갈 걸 그랬어."

나는 말없이 계집애의 낯바닥을 내려다봤다. 이제 스물네 살. 붓기가 빠지지 않았는데도 예쁜 얼굴이었다. 나도 저 나이에는 저랬을까? 평소에도 가족 얘기를 않는 것을 보면 딸년은 부모가 없거나 부모와 인연을 끊은 지 오래됐을 것이다. 문을 닫고 다시 부엌으로 향했다. 싱크대 안에서 가물치가 있는 힘껏 몸을 들척였다. 가물치의 대가리 아래를 움켜쥔 뒤 나무도마 위에 올렸다. 곧추세운 대가리가 발기한 성기 같았다. 게다가 미끌미끌한 점액이 묻어 있어 손아귀에 전해지는 느낌이 성기를 움켜쥔 것만 같았다. 살기 위해서 가물치는 더 많은 점액을 내뿜고 있었다. 살고 싶겠지, 혼잣말을 중얼거리면서 손에 힘을 줘 가물치의 배가 보이도록 했다. 꼬리 부분이 나무도마에 부딪히면서 둔탁한 소리가 울려 퍼졌다. 손아귀에 더욱 힘을 주면서 다른 한 손으로는 칼을 들었다. 벼린 칼끝으로 단번에 배를 갈랐다. 시커멓고 길쭉한 구멍이 생기고 그 구멍 사이로 내장이 쏟아졌다. 칼등으로 내장을 싱크대 수챗구멍으로 밀어 버렸다. 피비린내가 코끝을 찔렀다. 가물치의 움직임이 둔해지는 게 느껴졌다. 다시 칼을 들어서 아가미부터 꼬리까지 균일하게 갈랐다. 구멍 사이로 등뼈에 묻은 선홍빛 피가 보였다. 천천히 등뼈에 고인 핏물을 걷어 낼 때까지 가물치의 아가미가 펄떡였다.

며칠 전 사찰에 가서 봤던 《부모은중경父母恩重經》의 한 구절이 떠올랐다. 가끔씩 들르는 사찰이었다. 해마다 초파일에는 막연히 누군가의 축원을 빌면서 연등을 달았고, 우란분절에는 죽은 이 영혼의 극락왕생을 빌면서 영가등을 달았다. 법회에는 참석한 적이 없었다. 법회에 가게 되면 다른 신도

와 말을 섞게 되고, 그러다 보면 거짓말도 한계가 있는지라 사창가의 포주라는 사실이 알려질 것이었다. 절을 하려고 명부전에 들렀는데 때마침 지장재일이어서 법회가 봉행 중이었다.

여러 겁의 지중한 인연으로 이제 다시 모태에 의탁했네.
달이 지나 오장이 생기고 날이 가며 육정이 열리네.
태산같이 무거운 몸을 바람만 불어도 쓰러질까 겁을 내며
비단옷은 걸치지도 아니하시고 화장대에는 언제나 먼지만 쌓였네.

스님이 읊는 대로 다른 신도들이 경전 내용을 합송했다. 경전에는 임신, 출산, 육아에 따르는 부모의 희생과 그 희생을 마다하지 않고 자식을 키운 부모의 은혜가 적혀 있었다. 하지만 출산조차 할 수 없는 사람의 입장에서 보면 그러한 부모의 희생은 고통인 동시에 희열일 것이었다. 나는 여러 겁의 지중한 인연으로 모태에 의탁했으나, 오장이 생기고 육정이 열리기도 전에 죽은 수많은 태아를 떠올렸다. 스님은 잉태하고서 지켜 주신 은혜에 이어 해산할 때 고통을 받으신 은혜, 자식을 낳고서 근심을 잊으신 은혜, 쓴 것을 삼키고 단것을 뱉어 먹여 주신 은혜, 진자리 마른자리를 가려 뉘어

주신 은혜, 젖을 먹여 주시고 키워 주신 은혜, 깨끗하지 않은 것을 씻어 주신 은혜, 멀리 길을 떠난 자식을 걱정해 주시는 은혜, 자식을 위해서 모진 일도 서슴지 않으신 은혜, 죽을 때까지 자식을 불쌍히 여기시는 은혜에 대해 설했고, 다른 신도들은 경전을 읽거나 고개를 끄덕였다. 하지만 나는 명부전 벽면에 그려진 시왕도들을 멍하니 둘러보다가 조용히 밖으로 나와야 했다. 아이를 키운 부모의 은혜가 그토록 지중하다면, 아이를 낳지 않고 죽인 부모의 죄업은 또 얼마나 큰 것일까? 온몸이 갈가리 찢기는 고통을 겪는다 해도 씻을 수 없는 죄업일 게 분명했다.

가물치의 몸부림이 잦아지는 게 느껴졌다. 칼로 가물치의 머리를 잘랐다. 몸통을 자르고, 꼬리를 잘랐다. 한때는 힘차게 물살을 갈랐을 가물치는 네 토막이 되었다. 솥에 물을 받은 뒤 그 토막들을 던졌다. 준비해 둔 뽕나무 뿌리도 던졌다. 자다가 깬 듯 갓난애의 울음소리가 들렸다.

방문을 열어 보니 딸년이 아이에게 젖을 먹이고 있었다. 딸년의 옆에 바투 붙어 앉아서 아이를 봤다. 눈을 감고서 젖을 먹는 아이의 표정에서는 그 무엇도 읽을 수 없었다. 옳음과 그름도, 선함과 악함도, 예쁨과 추함도 따질 수 없었다. 젖을 먹는 내내 아이는 희고 작은 손을 뻗어서 엄마의 젖무

덤을 더듬었다.

"엄마, 나 물 좀 갖다 줘. 이상하게 목이 마르네."

한 손으로 아이의 목을 받치고 다른 한 손으로 젖을 잡은 채 아이를 내려다보면서 딸년이 말했다.

딸년을 만난 지 3년이 되었다. 이름은 숙이. 스스로 제 이름이 숙이라고 했으나, 본명인지 가명인지 알 수 없었다. 경숙인지 영숙인지 온전하게 제 이름을 알려 주지 않았던 터라 그저 숙이라고 불렀다. 도박을 하거나 성형수술을 하느라 사채를 써서 그 빚을 갚느라 들어온 애는 아니었다. 그래서 들어올 때에도 빚이 없었다. 몸치장하는 데도 크게 돈을 쓰지 않았다. 버는 대로 착실하게 돈을 모으는 눈치였다. 그래도 숙이는 손님들한테 인기가 많았다.

손님들은 쇼트타임보다는 긴 밤을 선호했다. 쌍용골의 유곽은 긴 밤 손님에게 아침에 밥상을 차려 주었다. 비록 하룻밤이지만 둘만의 살림을 차린 것 같은 행복감을 손님에게 안겨 주기 위해서였다. 수도권이 개발되면서부터 쌍용골의 유곽을 찾는 손님들이 많아졌다. 겨울이 되면 쌀집에 모여 화투를 치던 농사꾼들이 언젠가부터 외제 차를 몰고 다녔다. 잘 벌고 잘 쓰던 시절이었다. 딸년들의 씀씀이도 커졌다. 어떤 년은 도박장에 가서 하룻밤에 한 달 간 번 돈을 날렸고,

어떤 년은 호스트바에서 만난 놈에게 모은 돈을 모두 뜯겼다. 제일 이해가 안 가는 것은 군바리들의 뒷바라지를 하는 년들이었다.

쌍용골 인근에 헌병대가 주둔하고 있었던 터라 종종 헌병들이 가게를 찾아오곤 했다. 헌병들은 하나같이 키가 늘씬하게 컸고, 얼굴도 선이 곧고 곱상했다. 중늙은이인 내가 봐도 잘생긴 용모였으니 어린년들이 보기에는 오죽했겠는가? 군인과 연애에 빠진 년들은 토요일이 되면 손님 받을 준비를 하지 않고 낮부터 부대로 달려갔다. 애인의 외박을 신청하기 위해서였다. 술값은 물론이고 여관비를 대는 것은 여자의 몫이었다. 가장 대목인 날에 외려 돈을 펑펑 쓰고 다니니 계집애는 오래지 않아서 빚더미에 앉을 수밖에 없었다.

군인과 연애를 하는 딸년이 있으면 토요일마다 나도 고생을 해야 했다. 계집애가 군인과 여관에서 뒹굴고 있든 말든 단골손님은 찾아왔다. 다른 여자를 방에 넣어 준다고 해도 단골손님은 한사코 손사래를 쳤다. 술 취해 붉어진 손님의 얼굴에는 허탈한 기색이 역력했다. 손님은 정인情人을 만나겠다는 일념으로 먼 길을 왔을 터였다. 처진 어깨로 돌아가는 손님의 뒷모습을 보고 있으면 나도 모르게 "미친년"이라는 욕설이 입 밖으로 튀어나왔다. 하지만 딸년이 돌아오면 아무 말도 하지 않았다. 돈을 주는 놈 대신 돈을 써야 하는 놈을 택한 책임은 고스란히 딸년의 몫일 테니까.

　마음 주고, 몸 주고, 돈 주고 자신이 가진 모든 것을 다 받치면서 뒷바라지를 했지만, 군인은 제대를 하면 유곽의 여자를 잊었다. 그 허튼 짓거리를 되풀이하는 년도 있었다. 서너 번의 연애 끝에 계집애는 남도의 섬마을로 팔려 가야 했다.

　많지는 않지만 더러는 군인의 아이를 갖기까지 했다. 몸 파는 년이 피임을 할 줄 몰라서 실수로 임신을 한 것은 아닐 것이었다. 나도 그런 계집애의 마음을 이해하지 못하는 것은 아니었다. 그 사람의 아이를 낳고 싶었을 것이다. 아이를 가지면 그 사람에게 버림받지 않을 것이라고 믿었는지도 모른다. 사랑을 하고 그 사랑의 결실로 아이를 낳는 것은 지극히 평범한 일이지만, 유곽의 여자들에게는 좀처럼 허락되지 않는 행복이었다. 애초 그런 행복한 삶을 살 수 있는 여자라면 이 유폐된 공간으로 기어들어 오지는 않았을 테니까. 딸년들 중에도 아이를 낳은 경우가 더러 있었다. 나는 딸년이 아이를 떼든, 아이를 낳든 일절 참견하지 않았다. 그저 낙태 수술을 하고 오면 미역국을 끓여 주고, 아이를 낳고 오면 가물치를 끓여 줄 뿐. 갓난애에게 젖을 물리면서 손님을 받을 수는 없는 노릇이니 아이를 낳은 딸년은 알아서 며칠 후 방을 비워야 했다. 골치 아픈 것은 빚이었다. 임신한 계집은 이미 일 년 가까이 일을 하지 않았기 때문에 상당한 빚이 누적돼 있었다. 결국 딸년은 어딘가에 아이를 맡기고 다시 몸을 팔아야 했다.

그런가 하면, 애를 낳은 딸년을 데리러 온 놈이 있었다. 놈의 모자에는 계급장이 아닌 예비군 마크가 달려 있었다. 제대하자마자 달려온 녀석은 한 손으로는 제 아이를 안았고 다른 한 손으로는 애인의 손을 잡았다. 듣자 하니 녀석은 편모 슬하에서 자랐고, 그 홀어미조차 제대 직전 죽었다고 한다. 고아나 마찬가지였다. 어쩌면 유곽 출신의 여자를 아내로 삼을 수 있는 것도 그런 가정환경이어서 가능했는지도 모르겠다.

숙이는 젖을 먹다가 잠이 든 아이를 이부자리에 뉘고 그 옆에 모로 누웠다. 숙이도 군인과 연애를 했고, 아이를 가졌다. 남자는 제대하자마자 숙이를 산부인과로 데리고 가서 아이를 출산했다. 제왕 절개 수술을 했던 터라 병원에서 이틀 간 있어야 했다. 퇴원하자마자 숙이는 갓난애를 안고 나를 찾아왔다. 남자는 서울에 월세방을 얻으러 갔다고 했다. 하루나 이틀만 기다리라는 말만 덧붙이고는. 월세방을 얻으러 갔다는 것으로 봐서는 숙이는 얼마 남지 않은 돈을 남자에게 건넸을 것이었다. 숙이는 남자의 약속을 굳게 믿었다. 다른 딸년이 "데리러 오지 않으면 앞으로 어쩔 셈이냐?"고 물었을 때도 숙이는 말이 없었다.

나는 다시 부엌으로 와서 냄비 뚜껑을 열어 봤다. 뽀얗게 국물이 우러나고 있었다. 냄비에 대파와 통마늘을 한 주먹 집어 던졌다. 냉장고에서 마시고 남은 소주병을 꺼냈다. 두어 잔 정도 남았을까? 소주를 냄비에 부었다. 다시 냄비 뚜껑을 덮었다. 돌아서려는데 싱크대 한쪽에 놓인 나무도마가 눈에 들어왔다.

가물치를 손질하느라 묻은 피가 흥건했다. 수돗물을 틀고서 철 수세미로 표면을 문질러 씻었다. 좀처럼 선홍빛은 사라지지 않았다. 독한 비린내도 가시지 않았다. 행주로 나무도마를 닦았다. 나무도마를 들고서 베란다로 향했다. 햇빛이 잘 드는 데 나무도마를 비스듬하게 세워 놓고 허리를 곧추세우는데, 쌍용골로 흘러 들어오던 날이 떠올랐다. 안개가 자욱해서 멀리 보면 아무것도 알아볼 수 없는 새벽이었다. 그래서 나는 발끝만 보고 걸어야 했다. 한 치 앞도 알아볼 수 없는 안개는 내 과거를 씻어 주었다. 죽으면 건너야 한다는 망각의 강에도 안개가 피어오르겠지. 노를 저으며 안개를 헤치면 또 안개가 기다리겠지. 그 자욱한 안개 속에서 전생의 기억은 지워지겠지. 쌍용골에는 곧잘 아침저녁으로 안개가 피어올랐다. 나는 행인들의 발길이 끊긴, 희멀건 새벽 거리가 좋았다. 안개가 걷히면 하루가 시작이었다. 안개가 피어오르고 걷히고 그렇게 세월이 흘렀다.

거실로 돌아와 나는 소파에 누웠다. 한 시간 정도 푹 끓이면 가물치의 살이 흐무러지고 뼈가 고아질 것이다. 그런 생각을 하는데, 잠이 밀려왔다.

안개 속을 헤치며 나는 어딘가로 걸어갔다. 등 뒤에는 포대기 속 아이가 업혀 있다. 아이의 고개가 자꾸 젖혀지는 게 느껴졌다. 그러고 보니 언젠가부터 칭얼대던 아이의 소리도 들리지 않았다. 나는 그 자리에 쭈그리고 앉아 포대기를 풀었다. 아이의 목이 힘없이 꺾여 있었다. 잠을 자나? 아이의 코와 입에 귀를 대 보지만 숨소리가 들리지 않았다. 흔들어 보아도 아이는 깨어나지 않았다. 그렁그렁 눈물이 맺히더니 아이의 얼굴로 떨어졌다. 갑자기 아이가 새끼 원숭이로 바뀌는가 싶더니 내 모습도 어미 원숭이가 되었다. 어디선가 차르르 차르르, 레일 위를 달리는 바퀴 소리가 들렸다. 갱도로 향하는지 열차에는 짙푸른 작업복을 입고 헬멧을 쓴 사내가 앉아 있었다. 석탄이 묻은 시커먼 얼굴. 사내가 열차에서 내려서 내게 말을 걸었다. 살짝 드러난 사내의 앞니가 유난히 하얗게 보였다.

"당신은 석녀야. 아이를 가질 수 없어. 당신의 자궁은 무덤과 다르지 않아. 도굴당하느라 파헤쳐진 무덤. 그러니 어서 아이를 내놔."

"안 돼요. 이 아이는 제 아이예요."

사내가 내 품에 안겨 있는 죽은 아이를 강제로 빼앗았다. 사내의 품으로 옮겨 가자 더 이상 아기 원숭이의 모습이 아니었다. 다시 온전한 갓난애의 모습이 된 것이다.

"아이를 어디로 데려가려고요?"

"갱도로. 거기가 우리의 고향이자 무덤이야."

"그 어둡고 축축한 곳으로 아이를 데려가서는 안 돼요."

사내가 아이를 열차에 싣고는 그 옆자리에 앉았다.

"아이를 데려갈 거면 저도 같이 가요."

사내가 손사래를 쳤다. 번들거릴 만큼 검은 손바닥이었다.

"당신은 함께 갈 수 없어."

"왜요?"

"왜냐고? 거기는 죽은 자만이 갈 수 있는 곳이니까."

사내를 노려보면서 아이를 다시 달라고 소리를 지르려고 하는데 입이 열리지 않았다. 혀끝에 맴돌 뿐 끝내 입 밖으로 소리가 나오지 않았다. 그때 초인종 소리가 들렸다. 잠에서 깨어나 나는 대문으로 향하지 않고 부엌으로 갔다. 올려놓은 냄비의 불을 끄기 위해서였다. 다시 초인종 소리가 들렸다.

대문을 열어 보니 딸년들이었다. 딸년들은 양손에는 뭔가를 들고 있었다. 아마도 숙이에게 주려고 산 것들이리라. 가장 나이가 많은 가을이가 물었다.

"어디 아파요? 얼굴이 안 좋은데."

"잠깐 잤다."

가을이가 현관으로 들어섰고, 리라와 미소도 차례대로 그 뒤를 따랐다. 리라가 신발을 벗으면서 물었다.

"숙이와 애는?"

나는 손가락으로 숙이가 있는 방을 가리키면서 말했다.

"아이가 자고 있으니 깨우지 마라. 이제 곧 숙이가 밥 먹어야 하니 식탁에서 봐라."

딸년들은 숙이가 있는 방으로 가려다가 내 말을 듣고서 방향을 틀어서 부엌으로 향했다. 딸년들이 나란히 식탁에 앉는 것을 보고서 나는 양념들을 보관한 선반을 뒤적여서 소금과 후추를 꺼냈다. 가물치탕의 간을 맞추기 위해서였다. 소금을 두 숟가락 붓는데 뒤에서 가을이가 물었다.

"뭐 끓였어?"

"가물치를 끓였다."

"왜 미역국을 끓이지 않고. 우리도 먹어도 돼. 아직까지 아침도 못 먹었는데."

 나는 손바닥으로 가을이의 어깨를 찰싹, 내리쳤다.

 "이년아, 가물치는 숙이 젖 잘 돌라고 끓인 거야. 애도 없는 것들이 가물치 먹어서 어디다가 쓰려고. 너희들은 육개장 남은 거 있으니까 밥 말아 먹어."

 내 말이 끝날 때 숙이의 방문이 열렸다. 바깥이 시끄러워서 잠이 깬 모양이었다. 숙이가 아이를 안고 식탁 의자에 앉았다. 다른 딸년들이 들고 온 선물들을 숙이에게 건넸다. 일회용 기저귀, 모빌, 내복 등 아이를 위한 것이었다. 가을이가 외투 주머니에서 금반지를 꺼내 식탁 위에 올려놓았다.

 "두 돈짜리야. 셋이 돈 모아서 샀어."

 순한 인상과 대비되게 노랗게 머리를 염색한 리라가 숙이와 아이를 번갈아 봤다.

 "어디라고 꼬집어 말할 수는 없지만 닮았네."

 숙이는 말없이 웃기만 했다.

 "그나저나 동혁이는 언제 온대? 제 마누라랑 새끼 두고 어딜 갔대."

 미소의 말을 끝나자마자 가을이가 미소의 허리를 꼬집었다.

 "온다고 했으면 오겠지. 왜 네가 난리야."

 미소가 말을 이어 갔다.

"숙이가 걱정돼서 그러지. 언니도 잘 알잖아? 군바리 새끼들 다 똑같은 거. 언제 그랬냐는 듯 입 닦으면 그만이지. 믿을 수가 있어야지."

미소는 쌍용골에서 손에 꼽힐 만큼 예뻤지만 눈치가 없었다. 가을이가 말을 돌리려고 손목의 시계를 보면서 말했다.

"벌써 열 시 반이야. 다들 배고플 테니 밥상이나 차리자."

가을이가 프라이팬을 가스레인지 위에 올려놓자 미소가 냉장고에서 계란 몇 개를 꺼냈다. 리라는 선반에 놓인 국그릇을 꺼내 들었다. 제법 손발이 맞았다. 누구는 국을 떴고, 누구는 밥을 펐고, 누구는 반찬을 식탁에 옮겼다. 마지막으로 나는 숙이의 앞에 가물치탕을 담은 국그릇을 놓았다.

"많이 먹어라."

숙이가 고개를 들어서 나를 올려다봤다. 짙은 쌍꺼풀 때문에 두 눈망울이 더욱 크고 맑게 느껴졌다. 숙이는 수저로 국물을 떠먹더니 들릴 듯 말 듯 작은 소리로 말했다.

"고마워요."

숙이의 두 눈에 눈물이 맺혔다. 리라가 분위기가 바꾸려고 웃으면서 입을 뗐다.

"극장에서 봤을 때부터 알아봤어."

미소가 육개장 담긴 국그릇에 밥을 넣으면서 참견을 했다.

선홍빛 나무도마

"극장에서 누굴 봤는데?"

리라가 눈을 흘기면서 대답했다.

"누구긴 누구겠어. 숙이와 동혁이지."

 주말이 되면 군인과 유곽의 여자들은 인근의 극장으로 몰려갔다. 언젠가 그 광경이 궁금해서 극장에 간 적이 있었다. 앞좌석에는 유곽의 여자가 군인의 어깨에 머리를 기대고 있었다. 내게는 영사기로 흘러나오는 빛이 아니라 앞좌석에 다정히 앉은 남녀의 모습이 영화처럼 보였다. 미처 손 쓸 새도 없이 사라져 버리는 나날들. 젊은 날은 분가루처럼 흩날려 사라지고, 그 환영만이 흙먼지 이는 길 위에서 서성거릴 테지. 나는 앞좌석의 남녀가 시샘이 날 정도로 부러웠다.

 밥을 먹은 뒤 숙이는 다시 방으로 들어갔다. 딸년들은 커피를 마시고 난 뒤 심심한지 포커 판을 벌였다. 주로 가을이가 따는 눈치였다. 몇 년 전 가을이도 유난히 키가 큰 헌병과 연애를 한 적이 있었다. 상대는 자기보다도 두 살 어렸다. 아이를 지우고 온 뒤 가을이는 내가 끓여 준 미역국을 먹다가 말고 주르륵 눈물을 흘렸다. 나는 말없이 가을이의 어깨를 쓰다듬었다. 아픔도 잠시라고. 추억도 찰나라고. 풀꽃의 씨앗처럼 뿌리 내리지 못하고 흩어지는 것이라고. 내 마음속의 말들이 손바닥을 통해 전해졌는지 가을이는 눈물을 훔치고는 국에 밥을 말아 먹었다. 이후 가을이는 연애를 하지 않았다.

딸년들이 포커를 치는 동안 나는 화투패를 꺼내서 재수 떼기를 했다. 어느 날에는 몇 시간을 해도 재수 떼기가 끝나지 않는데, 오늘은 싱거울 정도로 금세 화투패가 맞아떨어졌다. 1월과 2월. 소식과 애인. 애인에게 소식이 온다는 것인지, 애인의 소식을 기다린다는 것인지 알 수 없으나 이왕이면 전자이길 바랐다.

딸년들이 두 시간 정도 포커를 치다가 숙소로 향하자 집안에는 무서운 적막이 흘렀다. 늦가을이어서 날씨도 춥지 않은데 온몸에 한기가 느껴졌다. 어쩌면 소파에 누워 잠이 들었다가 꾼 꿈 때문인지도. 기분을 전환하기 위해서 나는 베란다로 향했다. 창문 너머 바깥 풍경을 내려다보다가 다시 거실로 들어오려는데 한데 세워 둔 나무도마가 눈에 들어왔다. 햇볕에 나무도마의 생채기들이 마르고 있었다. 나이테마다 깊게 패인 상처의 골짜기를 보고 있으려니, 칼에 베인 듯 아랫배가 아렸다.

"살고 싶었겠지."

나도 모르게 혼잣말을 중얼거려야 했다. 이름 지은 적이 없어서 그저 아이라고밖에는 달리 부를 길 없는, 배 속에서 숨을 거둔 아이 생각이 났다. 나는 절에 갔다가 읽은 《부모은중경》의 한 구절을 읊조렸다.

  낮이나 밤이나 자식 향한 마음 흐르는 눈물이 천 줄기여서
  새끼를 사랑하는 원숭이의 울음처럼 자식 생각에 애간장이 끊어지네.

그러고 보니 내가 아이를 지웠을 때가 숙이의 나이와 같은 스물네 살이었다. 엄마는 여섯 살 때 동생을 낳다가 죽었다. 아빠는 새엄마를 집에 들였다. 열여덟 살 때 새엄마도 죽었다. 낮이고 밤이고 술에 취하면 잡히는 대로 패대기치는 아빠에게서 도망쳐 온 곳이 탄광촌이었다. 머나먼 친척이 술집을 하고 있었던 것이다. 그래도 그 마을은 똥개도 지폐를 물고 다닌다는 말이 나돌 정도로 경기가 좋았다. 막걸리나 소주를 파는 술집이었던 터라 찾아오는 손님들은 주로 광부였다. 저녁이 되면 검은 얼굴을 하고서 마당의 우물에 모여서 세수를 한 뒤 방으로 들어서던 사내들. 비가 오는 날이면 양철지붕을 두드리던 빗소리에 젓가락으로 밥상을 두드리던 장단이 어우러졌다. 머나먼 친척이어도 피붙이였던 터라 당숙모는 오 년 넘게 일을 해도 술은 따르게는 해도 몸을 팔게

는 하지 않았다. 그 사람을 만난 것은 대통령이 부하에게 암살당한 해의 가을이었다. 계집애처럼 수줍음 많은 사내였다. 술잔에 술을 따라도, 돼지 수육을 앞 접시에 놓아도 남자는 얼굴이 붉어졌다. 몇 번을 본 뒤에야 간신히 말을 놓던 사내. 하루는 밖으로 부르더니 코스모스가 흐드러지게 핀 길로 끌고 갔다.

"언제 무너질지 모르는 갱에서 우리는 일을 하고 도시락을 먹어요. 더러는 휴식 시간에 쪽잠도 자고요. 희한하죠. 갱에 누우면 그 시커먼 천장에 아프게 반짝이는 별들이 보여요. 갱을 지탱하는 갱목이 무너질 때는 새의 가냘픈 울음소리가 들려요."

내가 사내의 얼굴을 손바닥으로 감싸자 사내는 내 가슴 무덤에 얼굴을 파묻었다. 사내와 함께라면 빛이 전혀 들지 않는 갱 속이어도 상관없었다. 겨우내 우리는 석탄처럼 사랑했고, 그 사랑의 결실로 아이를 배 속에 갖게 되었다. 아이를 갖고 나는 사내의 방에 들어앉게 되었다. 비록 결혼식을 올리지는 않았지만 우리는 부부와 다름없었다. 사내는 결혼식을 올리지 않고 사는 게 미안한지 저녁마다 입버릇처럼 말했다.

"봄이 오면 작게라도 결혼식을 올리자고."

그런데 봄이 되자 탄광촌에는 흉흉한 소문이 나돌았다. 하루는 사내가 친형처럼 따르던 이와 함께 술집을 찾았다. 몇 순배 술잔이 도는가 싶더니 사내가 막걸리 잔을 벽에 집어 던지면서 소리쳤다.

"이제부터 당신은 형님이 아니야. 회사 간부 놈들에게 어느 기생집에서 대접을 받았는지, 얼마나 와이로(뇌물)를 받았는지 모르겠지만 폐병에 걸려서 피를 쏟고 허리가 다쳐 구들장에 누운 신세가 된 동료를 생각한다면 그러면 안 되지."

나중에 들으니 사내와 함께 온 이는 노조의 간부였다. 노조위원회는 다른 광부들의 의견을 묵살하고 몰래 회사 측과 임금 협상안에 합의했다는 것이었다. 마을에는 날마다 '노조위원장 사퇴', '임금 인상'을 외치는 구호가 울려 퍼졌다. 그러던 중 경찰들이 차로 광부들을 들이박는 사건이 터졌다. 광부들이 곡괭이 자루를 들고 거리로 모여들자 경찰들은 도망을 다니기 바빴다. 상황이 이렇게 전개되다 보니 결국 회사 측도 꼬리를 내릴 수밖에 없었다. 광부들의 요구 사항을 들어주기로 합의함으로써 사건은 일단락되는가 싶었다. 그런데 비상계엄령이 발포되고 나서 광부들은 물론이고 그 아내들까지도 경찰에 끌려가기 시작했다. 사내도 경찰에 연행됐고 파업의 주동자로 지목돼 구속되었다.

사내의 소식을 들을 수 없었다. 어디에서 어떤 고초를 겪는지 알 수 없었다. 사내의 소식을 수소문하다가 집에 들어와 혼자만 따뜻한 밥을 먹고 깨끗한 이부자리에 눕는 것을 죄스러워하면서 나는 잠이 들었다. 혼미한 가운데 깨어났을 때 나는 내 몸에 변화가 있다는 것을 느낄 수 있었다. 손바닥으로 배를 만졌다. 배가 움푹 꺼져 있었고, 손바닥으로 전해지던 아이의 움직임도 느낄 수 없었다. 당숙모는 미역국을 끓인 밥상에 들고 와서 내 눈치를 살폈다.

"어떻게 된 거예요?"

"잊어라. 다 잊어라."

"뭘 잊으라는 말예요. 배 속의 우리 아이는 어떻게 된 거예요."

"어젯밤에 뗐다. 간호원을 시켜서 전신마취를 하고 너 정신 잃은 사이에 말끔하게 뗐다."

가슴이 벌렁거리고 눈시울이 뜨거워서 나는 차마 말을 이을 수 없었다.

"그 아이는, 우리 아이예요. 그 사람이, 나오면, 가장 먼저 찾을, 우리 아이예요."

"이년아, 정신 차려라. 이 시국에 그 사람이 언제 나올지 알아. 나온다 한들 병신이 되어서 나올지 천치가 되어서 나올지 어떻게 알고. 광부들만 아니라 그 마누라까지 잡아다가 족치고 있어. 너를 살리자면 네 아이를 지워야 했다. 너무 야속하게 생각하지 말고. 잊어라. 다 잊어라. 아이야 다른 좋은 남자 만나서 정붙이고 살다 보면 생기는 것이고."

"우리 아이는 어떻게 했나요?"

당숙이 길게 한숨을 내쉬었다.

"뒷마당에 묻었다."

나는 두 손, 두 발은 물론이고 온몸이 떨려 왔다. 간신히 몸을 일으켜 아이가 묻혔다는 곳으로 허청허청 걸어갔다. 작은 봉분이 보였다. 붉은 황토에 얼굴을 묻고 눈물을 쏟았다. 그리고 다시 방으로 돌아와 며칠 동안 밥도 먹지 않고 시체처럼 누워 있었다. 어느 새벽 나는 몸을 추슬러 가방에 옷가지를 챙긴 뒤 마을을 떠났다.

햇빛 한 줌 들지 않는 갱에서 밥을 먹고 쪽잠을 잔다던 사람. 시커먼 천장에서 아프게 반짝이는 별들을 보던 사람. 갱목이 무너질 때 새의 가냘픈 울음소리를 듣던 그 사람에게 죄스러워서 마을에 더는 붙어 있을 수가 없었다.

가진 건 죄스러운 몸뚱이뿐이었으니 내다 팔 것도 몸뚱이뿐이었다. 한 십 년은 몸을 팔았고, 그 몸 판 돈을 모아서 쌍용골의 유곽을 샀다.

몇 년 전 우연히 사내의 소식을 듣게 되었다. 감옥에서 나온 뒤 사내는 다시 갱으로 들어갔다고 한다. 그리고 오래지 않아서 사내는 폐병에 걸려서 죽었다고 한다. 사내의 소식을 듣고서 탄광촌을 찾았다. 탄광촌에는 아무것도 남아 있지 않았다. 한때는 수많은 남자들이 몰려들었지만 이제는 누구도 찾지 않는 곳. 한때는 신열처럼 뜨거웠지만, 이제는 시신처럼 차갑게 식어 버린 곳.

그 사람이 탄을 캐기 위해 탔던 열차에는 관광객들이 앉아 있었다. 하염없이 레일을 타고 내려가는 열차 안에서 나는 깨달았다. 그 사람이 말했던 가냘픈 새의 울음소리가 무엇인지를. 탄광은 한 마리의 거대한 새였다. 날개를 펼치면 하늘을 모두 가릴 수 있는, 울음이 하늘 끝까지 닿는 크나큰 익룡翼龍이었다. 그 크나큰 익룡도 마지막이 되면 가냘픈 소리로 울 것이었다. 그 사람이 들었다는 가냘픈 새의 소리는 바로 뼛속 깊이 파고들던 공포, 죽음이 다가오는 소리였다. 시커먼 갱도 안에서 나는 그 사람이 말한 아프게 반짝이는 별빛의 정체가 무엇인지도 깨달을 수 있었다. 어둠 속에서 그 사람은 푸르게 퍼져 오는 새벽빛을 기다렸던 것이다. 갱도를 빠져나와서 나는 수십 년 동안 참아 왔던 눈물을 쏟아야 했다.

베란다에 놓인 나무도마를 들고서 부엌으로 향하는데 숙이가 아이를 안고서 방문을 열고 나왔다.

"엄마, 동혁이에게 전화가 왔어요. 방을 구했대요. 지금 이리로 오고 있대요. 동혁이가 오는 대로 나가려고 해요."

나는 웃으면서 말했다.

"잘됐구나. 저녁이나 먹고 가렴. 동혁이에게 집으로 오라고 해. 내가 밥을 차려 줄 테니. 네 짐도 동혁이가 들고 가야 할 것 아니니."

숙이가 머리를 조아렸다. 숙이의 미래는 내가 살아 보지 못한 과거다. 물론 앞날이 밝지만은 않을 것이었다. 남자가 대학을 졸업해야 하고, 직장도 구해야 한다. 하지만 사랑하는 남자의 아이를 낳고 단란하게 가정을 꾸린다는 것만으로도 그 어떤 것과도 바꿀 수 없는 축복된 삶일 것이다. 싱크대 위에 나무도마를 가지런히 놓으면서 나는 생각했다. 네가 버리지 않으면 누구도 너를 버리지 않아. 네가 잊지 않는다면 누구도 너를 잊지 않아. 설령 나무도마처럼 여기저기 패인 슬픔의 생채기만 남을지라도. 햇빛에 잘 말렸음에도 불구하고 나무도마는 여전히 선홍빛이 선명했다.

비로자나, 비로자나

그대가 온 곳 몰라도

그대가 간 곳 몰라도

그대와 나 꽃 속에 들어가네

그대와 나 꽃 속에 들어가

천 개의 꽃잎 하나하나 속에

천 개의 꽃잎 가진 그대가 핀 걸 보네

— 김선우의 「사랑의 정원 2」에서 인용

해인사로 가는 내내 나는 지구의 자전과 공전에 대해 생각했다. 몇 달 전 인터뷰한 스님 때문이리라. 촛불에 열 손가락을 모두 소신공양했다는 뭉툭한 스님의 손은 문둥이의 손처럼 보였다. 대부분 인터뷰라고 하면 기자가 묻고 취재원이 답하는 게 관행인데, 그날의 인터뷰는 취재원인 스님이 묻고 기자인 내가 답을 하는 방식으로 진행됐다. 설법이 좋은, 즉, 말발이 센 스님이었다.
"지동설을 믿습니까? 천동설을 믿습니까?"
"지동설을 믿습니다."
내 대답을 듣고서 스님은 혀를 찼다.
"학계에서는 지동설을 정론으로 받아들이고 있지만, 나는 천동설을 믿습니다. 예를 들어 차와 운전자의 관계를 생각해 보세요. 차를 움직이는 것은 차입니까? 아니면 운전자입니까? 지구를 움직이는 것은 지구입니까? 우주입니까?"
스님은 원체 달변인데다가 다변이어서 녹취한 것만 풀어도 기사는 무리 없이 나올 것 같았다. 더 물을 것이 없었다. 다만, 스님의 손가락에 눈이 가는 것은 어쩔 수 없었다. "왜 소신공양을 했느냐?"는 물음에 스님은 대답 대신 웃었다. "소신공양을 하고 나서 마음이 어땠느냐?"고 다시 묻자 스님은 "비도 오지 않았는데 무지개가 폈다"라고 했다. 그리고 들릴 듯 말 듯 "비로자나, 비로자나"라고 했다.

  고속철 좌석 깊숙이 무거운 몸을 파묻었지만, 여독이 풀리지 않아서인지 자꾸 하품이 나왔다. 미친 짓이었다. 아직 현지의 기후에 제대로 적응도 안 됐는데, 4박 5일 일정의 앙코르와트 여행을 마치고 인천공항에 돌아오자마자 나는 해인사행을 감행했다. 캄보디아 시엠립공항에서 앞당겼던 시침을 다시 두 시간 미룰 때였다. 물독의 밑창이 툭, 빠져서 물이 쏟아지듯, 막혔던 마음의 길이 환히 뚫리는 것 같았다. 다섯 시간을 날아왔는데 시계상으로는 세 시간밖에 흐르지 않은 상태였다. 시계를 바라보는 마음이 묘했다. 어떻게 보면 두 시간을 번 셈이고, 어떻게 보면 두 시간이 없어진 셈이었다. 그렇다면 두 시간은 어디로 간 것일까? 사라진 두 시간이 영겁처럼 느껴졌다. 삶에는 자로 잴 수 없는 것들이 많다더니. 시간은 인간이 만든 범주의 하나에 불과하다는 생각이 들었다. 시침과 무관하게 별자리는 뜨고, 갓난애는 어머니의 젖을 물지 않는가? 생각이 거기까지 미치자 여기 공항에 온 것은 껍데기일 뿐 영혼은 어딘가로 증발한 것만 같았다. 짐을 챙겨 공항버스를 타려다 말고 나는 발길을 돌렸다. 한편으로는 갈 길이 막막했지만, 다른 한편으로는 반드시 어딘가로 가야만 할 것 같았다. 여행 가방 보관함에 짐을 쑤셔 넣었을 때 나는 탄성처럼 입 밖으로 "비로자나, 비로자나"라는 말을 내뱉었다.

동대구역을 빠져나오자 진눈깨비가 흩날렸다. 눈송이 하나가 내 광대뼈에 부딪히더니 주르륵 흘러내렸다. 손을 뻗어 흩날리는 것을 받았다. 손바닥에 내려앉자마자 곱게 반짝이던 것들이 한 방울의 물이 되어 형체도 없이 사라졌다. 고개를 뒤로 젖혀 하늘을 올려다봤다. 눈들이 허공을 맴돌았다. 눈들은 다시 하늘로 올라가지도 못하고 땅으로 편안히 내려앉아 안식하지도 못하고 정처 없이 떠돌았다. 렌트카 회사가 있는 곳으로 향하다 말고 나도 모르게 걸음을 멈춰야 했다. 내 시선을 붙잡은 것은 젊은 여자였다. 여자의 머리에는 실밥이 내려앉은 것처럼 드문드문 눈이 덮여 있었다. 여자는 오른손으로 면도날을 쥐고 분주하게 왼손 검지를 깎았다. 아주 얇게 각질을 벗기고 있었다. 이미 벗길 만큼 벗긴 상태여서 손가락 마디마디가 선홍빛이었다. 살점이 뜯긴 채 헤엄쳐 가는 물고기 같았다. 그 붉은 손가락 마디에도 눈이 내렸다. 색감의 대조 때문에 눈은 더욱 하얗게 보였다. 차마 눈 뜨고 볼 수 없는 광경에 시선을 돌릴 때였다. 쓸쓸한 뒷모습으로 걸어가는 한 사람의 환영이 눈앞에 스쳐 갔다.

 당신을 처음 만난 것은 1988년. 우리가 사는 나라에서, 우리가 사는 도시에서 올림픽이 열렸던 해입니다. 당신을 처음 만났을 때는 크리스마스이브. 목수의 아들로 태어나 인류의 성자가 된 예수님의 생일 전야였습니다. 당신을 처음 본 곳은 원천교회源泉敎會. 오르막길 중간에 십자가가 높이 솟아 있어서 골고다의 언덕을 넘어가는 예수의 십자가를 떠올리게 하는 교회였습니다. 내가 친구들의 손에 이끌려 교회에 들어섰을 때 강당에서는 여학생들이 합창을 하고 있었습니다. 그 노래가 무엇인지 나는 기억할 수 없습니다. 내가 지금도 또렷하게 기억하고 있는 것은 당신의 자리. 당신은 횡렬 맨 끝에서 두 번째로 서 있었습니다. 오래지 않아서 당신의 주변은 모두 희미해지고 당신만이 오롯하게 보였습니다. 당신이 주변인에서 주인공으로 바뀌는 순간, 친구에게 당신의 이름을 물었습니다.
 "쟤가 정이야. 이정이. 왜 언젠가 얘기했잖아."
 언젠가 들어 본 것 같은 참으로 흔한 이름을 가진 당신은 노래를 부르고 있었습니다. 당신은 그저 합창단의 일원으로 노래를 불렀던 것인데, 제게는 당신이 저만을 위해서 노래를 부르는 것만 같았습니다.

 행사 끝나고 나는 당신과 교회 뒤뜰에서 인사를 나눴습니다. 날이 추워서 그랬는지 아직은 사춘기의 나이여서 그랬는지 당신의 볼은 붉었습니다. 인사를 하는 내내 당신은 해맑게 웃었습니다.

"오빠가 오실 줄 알았어요."

당신이 내게 처음으로 건넨 말이었습니다. 내가 누군지도 모르는데 어떻게 내가 올 줄 알았다는 것인지 당최 모르겠는 말이었습니다. 나는 당신의 말을 듣고서 터무니없게도 '빛이 있으라 하시며 빛이 있었고'라는 창세기 1장 3절의 구절을 떠올렸습니다. 신이 세상에 존재하는 모든 것을 말로써 빚었던 것처럼 우리의 관계도 당신이 건넨 기묘한 말 한마디로 이어지는 것 같았습니다. 인사를 나누고 당신은 빨간 벙어리장갑에 양손을 꽂고 종종걸음으로 오르막길로 올라갔습니다. 그날 밤 나는 친구들과 교회 뒤에 위치한 공터에서 소주를 마셨습니다. 마땅히 무엇을 해야겠다는 인생의 계획이 없었던 우리에게는 소주를 마시는 일 말고는 딱히 성탄 전야에 할 일이 없었던 것입니다. 공터는 무허가 판잣집들을 허문 자리여서 을씨년스러웠습니다. 그 공터는 당신이 유년을 보낸 곳이었습니다. 판잣집이 철거되자 당신의 가족은 물론이고 내 친구들의 가족들은 오르막길에 위치한 B지구 아파트로 이사를 갔습니다. 친구들의 입을 통해서 그 사실을 알 수 있었습니다. 그러니까, 당신은 당신의 움막 같은 집으로 가기 위해 숨 가쁘게 오르막길을 올라갔던 것이지요. 친구들은 자신들의 가족이 사는 안식처인데도 불구하고, 번갈아 가며 공동으로 화장실을 써야 하는, 복도마다 음화가 그려져 있는 B지구 아파트에 대해 욕설을 퍼부었습니다. 돌이켜 보건대 친구들은 대물림받은 가난에 대해 저주를 퍼부었는지도 모르겠습니다. 그날 나는 친구들에게 당신의 가족에 대해 많은 것을 들을 수 있었습니다. 아버지는 난봉꾼이고, 어머니는 재취이며, 형제는 모두 딸밖에 없다는 얘기까지.

  소주를 몇 병 비우고 몇 명의 친구들이 바닥에 쓰러지고서야 나는 집으로 돌아갔습니다. 집으로 가다 말고 나는 당신이 사는 아파트를 올려다봤습니다. 외벽에 거미줄처럼 금이 가 있는 허물어지기 직전의 아파트가 부유층이 사는 동네에 있다는 것이 비현실적으로 느껴졌습니다. 노인의 빠진 이빨처럼 드문드문 불이 켜져 있는 아파트를 한동안 우두커니 바라보고 있자니 당신의 웃음 뒤에 가려져 있는 그늘이 보이는 것 같았습니다.

해인사를 찾는 이유는 쌍둥이 비로자나불을 보기 위해서였다. 쌍둥이 비로자나불을 처음 친견한 것은 지난해 칠월칠석을 맞아 개최된 '비로자나데이 축제' 취재 자리에서였다. 편집장이 편집회의에서 "누가 해인사로 내려갈 것이냐?"고 물었을 때 나는 얼른 손을 들었다. 사실적인 묘사를 위해 먼 곳까지 취재를 가는 것을 꺼리지 않는 작가들과 달리 기자들은 아무리 흥미로운 기삿거리가 있어도 지방 출장을 달가워하지 않았다. 나도 예외는 아니어서 기자 생활을 한 지 오 년이 지난 뒤부터는 가급적이면 먼 거리로 취재 가는 것을 꺼렸다. 내가 여름휴가가 시작되는 날에 해인사로 향했던 까닭은 쌍둥이 비로자나불을 친견하겠다는 일념 때문이었다. 해인사에 보내 온 자료를 읽을 때부터 나는 무엇엔가 홀린 것처럼 마음이 끌렸다. 가야산 저편에서 나를 누군가 부르는 것만 같았다. 쌍둥이 비로자나의 유례는 이러했다.

해인사는 2005년 법보전 비로자나불상에 새로 금칠을 하던 중 불상 안 내벽에서 명문을 발견했다. 명문에 따르면, 이 불상은 중화 3년(883)에 제작됐다. 당 희종 연호인 중화 3년은 신라로서는 제49대 헌강왕憲康王 재위 9년째에 해당한다. 묵서명이 발견됨에 따라 해인사 비로자나불은 국내 최고의 목조불상으로 판명됐다. 일부 글자에 대한 판독이 불확실

한 데다 이두와 구결 등 이른바 신라식 한문으로 쓰여 있어서 학자들조차도 글의 확실한 의미를 해석하지 못했다. 학자들은 첫 문장 중간 '사미賜彌'는 존칭의 의미가 담긴 '시니'에 해당하는 신라식 표현일 것으로 판단했다. 따라서 글의 첫 문장은 '맹서하며 원하옵나니 대각간大角干께서 등신燈身하시어 ○○하시라'와 '맹서하며 원하옵나니 왕비께서 등신하시어 ○○하시라' 정도의 뜻으로 추정됐다. 그런데 등신燈身에 대해서는 해석이 달랐다. 일부 학자는 등신불로 봤던 반면, 또 다른 일부 학자는 몸을 등불에 태울 정도로 치성을 바친다는 의미로 봤다.

명문에 따르면, 신라 시대 최고 관직인 대각간과 비가 발원해 쌍둥이 등신불을 만들었다는 것이 된다. 사람들은 부부 불상의 주인공에 대해 주목했고, 학계는 연구 끝에 대각간 위홍과 진성여왕일 것으로 추정했다. 삼촌과 조카 사이인 두 사람의 결혼에 대해 『삼국사기』의 저자 김부식은 사통私通에 가까운 것으로 치부했지만, 근친결혼이 많았던 당시 성 문화에 비춰 봤을 때 크게 문제될 것이 없었다. 진성여왕은 결혼 2년 만에 남편 위홍이 죽자, 그를 혜성대왕으로 추대했다. 조선 시대 문인 조위는 문집을 통해 "진성여왕은 해인사를 혜성대왕 원당願堂이라고 이름 짓고, 왕위도 버리고 해인사로 가서 지내다 죽었다"고 주장했다. 여러 정황상 진성여왕이 남편 위홍을 잃고 나서 뼈에 사무치는 슬픔 속에 보냈던 것을 알 수 있다.

 경내로 차가 들었을 때 해가 스러지고 있었다. 저녁 어스름이 깔리는 눈 쌓인 경내는 고요하다 못해 신묘하기까지 했다. 장엄하게 타오르는 노을은 경내를 태울 것처럼 이글거렸다. 나는 요사채 끝에 걸린 일몰을 바라보면서 비로자나의 말뜻이 산스크리트어로 '빛'이라는 것을 떠올렸다. 순간, 의문 하나가 해일처럼 밀려왔다. 한 비로자나가 높은 곳에서 세상 구석구석을 비추는 부처님이라면, 다른 한 비로자나는 무엇을 하는 부처님이란 말인가?

 당신 아버지가 돌아가신 것은 당신을 만난 이듬해 겨울이었습니다. 친구에게서 당신 아버지가 노름빚 때문에 소주에 쥐약을 타 먹고 자살했다는 사실을 듣게 되었습니다. 나는 친구들과 함께 당신의 아버지가 마지막으로 집을 떠나는 모습을 지켜봤습니다. 쓰러질 듯 서 있는 아파트 입구로 당신 아버지가 누워 있는 관이 내려왔습니다. 당신 어머니가 저고리 매듭으로 붉은 눈시울을 훔치는 내내 하늘에는 눈이 내렸습니다. 상두꾼의 상엿소리 때문이었을까요? 눈이 처음으로 슬퍼 보였습니다. 당신은 행렬의 맨 뒤에 서서 조화를 들고 걸어갔습니다. 당신의 바로 앞에는 가출했다가 소식을 듣고 돌아온 막내 언니가 서 있었습니다. 성긴 눈들은 곡소리를 지우지 못했습니다. 당신 가족들의 걸음 뒤에는 계속 진흙 뭉치가 떨어졌습니다. 성긴 눈들은 가난의 가책만큼이나 선명한 발자국들도 지우지 못했습니다.

며칠 후 당신에게서 연락이 왔습니다. 우리는 당신이 사는 아파트 앞 놀이터에서 만났습니다. 내가 놀이터에 갔을 때 당신은 녹슨 쇠줄의 그네에 앉아 톡톡, 진흙을 발로 걷어차고 있었습니다. 당신은 색 바랜 솜 잠바에 얼굴을 묻고 말했습니다.

"대문을 여니까 집 안이 엉망인 거야. 또 아빠가 술에 취해서 개지랄을 한 모양이구나 생각했지. 늘 그랬으니까. 술만 마시면 살림살이가 남아나는 게 없게 던지고. 엄마도 개 패듯 패고…… 그런데 집을 치우려고 보니까 아빠가 누워 있는 머리맡에 소주병 말고 다른 병이 놓여 있는 거야. 겁이 났어. 무서워서 제대로 서 있을 수가 없었어."

아버지에 대한 당신의 감정은 복잡한 것 같았습니다.

"이상하지. 그토록 미워했던 사람인데 불쌍하게 느껴지니.

사랑이 없으면 미움도 없다지."

　당신은 말을 마치고 솜 잠바에 얼굴을 파묻었습니다. 당신의 어깨는 엷게 흔들렸습니다. 당신은 울고 있는 것을 숨기려고 체중을 실어 그네를 움직였습니다. 당신을 실은 그네가 허공 위로 곡선을 그렸습니다. 그네의 곡선이 점차 커졌습니다. 나는 아무 말도 할 수 없었습니다. 그저 뒤에서 당신의 흔들리는 등을 밀어 줬습니다. 당신의 단발머리가 바람에 찰랑거렸습니다. 당신의 옆머리에는 상장이 붙어 있었습니다. 누런 삼베로 만든 머리핀이었습니다. 나는 그 머리핀이 당신의 분신처럼 느껴졌습니다. 당신이 이제 막 애벌레에서 탈바꿈한 나비처럼 보였습니다. 당신의 뒷모습이 위태로웠습니다. 그 순간 나는 보았습니다. 찢기고 헤진 나래를 무겁게 너풀거리며 날아가는 나비 한 마리의 환영을.

　쌍둥이 비로자나불이 모셔져 있는 보경당으로 향하는 내게 한 여자가 다가왔다. 그리곤 대뜸 디지털카메라를 건넸다. 사진을 찍어 달라는 것이었다. 여자가 내게 사진기를 건네는 동안 남자는 한 발치 물러서 사람 좋아 보이는 웃음을 지었다. 신혼부부이거나 이제 막 연애를 시작한 애인인 듯싶었다. 점퍼 속에 맞춰 입은 커플 티가 그것을 말해 주고 있었다.

"저기 미로 속에서 서 있을게요. 멀리서 잡아 주세요. 미로가 보이도록."

여자는 해인도海印圖를 미로라고 불렀다. 아닌 게 아니라 멀리서, 그것도 눈발이 흩날리는 저물녘에 보니 영락없는 미로였다. 지난해 열린 비로자나데이 축제 때 절 마당에 대형으로 그린 해인도는 관람객들의 호응이 좋았던지 축제가 끝난 뒤에도 없애지 않았다. 해인도에 서 있는 그들의 사진을 찍을 때였다. 여자의 머리에 내려앉는 눈송이들을 남자가 털어 줬다. 눈송이들은 잠시, 꽃대에 앉아 휴식을 취하고 있는 나비 같았다. 셔터 버튼을 누르자 카메라 플래시가 터졌다. 섬광 같은 빛이 그들의 행복한 한때를 잡았을 것이다. 나는 모니터에 담겨 있는 그들이 환하게 웃고 있는 모습을 본 후 여자에게 카메라를 돌려줬다. 그들은 가벼이 목례를 한 후 땅거미가 지는 산사를 내려갔다.

경내에는 금세 어둠이 밀려왔다. 주위를 둘러봐도 사람은 보이지 않았다. 비로자나데이 축제 때는 발길을 옴짝거릴 수 없을 정도로 인산인해였던 해인사 경내에 나 혼자만 남게 됐다 생각하니 마음이 헛헛했다. 고즈넉함 때문일까? 나는 난수표처럼 어지러운 모양의 해인도를 따라 걷고 싶어졌다. 언뜻 보면 동면에 든 뱀들이 엉켜 있는 것 같아 징그럽게 느껴지는 해인도는 의상 대사가 지은 30구句의 게송偈頌인 법성게法性偈를 도식圖式으로 형상화한 것이다. 본래 이름은 '화엄일승법계도華嚴一乘法界圖'이고, 그 의미는 '가지가지의 꽃으로 장식된 일승一乘의 진리 세계 모습'이다. 나는 눈 쌓인 바닥에 걸음을 옮길 때마다 '법성게'의 구절들을 주술가가 주문을 외듯 되뇌었다.

일중일체다중일日中一切多中一 일즉일체다즉일一卽一切多卽一
일미진중함시방一微塵中含十方 일체진중역여시一切塵中亦如是
무량원겁즉일념無量遠劫卽一念 일념즉시무량겁一念卽是無量劫

하나 속에 일체가 있으니, 하나가 곧 일체이고 일체가 곧 하나이다.
하나의 티끌 속에 우주가 깃들어 있으니, 일체의 티끌도 역시 그러하다.
무한히 긴 겁의 시간이 찰나이고, 찰나가 무한히 긴 겁의 시간이다.

위 구절은 윌리엄 블레이크의 「순수를 꿈꾸며」의 한 구절인 '한 알의 모래 속에서 세계를 보고, 한 송이 들꽃 속에서 천국을 본다. 손바닥 안에 무한을 거머쥐고, 순간 속에서 영원을 붙잡는다.'와 의미가 유사해 내가 언젠가부터 술자리에서 화제가 떨어지면 떠들던 것이었다.

해인도의 중간쯤 닿았을 때 나는 뒤를 돌아보았다. 발자국들이 삐뚤빼뚤했다. 미로 같은 해인도 속에 찍힌 발자국들을 보는 순간 이런 생각이 들었다. 한 비로자나가 '하늘에서 쏟아지는 빛'이라면, 다른 비로자나는 '하늘의 빛이 이 땅에 스민 것'이 아닐까? 한 비로자나가 '하나의 티끌'이라면, 다른 비로자나는 '일체의 우주'가 아닐까? 한 비로자나가 '무량한 겁의 시간'이라면, 다른 비로자나는 '찰나의 순간'이 아닐까?

당신이 가까이 있는데도 당신이 한없이 그리웠던 적이 있습니다. 고등학교를 막 졸업한 때였습니다. 그때 나는 사진 재판을 하는 공장에 다녔습니다. 회사 이름이 '모던아트사'였지만, 내가 하는 일은 조금도 모던하지도 않았고, 아트하지도 않았습니다. 야근과 철야가 잦아서 당신의 얼굴조차 보기 어려웠습니다. 나는 밤마다 밀착기 앞에서 버릇처럼 한숨을 내쉬곤 했습니다. 캄캄한 암실에서 나는 곧잘 당신을 떠올렸고, 그러면 인화되는 필름처럼 내 눈앞에는 마젠타, 사이언, 옐로우…… 삼원색이 합쳐져서 총천연색의 웃음을 짓는 당신의 모습으로 바뀌었습니다. 첫 봉급을 받던 날 나는 구두 가게로 달려갔습니다. 당신에게 줄 구두를 사기 위해서 였습니다. 두 개의 구두 가게가 붙어 있었습니다. 하나는 '불랑누아', 다른 하나는 '해피워크'였습니다. 나는 '어둠'과 '행복한 걸음' 중 후자를 택했습니다. 신발 가게에 들어가 한참을 둘러본 후 앞이 둥근 모양의 비조 장식이 있는 로퍼를 골랐습니다. 며칠 후 사장님께 부탁해서 조퇴를 했습니다. 당신이 다니는 여자상업고등학교에 가기 위해서였습니다. 전화 약속도 없이 불쑥 나타난 나를 보고서 놀라는 당신의 모습을 보고 싶었고, 놀란 당신에게 구두가 담긴 가방을 건네고 싶었습니다.

이상한 일이었습니다. 버스에 올라 빈자리에 앉자마자 가슴이 아파 왔습니다. 어쩌면 버스에서 흘러나오는 유행가 때문인지도 모르겠습니다. 그도 아니면 눈이 시리도록 맑은 햇살 때문인지도 모르겠습니다.

그날 나는 당신의 학교 정문 앞에서 한참 동안 서 있었습니다. 하교 시간이 되자 당신을 닮은 학생들이 우르르 쏟아져 나왔습니다. 아무리 살펴봐도 당신은 없었습니다. 철문이 닫힌 뒤에야 나는 당신을 만나는 것을 포기하고 집으로 향했습니다.

그날 당신은 병원에 있었습니다. 당신이 병원 신세를 진

이유를 알게 된 것은 한참 뒤의 일입니다. 낯선 방에서 처음 보는 남자들에게 능욕을 당하고 나서 당신은 그 이튿날 수면제를 한 주먹 먹었던 것입니다. 그리고 다시는 눈뜨지 않기를 바라며 눈을 감았을 테지요. 내가 버스 창가에 머리를 기대고 쏟아지는 햇살에 눈이 부셔서 느닷없는 눈물을 흘릴 때 당신은 위장에 쌓인 수면제를 긁어내고 있었던 것입니다.

나는 해인도의 출구 앞에 섰을 때 뒤를 돌아보았다. 눈이 얇게 쌓인 미로 속에는 내가 걸어온 발자국들이 남겨져 있었다. "행행본처行行本處 지지발처至至發處"라는 말이 입 밖으로 튀어나왔다. 의상 대사는 법성게의 요체가 이 말뜻 속에 있다고 했다. "가도 가도 본래의 그 자리이고, 이르고 이르러도 출발한 그 자리"라는 의미였다. 해인도의 출구 옆에는 입구가 있었다. 나는 나지막이 혼잣말을 읊조렸다. 어디서부터 잘못된 것일까? 나와 당신, 우리의 실타래는 어디서부터 끊긴 것일까? 생각이 거기까지 미치자 나는 머리는 황소이고 몸은 사람인 미노타우로스와 싸워서 이긴 테세우스가 떠올랐다. 테세우스는 아리아드네가 건넨 실타래 덕분에 미궁迷宮을 빠져나올 수 있었다. 테세우스는 미궁을 빠져나온 뒤 아리아드네와 함께 배를 타고 아테네로 향했다. 디아섬에 잠시 배가 정박했을 때 아리아드네는 깊은 잠에 들었다. 테세우스가 잠든 아리아드네를 홀로 두고 길을 떠나면서 인연의 실타래는 끊겼다. 두 사람은 전혀 다른 방향의 길로 흘러갔다. 나는 잠에서 깨어나 홀로 남겨졌다는 사실을 깨닫는 아리아드네의 모습을 떠올리면서 해인도 밖으로 발을 내디뎠다.

이제야 고백하건대, 당신이 자살 기도를 했을 무렵, 더 정확히 표현하면 당신이 능욕을 당했을 무렵, 나는 한 여자애를 욕보인 적이 있습니다. 당신이 능욕을 당했을 때처럼 나 역시 혼자 저지른 일은 아니었습니다. 일을 저지른 친구들은 당신도 잘 알고 잘 따르는 B지구 아파트의 오빠들이었습니다.

하루는 가출해 학교를 그만둔 친구가 찾아왔습니다. 친구의 옆에는 화장을 짙게 한 여자애가 서 있었습니다. 우리는 술집으로 향했고, 머지않아서 술집에 친구들이 하나둘씩 모였습니다. 나이트클럽에서 웨이터를 한다는 친구는 안 본 사이 몰라보게 달라져 있었습니다. 여자가 잠시 화장실에 갔을 때 친구가 말했습니다.

"니들 중에 아다 있냐? 네가 아다 줄 끊어 줄게."

친구의 어깨에 잔뜩 힘이 들어갔습니다. 다른 친구가 대꾸했습니다.

"네 까리 아니야?"

친구가 피식, 웃었습니다.

"까리는 무슨. 나는 그런 거 안 키워. 어젯밤 나이트클럽에서 만난 애야. 척 보면 몰라. 집 나온 애야. 저런 애들 내가 많이 상대해 봐서 알아. 어디 쪽방 가서 맘대로 데리고 놀아도 아무 뒤탈이 없어."

술집으로 나와서 우리 일행은 맥주 몇 병과 오징어 따위 안줏거리를 사 들고 여인숙으로 향했습니다. 친구와 여자애가 방을 잡는 것을 보고서 나머지 친구 셋은 그 옆방에 들어갔습니다. 여인숙 천장에는 쥐 오줌이 얼룩져 있고 방 안에 퀴퀴한 냄새가 났습니다. 친구가 일을 마쳤는지 우리 방문을 두드렸습니다. 신호였습니다. 사전에 정한 순서대로 여자가 있는 방으로 들어갔습니다. 내 차례가 되어서 방문을 열었을 때 여자는 눅눅한 이불 위에 앉아서 떨고 있었습니다.

보경당에 들어서자마자 나는 쌍둥이 비로자나불에 삼배를 올렸다.

사람 크기의 쌍둥이 비로자나불이 앉아 있었다. 이마에는 반달 모양이 새겨져 있었고, 얼굴은 갸름했다. 귀는 어깨까지 길게 내려오고 목에는 3개 주름인 삼도가 뚜렷했다. 불상이 입고 있는 옷은 왼쪽 어깨에만 걸쳐 있고, 주름은 평행 계단처럼 보였다. 쌍둥이 비로자나불은 왼손 검지를 오른손으로 감싸고 있는 지권인智拳印을 취하고 있었다.

나는 두 비로자나불을 번갈아 가면서 봤다. 둘이 앉아 있는 거리는 지척이었는데도 웬일인지 내게는 그 거리가 아득한 별빛처럼 느껴졌다. 괴괴한 침묵 속에서 두 비로자나는 서로를 지키고 있었다. 그들 사이에는 건널 수 없는 강이 흐르고 있었다. 쌍둥이 비로자나불에 합장을 하다가 손목에 채워져 있는 보리수 씨앗으로 만든 단주가 눈에 들어왔다. 그러자 앙코르와트에서 만난 여자가 아슴아슴하게 눈앞에 스쳐 갔다.

앙코르와트는 한국의 한 기업이 캄보디아에 보육원을 설립해 취재차 간 것이었다. 취재는 하루 만에 끝이 났고, 남은 기간은 관광하고 술을 마시는 데 보냈다. 다른 기자들과 어울려 들어간 네온사인이 화려한 3층 건물의 술집에는 하늘하늘한 속옷 차림의 여자들이 춤을 췄다. 여자들은 쇠기둥을 붙잡고 흘러나오는 노래에 맞춰 뱀처럼 온몸을 흐느적거렸다. 우리 일행은 비즈니스 룸으로 들어갔고, 머지않아 현지 여자들이 줄지어 들어왔다. 일행들은 여자들을 골라서 옆에 앉혔다. 내 파트너는 짙게 화장을 했지만 앳된 얼굴을 하고 있었다. 무더위에 익숙지 않은 나는 여행하는 내내 병든 수캐마냥 헉헉거렸고, 그럴 때마다 물 대신 싱하맥주를 마셨다. 그날도 맥주 한 박스는 족히 마신 직후여서 술집을 들어설 때부터 이미 취할 대로 취한 상태였다. 한국 손님들이 많이 찾는지 여자는 묻지도 않았는데 서툰 한국말로 자신의 이름을 나이를 알려 줬다. 내가 별말이 없자 여자는 위스키를 술잔에 따라 줬고, 나는 주는 대로 술을 비웠다. 술잔이 몇 잔 돌고 나서 여자들은 약속이라도 한 것처럼 테이블 위로 올라가 춤을 추면서 옷을 벗었다. 여자들이 허연 허벅지를 드러내고 농염하게 춤을 추는 것을 보다가 나는 그만 정신을 놓고 말았다.

이튿날 일어나 보니 호텔이었다. 머리가 깨질 듯 아팠다. 아침을 먹기 위해 로비로 내려갔더니 친한 동료 기자가 어깨를 툭, 치면서 말했다.

"괜찮아?"

나는 머쓱한 표정을 지으면서 대답했다.

"어젯밤 내가 어떻게 호텔로 돌아온 거지?"

"뭐라도 먹으면서 얘길 이어 가자."

이런저런 음식들이 차려져 있는 뷔페식당에서 나는 삶은

계란 두 개와 커피 한 잔만을 챙겼다. 세 접시 가득 음식을 챙겨 온 동료 기자가 우적우적 음식을 먹으면서 사라져 버린 전날의 기억을 복원시켜 줬다.

  동료 기자의 말에 따르면, 내가 춤추는 여자를 끌어 내린 후 여자의 상체에 얼굴을 묻었다고 한다. 그리고는 어린애처럼 엉엉, 울었다고 한다. 당황한 여자가 무르춤하게 한 발 물러나 내가 큰 소리로 떠들었는데 울음에 섞여 그 말이 불분명했다고 한다. 동료 기자가 유추하건대 "사람이 죽으면 죽을 때의 모습으로 만난다는데, 우리가 다시 만나면 내가 너를 어떻게 알아볼까? 네가 나를 어떻게 알아볼까?" 정도의 말이었다고 한다. 말끝에 나는 여자를 부둥켜안으려고 했고 이에 놀란 여자가 다시 뒷걸음쳤다고 한다. 여자를 잡으려던 나와 빠져나가려던 여자가 실랑이를 벌이면서 내 팔에 채워져 있던 단주가 툭, 뜯어졌다고 한다. 바닥에는 단주 알들이 굴러다니자 놀란 여자가 단주 알을 주섬주섬 주워 테이블 위에 올려놓은 후 생불生佛이라도 만난 것처럼 내게 정성스레 합장을 했다고 한다. 그리고 내가 한 말이 무엇인지 물었다고 한다. 가이드가 알아들은 대로 의역을 해 줬고, 여자는 다시 합장을 하고 내게 말했다고 한다. 여자의 말을 가이드가 내게 의역을 해 줬다고 한다. 걱정하지 마세요. 우리는 바로 여기서 다시 만날 것입니다. 가이드의 말을 듣고서 나는 그 자리에 풀썩, 주저앉고 말았다고 한다. 동료 기자는 나를 업고 오느라 고생이 많았다는 말을 덧붙였다.

 정모에게서 전화를 받고서 당신이 죽었다는 사실을 알았습니다.
 "정이가 죽었다."
 정모의 입에서 그 말이 튀어나왔을 때 나는 잘못들은 게 아닐까 생각했습니다.
 "뭐?"
 전화기 저쪽에서는 한동안 말이 없었습니다.
 "정이가 죽었단다. 정이의 큰언니에게서 전화가 왔다."
 당신이 이 지상에서 마지막으로 묵은 거처는 서울의 한 종합병원이었습니다. 내가 병원에 도착했을 때 영안실에는 친구들이 먼저 와 있었습니다. 우리는 당신의 장례를 치르는 자리가 어디인지 몰라서 한동안 허둥대야 했습니다. 당신의 영정사진이 없었기 때문입니다. 나는 영안실 관리자에게 찾아가 물었습니다.
 "이정이 양의 자리가 어딥니까?"
 그리고 따지듯 물었습니다.

"왜 영정사진도 걸지 않았습니까? 향도 피우지 않았습니까?"

관리자는 시큰둥하게 대답했습니다.

"그러게 말입니다. 아무리 그렇게 죽었다고 해도 장례는 여법하게 치러 줘야 하는 것인데……."

나는 놀라서 다시 물었습니다.

"그게 무슨 말입니까? 정이가 어떻게 죽었다는 말입니까?"

"모르셨군요. 자살했습니다. 염을 할 때 보니 목매달아 죽었더군요. 교인이라서 삼일장을 안 치르고 곧바로 화장터로 간다고 하더군요."

그 말을 듣는 순간 나는 가슴께가 뻐근해 왔습니다. 당신의 장례는 당신의 삶만큼이나 짧고 초라했습니다. 섭게 곡을 하는 사람들 곁에서 나는 마지막으로 당신의 얼굴을 보았습니다. 마지막 당신의 모습은 이미 내가 아는 당신의 모습이 아니었습니다.

벽제 화장터로 가는 내내 친구들의 입을 통해서 죽기 몇 해 동안 당신이 했다는 기행들을 들을 수 있었습니다. 석대가 먼저 열을 올리면서 말머리를 풀었습니다.

"정이 그것 때문에 내가 머리꼭지가 돌아 버리는 줄 알았다. 이 미친년이 툭하면 전화해서 속을 긁어 대는데……. 하루는 '걸레 같은 년하고 사니까 좋냐'고 하더라."

석대의 아내는 당신의 고등학교 친구였습니다. 당신의 소개로 석대와 결혼을 한 것입니다. 석대의 말을 듣고서 나는 어쩌면 당신이 단란하게 가정을 꾸려서 사는 친구에게 질투를 느꼈는지도 모르겠다는 생각이 들었습니다. 석대가 다시 말을 이어 갔습니다.

"그 말을 듣고서 내가 '쌍년아, 나가 뒈지라고' 했지. 설마 이렇게 정이가 죽을 줄 알았겠냐? 걔 언젠가부터 정신이 이사 가서는 돌아올 줄 몰랐어. 한여름에는 겨울 파카를 입고 다녔고, 한겨울에는 빤스가 보일 정도로 짧은 치마를 입고 다녔어. 아내의 말로는 정애가 화양리에서 몸을 팔았다는 것 같더라."

들을수록 납득이 안 되는 말뿐이었습니다. 당신이 미친 이유에 대한 의견도 분분했습니다. 한 친구는 아버지의 넋이 나붙었기 때문이라고 했고, 다른 한 친구는 캐나다에서 살 때 동거했던 아랍 남자를 못 잊어서라고 했습니다. 과묵한 정모만이 침묵을 지키고 있었습니다.

"석대 말이 사실이냐?"

내가 묻자 정모가 내 낯을 물끄러미 쳐다보다가 말했습니다.

"캐나다에서 돌아온 후부터는 늘 그랬다. 지금 생각해 보면 내 결혼식 야외촬영 때도 이상했어. 신부가 드레스를 입기도 전에 자기가 먼저 입고 웃으면서 여기저기를 뛰어다니더라."

"정이가 그러는 동안 정이 식구들은 뭘 했어?"

정모가 대답했습니다.

"정신병원에도 몇 번 보냈지. 그런데 병원 문밖만 벗어나면 다시 똑같은 행동을 하니 식구들도 달리 방법이 없었을 테지. 어머니가 병원 청소부를 해서 먹고사는 형편에 장기간 요양 시설에 입원시킬 수도 없었을 테고."

아무리 생각해도 알 수가 없었습니다. 왜 당신이 특별한 용무도 없는데 그토록 캐나다에 가고 싶어 했는지. 캐나다에서 귀국한 뒤에는 왜 그런 과대망상 혹은 피해망상에 사로잡혀 살았는지. 끝내 자살을 택해야 했는지. 무엇보다도 당신이 다른 친구들에게는 날마다 전화해서 욕설을 퍼부었는데, 내게만 전화 한 통조차 하지 않았는지.

궁금한 게 많았지만 친구들에게 더는 묻지 않았습니다. 당신이 가장 외로울 때 나는 당신 곁에 없었으니까요. 당신이 여자상업고등학교를 졸업했을 무렵 나는 뒤늦게 대학에 입학했습니다. 그리고 자연스럽게 우리의 사이는 멀어졌습니다. 그리하여 당신이 누군가에게 상처받고, 내가 누군가에게 상처를 준 세월도 함께 기억의 저편으로 물러나게 되었습니다. 가끔이나마 당신의 소식을 들을 수 있었던 것은 친구들을 만났을 때였습니다. 당신에게서 소개받은 여자와 결혼한 친구들은 그러한 인연으로 인해 당신과 종종 만나는 눈치였습니다. 물론 당신이 그리울 때도 있었습니다. 그럴 때마다 나는 꿈결처럼 아련한 일이라고, 애써 기억들을 잊으려고 했습니다. 그사이 당신은 조그만 회사의 경리 일을 하다가 퇴사하고 캐나다로 날아갔습니다. 머나먼 이국에서 당신이 무슨 일을 했는지 알 수 없습니다. 그저 한 친구가 말한 대로 술집에서 일하지 않을까, 하고 생각할 수밖에 없었습니다. 나는 군대에서 당신이 보낸 편지를 받았습니다. 편지에는 사진이 동봉돼 있었습니다. 사진 속의 당신은 눈이 많이 쌓인 낯선 거리에서 푸른 눈의 남자와 팔짱을 끼고 있었습니다. 편지를 읽고 나서 나는 땡볕의 자갈밭을 거니는 듯 아팠던 날들도 다 전생의 일이라고, 다 산 것처럼 혼잣말을 읊조렸습니다.

당신의 육신이 불에 태워지는 것을 우리는 넓게 트인 유리창을 통해 바라봤습니다. 마스크를 쓴 화장장 직원이 버튼을 눌러서 소각로 입구를 열었습니다. 당신의 관이 불 속으로 들어가는 것을 보고서 당신의 가족은 오열했습니다. 당신의 외모를 무척이나 많이 닮은 당신의 이모는 곡을 하면서 이미 이 세상 사람이 아닌 당신에게 이런저런 청탁을 했습니다. 남도의 가난한 촌부村婦에게는 어린 나이에 죽은 조카의 넋조차도 기댈만 한 곳이었나 봅니다. 누구도 잘되게 해 주고, 누구도 잘되게 해 주고……. 남도의 억양으로 주절거리는 울음 섞인 곡소리는 섧다 못해 처연했습니다. 유리벽을 치면서 우는 당신의 어머니를 보는 게 차마 견디기 어려워서 우리는 지하 식당으로 내려가 가락국수에 소주를 마셨습니다. 당신이 불에 타고 있는 자리로 돌아왔을 때 뒤늦게 당신의 마지막 가는 길을 배웅하러 온 당신의 지인들이 보였습니다. 화양리에서 몸을 팔았다는 친구의 말을 증명이라도 하듯 여자들은 모두 입성이 남달랐습니다. 나는 당신이 목을 맸을 어둔 방을 떠올렸습니다.

당신의 뼛가루가 담긴 함이 나왔을 때 당신의 가족은 그만 주저앉고 말았습니다. 당신의 막내 언니는 제대로 걷지 못하고 땅바닥을 이리저리 뒹굴었습니다. 친구들이 어깨를 떠밀어 내가 당신의 뼛가루가 담긴 함을 들었습니다. 손바닥에 전해져 오는 당신의 몸은 가벼웠으나, 당신의 마지막 온기는 따스했습니다.

당신의 뼛가루를 들고 화장터 밖으로 나왔을 때 당신을 처음 만났을 때처럼 이 지상에는 눈들이 내리고 있었습니다. 젖은 눈들이었습니다. 눈은 내 탓이다, 내 탓이다, 내 마음의 자책처럼 내리는 것 같았습니다. 성긴 눈들은 당신을 기억하는 사람들의 울음소리를 잠재우지는 못했습니다.

"걱정하지 마세요. 우리는 바로 여기서 다시 만날 것입니다."

얼굴조차 기억이 나지 않는 앙코르와트 여자가 했던 말을 진언처럼 중얼거리면서 나는 다시 비로자나불을 올려다봤다. 기이한 일이었다. 방금 전까지만 해도 명징하게 나눠져 있던 둘의 경계가 하늘가에서 타오르는 노을로 인해 지평선 끝까지 물들어 끝내 어둠으로 변해 가듯이 허물어져 갔고, 아득하게만 느껴지던 둘의 자리, 연연한 여울목이 흐르던 둘의 사이에는 돌다리가 생겨 서로가 넘나드는 듯 점점 가까워지더니 결국 하나가 되었다. 타들어 가는 촛불로 말미암아 법당은 점차 환해졌고, 어디선가 봇도랑에 넘쳐흐르는 맑은 물소리가 들렸다.

바깥으로 나가자 세상은 어두웠다. 절 마당에는 설탕 가루 같은 눈이 쌓여 있었다. 진눈깨비는 어느새 함박눈으로 바뀌어 있었다. 눈들이 다시 이 세상에 내리기까지 얼마나 오랜 시간이 걸렸을까? 벽제 화장터에서 돌아오던 길에 정모가 했던 말이 떠올랐다.

"정이가 죽기 얼마 전 제정신이 돌아온 모양이야. 나한테 전화해서 그간 미안했다고 하더라. 그리고 네 전화번호를 묻더라. 친구들 모두 정이 때문에 골머리를 썩고 있던 터라 안 가르쳐 줬다. 지금 생각하면 가르쳐 줄 걸 그랬나 봐. 너한테 마지막으로 할 말이 있었던 모양인데."

나는 혀를 내밀어 내리는 눈을 받아먹었다. 차가웠다. 하늘을 올려다봤다. 수북하게 내리는 눈들은 바람에 흔들리면서 서로 할퀴기도 하고 희롱하기도 했다. 하지만 그 눈들은 지상에 내려오면 서로 상처를 포근히 감싸 안으면서 쌓였다. 그 눈들은 끝내 녹아서 냇물을 이루고 흘러갈 것이다. 그때쯤이면 타인에게 상처를 준 것에 대해 괴로워했던 내 안의 목소리도, 타인에게 받은 상처로 아파했던 네 안의 목소리도 다른 상처 입은 모든 영혼들의 목소리와 하나가 되어 흘러갈 것이다.

"오빠가 올 줄 알았어요."

당신이 처음으로 내게 했던 말이 떠올랐다. 나는 머리를 조아리면서 혼잣말을 중얼거렸다.

당신이 올 줄 알았습니다. 어떻게 지냈는가요? 핏줄마다 바늘 끝이 떠도는 듯, 열 손가락의 손톱이 빠진 듯 아린 세월이 흘러갔는데 당신은 어떻게 지냈는지요? 먼저 살던 산동네보다도 높은 곳. 멀리 이사 가서는 소식조차 없더니 이제야 찾아오는군요. 당신 목에 감겨 있던 끈처럼 굵은 인연이 있어서, 아무래도 끊을 수 없는 인연이 있어서 돌아오는군요. 벽제 하늘가 뿌여니 흩어지던 당신이, 허연 살갗이 형체도 없이 사라져 버리던 당신이 이제는 만 가지 말들을 속닥거리면서 내 가슴으로 달려와 안기는군요.

금어록 金魚錄

1

달마도

명정은 죽어서 그림이 됐다. 달마도達磨圖가 됐다.

그는 이명정李茗丁이라는 속명俗名으로 유년을 보낸 뒤 동진 출가해 명정明淨이라는 속명과 음은 같으나 뜻이 다른 법명法名을 갖게 됐다. 화승畵僧으로 평생을 살다가 육백六白의 육신이 화하여 공空으로 돌아갈 때 일백一白의 넋은 홀연히 그림 속으로 들어갔다.

그 순간, 명정은 삶과 죽음이 호흡 사이에 있다는 석가모니의 말이 틀리지 않다는 것을 깨달았다. 생의 요체는 펄떡

---

1 초록抄錄의 줄임말로 '필요한 일부만 뽑아서 기록한다'는 뜻.

이는 심장 소리였다. 생과 사의 기로에서 유일하게 가져가는 건 마지막 숨, 숨을 거두자 방망이질하던 심장이 시나브로 차갑게 식어 갔고, 세상의 모든 번다한 소리가 일순 정지했다. 적정寂靜에 드는 찰나였다.

너무나 당연한 말이지만, 살아서 명정은 죽어 본 적이 없었기에 죽음 뒤의 세계를 몰랐다. 고희古稀가 된 뒤 명정은 죽음에 대해 골몰했다. 돌아간다? 어디로 돌아간다는 말인가? 묘연할 따름, 간다는 것은 알겠으나, 돌아갈 자리를 모르니 돌아간다는 말만큼 가없는 여운을 주는 말이 있을까 싶었다.

죽기 직전 명정은 두 장의 달마도를 그렸다. 한 폭은 하얀 화선지 위에, 한 폭은 검은 비단 위에.

대중이 도량석을 도는지 「천수경」 외는 소리가 새벽 공기를 갈랐다. 잠이 깨서 일어나 보니 어둠이 시부저기 묽어지고 있었다. 명정은 허리를 곧추세우고 가부좌를 틀고 앉아서 눈을 지그시 감았다. 그러자 귓가에서 빗소리가 들렸다. 환청이었다. 은사는 비는 내리는 게 아니라 오는 것이라고 했다. 정인들을 참 잊지 못해 되돌아오는 것이라고. 해산하다가 죽은 어미는 어린 자식이 보고 싶어서 낮은 지붕에 머물다 가고, 중음을 떠도는 동자승의 넋은 열반 못 한 게 못내 아쉬워서 대웅전 처마에 매달린 풍경을 두드리는 것이라고 했다.

명정은 발 드문 연화지蓮花池에 내리는 비의 환영을 보았다. 빗방울들은 이제 갓 핀 것들, 활짝 벌어진 것들, 그러다 지쳐서 고개를 파묻은 것들, 지중至重한 삼세三世의 인연因緣을 두루 적시고 있었다. 가슴의 연못에 동심원들이 생겼다 지워지길 반복했다. 이윽고 환영은 단청으로 바뀌었다. 여덟 개의 꽃잎, 화엄華嚴 만다라曼茶羅였다. 명정은 자신이 수놓았던 수없이 많은 단청이 감은 눈에 어렸다. 찬란히 피어나서는 속절없이 지는 꽃잎들. 분분히 떨어지는 하고많은 꽃잎 중 하나가 자신이라는 것을 잘 알고 있었다.

옆방에 누워 있던 시좌가 눈을 떴는지 헛기침 소리가 났다. 머지않아서 시좌가 문을 열고 들어왔다. 어둠 속에 우두커니 선 시커먼 그림자가 현왕탱화現王幀畵 속 현왕여래처럼 보였다.

"언제 일어나셨습니까?"

명정은 시좌에게 향했던 시선을 거두면서 짧게 말했다.

"금니金泥를 이겨라."

시좌가 바투 곁으로 다가오더니 물었다.

"붓을 잡으시려고요?"

명정은 말없이 고개를 끄덕였다. 시좌의 눈빛에 의구심이 가득했다. 명정이 붓을 놓은 지 오래였다. 붓만 잡으면 바람 맞은 사시나무 가지처럼 손이 떨렸다. 남도의 한 사찰에서 관세음보살도를 그린 뒤 명정은 더는 아무것도 그릴 수가 없었다. 어쩌면 더 그릴 게 없었는지도 모르겠다. 잠들기 직전 소주 한 병을 한 번에 마셔서 그런지 수전증은 나날이 심해져 갔다.

"금니를 이기라 하시면…… 천은 비단으로 해야겠지요?"

"한 폭은 비단에, 한 폭은 화선지에 그릴 것이다."

"뭘 그리시려고?"

"내 자화상을 그리런다."

"자화상이요?"

"너는 출가 전에 양화洋畫를 그렸다고 했지? 양화가들은 자화상을 남기지 않더냐? 나도 자화상을 남기련다."

"자화상이라고 하면?"

시좌가 당최 모르겠다는 표정을 지었다. 시좌는 명문대 미대를 졸업했다. 세간에서는 국선에 입선해 제법 이름을 떨쳤다고 한다. 알음알이가 많은 놈일수록 근기根機 없기 마련인데 시좌는 달랐다. 붓을 잡지 않자 갈바람에 떨어지는 이파리처럼 제자들이 하나둘씩 떠나갔다. 단청 불사 의뢰가 많을 때는 수족처럼 붙어 있던 놈들이었다.

"항상 붓을 잡기에 앞서 마음의 화폭을 잘 닦아야 한다. 불화佛畫는 단순히 손으로 그리는 게 아니다. 붓을 쥐고 있는 건 손이지만, 그 붓을 움직이는 건 바로 마음이다. 나무와 빈 종이에 꽃씨를 뿌리려면 그림을 그리기에 앞서 마음을 비워야 한다. 세상에 화승은 많다. 그러나 불모佛母나 금어金魚는 흔치 않다. 부처님을 화현化現시키고 보살님을 나투게 하는 게 불모다. 우주의 두두물물頭頭物物에 편재돼 있는 불성佛性, 그 화엄 세계를 장엄하는 게 바로 금어다."

당최 알아들을 수 없는 선禪 법문 같은 말을 지껄여도 제자 놈들은 말 잘 듣는 막둥이처럼 연방 고개를 조아렸다. 그랬던 놈들이 일거리가 떨어지자 차례대로 명정의 품을 떠나갔다. 그리고는 명정의 밑에 그림을 배운 게 무슨 벼슬이라도 되는 양 선전하면서 간판 걸고 그림 장사를 시작했다. 끝까지 명정의 곁을 지킨 건 시좌뿐이었다. 시좌는 최소 십 년은 붓을 잡아야 밑그림이라도 그릴 수 있다는 명정의 말을 곧이 믿고 따랐다.

"저렇게 귀가 어두워서야…… 불모가 그려 봐야 불보살이고, 금어가 그려 봐야 단청이지. 단청은 고목에 꽃을 피우는 것, 종이 위에 꽃씨를 뿌리는 건 혁필이니…… 그렇다면 내가 뭘 그리겠느냐?"

그제야 시좌가 입가에 엷은 웃음을 머금었다.

"달마도를 그리실 의향이로군요."

"귀머거리는 아닌 게로구나."

비단과 화선지를 가져오려고 일어서는 시좌를 본 뒤 명정은 다시 두 눈을 감았다. 두 눈을 감으니 외려 세상이 환해지는 느낌이었다. 달마가 눈에 어른거렸다. 명정은 마지막 붓질의 순간이 왔음을 짐작할 수 있었다. 달마도는 선묵화禪墨畵의 일종임에도 불구하고 명정은 마지막 붓질을 앞두고 선승들이 남긴 달마가 아닌 연담蓮潭의 달마를 떠올렸다. 연담은 말술도 마다하지 않던, 취하지 않고는 붓을 들지 않던 취옹醉翁이었다. 명정은 혼잣말을 했다. 어쩌면 취옹이었기에 그토록 신묘神妙한 붓질이 나왔는지도 모르지. 갈대를 타고 강을 건너는 달마도강도達摩渡江圖. 취경醉景이 실경實景이었던 연담이었기에 갈대 가지에 몸을 실은 채 파랑 치는 물결에도 아랑곳하지 않고 강을 건너는 달마를 그릴 수 있었는지도.

명정은 시좌가 건넨 붓을 들었다. 시좌의 눈은 명정의 손을 쫓고 있었다. 명정은 시좌가 펼친 비단을 내려다봤다. 세상을 집어삼킬 듯 달려드는 밤의 수꿀스러운 빛, 하도나 어둡다 보니 외려 물비늘이 찬란하게 빛나는 시커먼 늪의 아가리 같았다. 명정은 붓에 금니를 찍었다. 붓끝에 묻은 금니는 어둠을 물리치면서 밝아 오는 먼동의 빛이었다. 다행히 손은 떨리지 않았다. 명정의 귓가에는 바람 소리가 들렸다. 바람은 속삭이는가 싶더니 고함을 질렀고, 이내 흐느껴 울었다. 명정은 그 바람 소리에 손을 맡기기로 하였다. 직휘直揮와 곡휘曲揮, 곧은 것은 곧게 그어지고, 구부러진 것은 궁글게 굽어지는가 싶더니 비단 위에 달마의 형상이 새겨졌다.

"어떠냐?"

시좌가 앞니가 보이게 웃었다.

"금니로 그려서 그런지 기氣가 채채彩 속에 숨은 것도 같고, 채가 기 안에 깃든 것도 같습니다. 마치 바위 앞에서 어린아이를 안고 잠들어 있는 돌 호랑이 같기도 하고, 바다 밑에서 달을 몰고 달아나는 진흙소 같기도 합니다."[2]

가타부타 말없이 명정은 달마도를 내려다봤다가 다시 시좌의 얼굴을 쳐다봤다.

---

2 『선요禪要』의 '석호암전포아면石虎巖前抱兒眠 니우해저함월주泥牛海底含月走'에서 인용.

"벼루를 갈아라. 이번에는 묵화를 그리련다."

일필휘지一筆揮之로 달마를 그려서일까? 몸속의 기운이 빠져나갔는지 명정은 연방 마른기침이 났다. 시좌가 먹을 갈았다. 시좌의 손짓에 따라 연당硯堂에 샘솟은 먹물이 묵지墨池로 흘러서 고였다. 먹물은 윤기가 흐를 정도로 검었다. 명정은 갓난애의 피부처럼 뽀얀, 코를 대면 비린 젖내라도 날 것 같은 화선지를 내려다봤다. 이제 붓끝을 따라서 흰 바탕에 검은빛의 달마가 완성되리라. 먼저 그린 달마가 어둠 속 여명黎明이라면, 이번에 그릴 달마는 황혼 속 박명薄明이라고 할 수 있었다. 어차피 둘은 다르지 않았다. 흑백은 모든 빛의 시작이자 귀결. 흑색이 종내 돌아갈 태허太虛의 빛이라면, 백색은 살아가는 모든 숨탄것들의 생동의 빛이었다. 생성과 소멸이 맞물려 있는 흑백. 그 둘은 제 꼬리를 물고 있는 뱀처럼 일원상이 되어서 시작도 없이 끝도 없이〔無始無終〕돌고 돌았다.

시좌가 붓을 건넸다. 길게 숨을 마셨다가 내쉰 뒤 명정은 붓을 벼루에 담갔다. 담뿍, 먹물에 젖은 붓을 들어서 화선지로 가져갔다. 폐병쟁이 사내가 마지막 객혈을 토하듯 명정은 혼혈을 기울여 붓질했다. 어느새 종이 위에는 달마가 나투었다. 그림 속의 달마는 선불교의 창시자인 달마대사인 동시에 다르마(佛法)였다. 목청을 다해 울면서 태어나 흐느끼는 소리를 들으면서 죽는 범부인 동시에 생로병사生老病死와 육도윤회六道輪回를 훌쩍 뛰어넘은 각자覺者였다. 명정은 달마를 노려보듯 내려다봤다. 달마도 명정을 노려봤다. 실로 텅 비어서 아무것도 없어야(眞空) 기묘하게 드러난다(妙有)더니 달마는 종이 안에 있으면서 종이 밖에 있었다. 형형하게 빛나는 두 눈은 죽음마저도 초극한 성자의 눈빛이자 마지막 숨을 거두는 짐승의 애처로운 눈빛이었다. 달마도의 점안點眼과 동시에 명정은 두 눈이 어두워지는 게 느껴졌다. 명정은 힘없이 붓을 내려놓은 뒤 시좌에게 말했다.

"이 낯바닥은 어떠냐?"

시좌의 입에 엷은 탄성이 흘러나왔다.

"졸음을 이기기 위해 눈꺼풀을 잘라 버리고 면벽 수도하는 달마. 아니, 면벽 수도 끝에 깨달은 달마 같습니다. 직지인심直指人心 견성성불見性成佛의 깨달음의 화폭에 고스란히 담겨 있습니다."

명정은 혼잣말을 웅얼거렸다.

"달마는 다르마, 이사무애법계理事無礙法界[3]라고 했으

---

3 『화엄경華嚴經』에서 인용.

니…… 체體와 용用은 상상을 통해서 합일合一[4]한다고 했으니…… 다르마는 달마. 자화상이 남았으니 이제 더는 나는 아무것도 아닐 터."

 명정이 말을 마치자 시좌의 눈이 흐려지더니 눈가에 감로甘露가 어렸다. 이 세상의 모든 물기는 감로이니. 이글거리는 욕망으로 비롯된 물기도 감로고, 그 욕망이 삭아서 가슴패기에 침전된 허망함의 물기도 감로이니……. 앉아 있을 힘조차 없었으나 명정은 마지막 말을 해야 했다.

 "불모는 처처處處에 영산회상도, 아미타후불도, 비로자나후불도, 지장시왕도, 관세음보살도, 신중탱화도, 칠성탱화도, 현왕탱화도 온갖 불보살을 색으로 화현시키고, 금어는 저필猪筆 한 자루만으로도 기단청, 모루단청, 금단청, 모루긋기단청, 금모루단청, 갖은금단청 온갖 문양의 천변만화千變萬化 극채색으로 만다라를 현현顯顯시키지만, 공空은 곧 색色이고 색은 곧 공이라 했으니…… 내 말 새겨라. 이 그림이 곧 내 법신이니 네가 고이 간직해라. 직인은 찍지 말고, 그저 적당한 데나……."

 눈에서 흘러내린 감로가 시좌의 광대뼈 아래로 떨어지는 게 보였다. 그걸 마지막으로 명정은 두 눈을 감았다. 세상이

---

4 『대승기신론소大乘起信論疏』에서 인용.

그믐밤처럼 까맸다.

꿈속의 잉어[5]

명정은 죽어서 귀신이 됐다. 귀신이긴 했지만 요귀妖鬼는 아니었다. 귀鬼란 음陰의 영靈이고, 신神이란 양陽의 영이다. 대개 귀와 신은 조화의 자취이고 이기理氣의 양능良能이다. 살아 있을 때는 사람이라고 하고, 죽은 뒤에는 귀신이라 하지만, 그 이치는 다르지 않다. 귀란 구부러진다는 뜻이요, 신이란 편다는 뜻이다. 굽히되 펼 줄 아는 것은 조화의 신이고, 굽히되 펼 줄 모르는 것은 답답하게 맺힌 요귀들이다. 신은 조화와 합치하는 까닭에 음양과 더불어 끝나고 시작되며 자취가 없다. 그러나 요귀는 답답하게 맺힌 까닭에 사람과 사물에 뒤섞여 원망을 품고 있으며 형체를 지니고 있다.[6]

귀신이지만 요귀는 아닌 까닭에 명정은 마음에 맺힌 게 없었다. 하여 능히 백척간두百尺竿頭에서 진일보進一步하여도 천 길 낭하로 떨어지지 않는 자유인이 됐다. 고개를 돌리지 않고서 뒤를 돌아봤고, 발목 없이 허공을 뜬 채로 걸었다.

---

5 일본 기담집인 『우게쓰 이야기雨月物語』에서 인용.
6 『전등신화』의 「남염부주지南炎浮洲志」에서 인용.

명정은 멀리 일주문으로 사람들이 모여드는 것을 지켜봤다. 명정의 손이 떨리자 곁을 떠났던 제자들이었다. 더러는 금어도 있었고, 더러는 어장魚丈도 있었다. 예전 같으면 채공 소리나 들었을 놈이지만, 세상이 하 수상하다 보니 그따위 얄팍한 붓 재주로도 금어가 됐고, 어장이 됐다. 어장 놈들이야 처자식을 돌보느라 어쩔 수 없는 선택이었다고 하지만, 출가한 금어 놈들은 상황이 달랐다. 놈들에게는 자신의 앞길을 가로막는 라훌라(장애물)가 없었다. 명색이 운수雲水라는 놈들이 일신의 영화를 위해서 하루아침에 낯빛을 바꾼다는 게 참으로 꼴불견이었다.

  세간과 출세간을 막론하고 제자들은 염불보다는 잿밥에 관심이 많았다. 명정이 남긴 그림과 밑그림을 챙기려고 찾아온 게 자명했다.

  명정이 지녔던 밑그림 중에는 100년이 넘은 것도 있었다. 밑그림에는 전대 스승의 피와 땀과 눈물이 숨어 있었다. 그런데 듣기로는 최근에는 밑그림을 팔아먹는 놈들도 있다고 한다. 상좌 중 몇 놈은 능히 그럴 수 있다는 데 생각이 미치자 명정의 입에서는 절로 "관세음보살"이라는 말이 한숨처럼 터져 나왔다.

아니나 다를까, 모이자마자 제자놈들은 그림 챙기기에 바빴다. 맏상좌 놈이 제집이라도 되는 양 명정의 방과 작업실을 샅샅이 뒤졌다. 다른 상좌놈들도 별반 다르지 않았다. 명정은 혀를 찼다. 쯧쯧, 저렇게 집 안을 뒤지는 열성으로 그림을 그렸다면……. 생쥐 든 집 안처럼 한바탕 소동이 일어나더니 집 안에 먹이 묻은 것이라곤 찾아볼 수 없게 됐다. 그림들이 사라진 집은 소나기에 꽃잎이 떨어진 나무 같았다. 꽃 진 자리, 꽃 그림자만 남은 것 같았다. 시좌도 맘이 헛헛한지 휑한 방 벽들을 둘러보았다. 그때였다. 맏상좌가 나를 쳐다봤다. 맏상좌가 내 앞으로 걸어오더니 바투 앞에 섰다. 놈의 시선이 아래로 향했다. 놈이 찾는 게 뭔지 알 것 같았다. 직인. 명정이라는 두 글자. 놈의 얼굴에 실망한 기색이 역력했다. 맏상좌가 시좌에게 물었다.

"이건 노장이 그린 게 아닌 모양이지?"

시좌가 머리를 긁적였다.

"제가 주제넘게 노스님 붓질을 흉내 낸 겁니다."

맏상좌를 입맛을 다셨다.

"직인만 찍혔다면 노장 거라고 해도 믿겠는걸."

명정은 죽어서야 알았다. 삶이 얼마나 번다한지. 멀리서 다섯 번의 종소리가 들렸다. 깊고 그윽한 소리였다. 중생을 깨우치기 위해 범종은 제 살갗을 치면서 울어 댔다. 범종 소리로 인해 무명無明의 사바세계는 법등法燈의 불빛으로 환해지리라. 춘설春雪이 내리는데도 영결식장은 인산인해人山人海를 이루었다. 휘날리는 수많은 만장, 그 뒤를 따르는 운구, 영결식장에 다다르자 명정의 법구는 장작더미에 놓였다. 연화대 주변에 모인 대중이 '나무아미타불'을 독송했다. 연화대는 참으로 고왔다. 명정은 살아서 자신이 수놓았던 수많은 단청이 떠올랐다. 금어가 된 뒤 명정은 일 년 열두 달 꽃만 그렸다. 붓을 쥔 손에 검버섯이 피어날 때까지. 명정은 지나온 세월이 초저녁 풋잠에 꾼 꿈만 같았다. 거화擧火의 순간, 맏상좌가 소리쳤다.

"불 들어갑니다. 어서 화택火宅에서 나오십시오."

솔가지에 불이 붙고 매운 연기가 솟아올랐다. 거대한 불길이 솟구치더니 연화대를 휘감았다. 명정은 능선 위에서 서서 치솟는 불길을 내려다봤다. 불길은 파랗게 질렸다가, 빨갛게 퍼덕이다가, 검게 휘었다. 이내 매운 재만이 성긴 눈 사이로 흩어졌다. 명정은 도반들의 다비식 때처럼 법신이 누운 곳을 향해서 합장했다. 내세에 어느 사찰의 징검다리 앞에 만나면, 높은 하늘 구름이 빠르고, 맑은 물 휘돌아 칠 때 가벼이 눈인사라도 나누자고 언약言約하듯이. 명정의 합장에 화답하듯 허공에서는 한 오라기의 연기가 원무圓舞를 췄다.

육신은 경전의 비유대로 한낱 포대자루에 불과했다. 육신이 오온으로 돌아가는 것을 지켜보면서 명정은 살아서는 한 번도 느끼지 못한 해방감을 만끽했다. 명정은 훨훨 타고 있는 제 육신이 황금빛 물고기처럼 보였다. 그래, 바로 금어였다. 명정은 살아서 금어로 불렸다. 명정에게 붓질을 가르쳐준 은사도 금어였다. 은사에게 금어의 뜻을 물은 적이 있었다. 은사는 동문서답을 했다.

"예전에 잉어를 그리길 좋아하는 화승이 살았다. 화승이 늙고 병들어 반생반사半生半死의 상태에서 잉어로 변해 비 오는 호수를 맘껏 유영遊泳하는 꿈을 꿨다. 그런데 잉어는 배가 고픈 나머지 낚시꾼의 떡밥을 물고 말았다. 결국 잉어는 도마 위에 오르게 됐다. 횟감이 되어 몸이 잘리려는 찰나, 화승은 꿈에서 깨어났다. 그렇다면, 화승과 잉어는 하나이냐? 둘이냐?"

명정은 '주인은 손님을 만나 꿈 이야기를 하고 손님도 주인에게 꿈 이야기를 하네. 지금 여기 두 사람이 다 꿈속의 사람이라고 말하는 저 나그네도 꿈속의 사람이로세.'라는 서산대사의「삼몽가三夢歌」를 나지막이 읊조린 뒤 발길을 돌렸다.

감로탱화도

 명정은 시좌를 볼 수 있지만, 시좌는 명정을 볼 수 없었다. 죽은 자는 산 자를 보지만 산 자는 죽은 자를 볼 수 없으므로.
 시좌가 명부전에 들어서더니 향공양을 올렸다. 이어서 명정의 위패를 향해서 절을 올렸다. 극진한 절이었다. 그런데 시좌에게서 야릇한 냄새가 났다. 감로 냄새였다. 감로는 감로이되, 늘창늘창, 늘어선 버드나무 가지 끝에 맺힌 감로였다. 명정은 시좌가 어디를 다녀온 길인지 알 것 같았다. 인법당에 계집이 들어온 게 벌써 3년, 계집은 화마火魔로 말미암아 남편과 이제 갓 돌이 지난 아이를 잃었다고 했다. 잘 익은 복숭아처럼 두 볼에 채색이 고운 계집은 삭발염의하고 사미계를 받으라고 권해도, 스님들이나 봉양하면서 살겠노라고 극구 사양하더니, 공양주 보살이 돼서 절에 눌러앉았다. 시좌의 인법당 출입이 잦아졌을 때부터 명정은 둘의 관계를 짐작하고 있었다.
 석가모니는 재세 시 비구들에게 말했다. 차라리 남근을 독사의 아가리에 넣을지언정 여자의 몸에는 대지 마라. 욕망이 번뇌의 뿌리라는 걸 일깨워 주는 숱한 경구에도 이를 따르는 이는 많지 않았다. 하긴, 벼랑 끝에 매달린 동아줄을 쥐들이 핥아 먹는 데도 벌들이 떨어뜨리는 꿀물에 취해 사는 게 어디 안수정등岸樹井藤 이야기의 사내뿐일까?

누구일까? 상대의 몸에 먼저 시선을 던진 사람은. 이제 와 새삼 그걸 따져서 뭣하나. 아무렴 어떠랴. 한 사람이 상대의 목소리에 귀가 젖는 동안 다른 한 사람은 상대의 체취에 코가 마비됐을 텐데. 그러다가 이내 둘의 혀는 하나가 되고, 여자의 기름진 밭에 남자의 뿌리가 뻗쳤을 텐데.

멀어지는 시좌의 뒷모습을 바라보고 있으려니 명정은 절로 '감로'라는 말이 입 안에 맴돌았다.

죽은 자는 산 자를 봐도, 산 자는 죽은 자를 볼 수 없다. 하지만 예외는 있어서 심신이 지독하게 아픈 자는 죽은 자를 볼 수 있다. 명정이 그러했고, 명정의 은사 또한 그러했다.

명정이 태어난 것은 1931년, 서울을 경성으로 부르던 때였다. 명정은 가족에 대한 기억이 손톱만큼도 없었다. 열 살 무렵 명정은 은사에게 속가에 대해 물었다. 사문은 출가 이전의 이력은 입에 담지 않는다며 역정을 낼 줄 알았는데, 뜻밖에도 은사는 순순히 말해 줬다.

"네가 사찰에 들어온 건 세 살 무렵이다. 네 어머니가 널 데리고 왔다. 탯줄을 목에 걸고 태어난 너를 보고서 네 조부는 네가 법기法機라고 여긴 모양이다. 유불선儒佛仙에 두루 밝았던 식자인 네 조부는 너를 받고서 이런 말을 했다는구나. '세상에 나지 말 것이니, 죽은 것이 괴로우니라. 죽지 말 것이니, 세상에 태어나는 것이 괴로우니라. 원효의 말도 옳으나, 이를 번거롭다고 지적한 사복의 말 또한 옳다. 죽는 것도, 사는 것도 모두 괴로우니라. 이놈은 운수가 돼서 어디에도 얽매이지 않을 팔자인 모양이다.' 네 조부의 말이 틀리지 않았는지 세 살이 되던 해 네가 몸져누워서 앓게 됐다. 네 가족은 그저 횟배를 앓는 거라고 여겼으나, 너는 보름이 넘도록 병상에서 일어나질 못했다. 목이 꺼멓게 타들어 가는 열병을 앓은 뒤 너는 자꾸 헛것을 봤다는구나. 용하다는 무당들을 찾아가 봤지만 모두 허사였다. 하는 수 없이 네 조부가 널 절로 데리고 왔다."

그게 명정이 은사에게 들은 속가 이야기의 전부였다. 하지만 거짓말이었다. 명정의 속가에 대해 아는 것이 없었던 은사는 자신의 이야기를 떠들어 댔던 것이다. 부모가 군입이라도 덜기 위해서 절로 보낸 것이겠거니 명정은 미뤄 짐작할 수밖에 없었다. 사찰에 들어오기 이전의 기억이 없으니, 명정의 삶은 사찰에서 시작됐다고 해도 과언은 아니었다.

명정에게 가장 선명한 기억은 은사가 단청하던 모습이었다. 여기저기 꽃들이 피어난 커다란 과원에 서 있는 것 같았다. 처음 본 단청은 이른 봄날 산천에 흩날리는 꽃잎들처럼, 가을 저녁 하늘에 날아다니는 고추잠자리 떼처럼 어지러우면서도 황홀했다. 명정은 시간만 나면 화승들이 작업하는 곳을 기웃거렸다. 그리고 어깨너머 본 것을 부지깽이를 들고 바닥에 그리면서 흉내를 냈다. 이런 모습을 기특하게 여겼던지 은사가 명정을 제자로 받아들였다. 은사는 교육에 임하는 순간만큼은 고드름처럼 차갑고 날카로웠다.
 명정은 은사가 가르쳐 준 대로 그리고 또 그렸다. 종일 똑같은 그림을 반복해서 수백 장씩 그리는 일은 여간 대간하고 무료한 게 아니었다. 단청을 그리기 전에 먼저 불화를 배워야 했다. 초등과에 해당하는 시방초를 3,000장 이상 그려야 중등과에 해당하는 천왕소를 기를 수 있었다. 천왕초란 사천왕상을 3,000장 그리는 것. 그런 후에야 부처님을 그리는 여래초를 손댈 수 있었다. 여래초도 3,000장을 그려야 했다. 여래초를 다 그렸을 때 은사는 고적한 목소리로 물었다.
 "어떠냐? 이제는 심안心眼에라도 점안點眼할 수 있을 것 같지 않으냐?"

단청도 불화만큼이나 인내를 요하는 작업이었다. 단청을 익히는 데는 초안의 가칠加漆을 시작으로 먹선으로 윤곽을 살리고 채색하는 골채骨彩, 빛깔을 넣은 후에 문양의 윤곽을 그리는 기화起畫, 빛 넣기, 초빛, 공터 넣기, 바름질, 별화別畫 등 총 십여 과정을 거쳐야 했다.

단청이 손에 익을 무렵 명정은 열병을 앓게 됐다.

명주는 은사의 인척일 뿐만 아니라 화주 보살의 딸이어서 어릴 적부터 살갑게 지냈다. 초파일은 물론이고 출가열반재일, 성도재일 할 것 없이 경내 행사 있는 날이면 어김없이 명주를 볼 수 있었다. 어릴 적 명주는 명정을 동자 스님이라고 불렀고, 명정은 명주를 아기씨라고 불렀다. 그러던 것이 언젠가부터 스님과 아씨로 호칭이 바뀌게 됐다.

초칠을 하느라 저필을 쥔 은사의 곁에서 시중을 들고 있는데, 가슴께가 봉긋 솟은, 하여 가슴이 이제 막 영근 꽃봉오리처럼 보이는 명주가 뛰어왔다. 고등여학교에 입학한 직후여서 그랬는지 명주는 여느 때와 달리 양장을 입고 있었다. 옷차림 때문이었을까? 명주가 전혀 다르게 보였다. 은사가 시선을 돌려 명주에게 말했다.

"명주 왔냐? 그래, 집안에 별일 없지?"

순간 이상하게도 숱하게 들어 온 이름인데 명정은 명주라는 이름이 가슴에 사금파리처럼 아프게 박혔다. 그리고 그 이름이 산행 끝에 옷자락에 묻어 온 도꼬마리 씨처럼 좀처럼 자신의 곁을 떠나지 않으리라는 예감이 들었다. 명주는 은사에게 합장 반배로 인사한 뒤 명정을 바라보면서 물었다.
"단청이 언제 끝나나요?"
은사가 대수롭지 않게 답했다.
"새순 돋으면 곧바로 꽃이 피지 않더냐? 성질머리 급한 놈들은 나뭇잎보다 먼저 꽃잎이 벌어지기도 하니, 이제 가칠을 마쳤으니 초상을 그리고 채화를 하면 이 죽은 나무에도 꽃이 피어나겠지."
여전히 명주는 명정에게 시선을 떼지 않고 말했다.
"청, 적, 황, 백, 흑색만으로 온갖 꽃을 그릴 수 있다는 게 놀라워요. 단청만큼 고운 게 있을까요?"
"별소리를 다 하는구나. 곱기로 치자면 명주만 할까?"
은사의 말에 명주는 손으로 입을 가리면서 웃었다. 석류알처럼 붉으면서도 속이 훤히 보일 정도로 투명한 웃음이었다. 그날 밤 명정은 호분胡粉으로 싼 성긴 천으로 두들겨 타분打粉했을 때 옮겨 오는 아련한 무늬가 마음에 물 주름처럼 번지는 것을 느낄 수 있었다. 그날 이후 명정에 명주는 한 번도 보지 못한 어머니를 대신할 동경의 대상으로 여겨졌다. 어찌하여 두 살이나 어린 명주에게서 어머니의 더운 그림자를 찾으려 했는지 모를 일이었다.

땡볕이 달궈 놓은 지붕을 소나기가 식혀 주고, 소나기에 젖은 기와를 땡볕이 다시 말려 주기를 반복하던 여름날. 하얀 연꽃이 소복을 입은 듯 청초하게 핀 경내 연못 앞에서 명주를 만났다. 명주는 불사를 마친 단청을 손가락으로 가리키면서 말했다.

"단청이 곱네요. 꽃들이 어우러져 꽃밭이 된다는 걸 말해 주는 것 같아요."

말끝에 명주는 입가에 희미한 미소를 지었다. 아지랑이 같은 미소였다.

이듬해 여름은 유난히 무더웠다. 서울이 북에서 내려온 인민군에게 함락된 뒤 사중寺中의 대중은 뿔뿔이 흩어져야 했다. 그도 그럴 게 곡식을 대 주던 화주들이 피난을 가서 절 살림을 꾸려 갈 길이 묘연했다. 서낭당처럼 을씨년스럽게 변한 절에는 은사와 명정만이 남게 됐다. 다행히 사찰이 서울 한복판에 있어서인지 비행기 폭격을 맞는 것만은 모면할 수 있었다. 전쟁판에 입에 풀칠이라도 할 수 있었던 것은 은사가 영산재의 짓소리를 할 수 있었기 때문이다. 간신히 하루

한 끼만 먹으며 주린 배를 속이다 보니 명정은 느는 게 잠이었다. 그날 저녁에도 은사는 멀리 소리 품을 팔러 가고 없었다. 매미가 요란하게 울어 대던 초저녁, 풋잠에서 깨어나 보니 인기척이 느껴졌다. 밖에 나가 보니 땅거미 지는 마당에 허청허청 걸어오는 긴 그림자가 보였다. 어둠 속에 빛을 발하던 눈빛, 명주였다.

명정은 명주를 인법당으로 안내했다. 근황을 묻자 명주는 부산으로 피난을 내려갔다가 올라오는 길이라고 했다. 잠시 영겁처럼 느껴지던 침묵의 시간이 이어졌다. 밀밀密密한 공기를 깬 것은 명주였다. 명주가 명정을 빤히 쳐다보면서 말했다.

"놀랍지 않아요? 벚꽃 아래 이렇게 살아 있다는 게."

명정이 듣기에 뜻 모를 말이었다. 이미 벚꽃이 진 지 오래였다. 여름도 다 가고 있었다. 머지않아서 단풍 물이 내려올 텐데 난데없이 벚꽃 타령이란 말인가? 명주가 명정의 속내를 훤히 꿰뚫어 보는지 말을 이었다.

"하이쿠예요. 일본의 이싸가 지은."

그만 가 봐야겠다며 명주가 자리에서 일어났다. 명정은 명주를 배웅하기 위해 마당으로 나갔다. 앞서 걷던 명주가 문득 뒤돌아보더니 잠긴 목소리로 말했다.

"피난을 내려갈 때가 엊그제 같은데 벌써 가을이라니⋯⋯ 스님, 올봄에는 피지도 못하고 지는 꽃이 많았어요."

그 말을 듣는 순간 명정은 피가 거꾸로 솟구치는 것 같았다. 눈앞에 하얀 화선지가 펼쳐졌다. 저도 모르게 명정은 명주의 손을 거칠게 움켜잡았다. 명정은 명주를 이끌고 어딘가로 향해 걸었다. 둘의 발길이 멎은 곳은 비로전. 비로전에 들어서자마자 둘은 누가 먼저랄 것도 없이 서로의 몸을 끌어안았다. 손에 느껴지던 명주의 농밀한 육체. 웃는지 우는지 아니면 신음하는지 정체를 알 수 없는 이명耳鳴이 귓바퀴에 파고들었다.

명정이 정신을 차렸을 때 명주는 다시 떠날 채비를 했다. 명정은 명주의 뒤로 펼쳐져 있던 비로자나후불도를 봤다. 나란히 봉안된 비로자나불, 노사나불, 석가여래불. 법신은 빛깔이나 형상을 초월한 우주의 본체인 진여실상眞如實相이라고 했던가? 음과 양을 가리지 않고 일체에 두루 미치는 지혜광智慧光이 바로 법신의 몸이라고 했던가? 명정의 눈에는 애써 드러내지 않아도 어느 곳에나 있다는 법신과 명주의 몸이 하나로 이어지고 있는 것만 같았다. 허청허청 걸어서 아득히 멀어지던, 시린 달빛이 어룽지던 명주의 뒷모습을 보고 있으려니 명정은 코끝이 시려왔다. 지척 앞에 서 있는데도 소리를 쳐도 닿지 않을 만큼 아득하게 먼 곳에 있는 것처럼 느껴졌다.

밤늦게 절에 돌아온 은사는 명정을 보자마자 혀를 찼다.

"네게서 감로 냄새가 나는구나. 감로는 감로이되 버드나무 가지 끝에 맺힌 감로이니…… 그래, 잘했다. 큰 공덕을 쌓았구나. 강 건너 허위허위 떠나는 이에게 마지막 손짓을 보내는 것도 큰 보시려니."

은사의 말을 듣고서 명정은 어딘지 모르게 비현실적으로 느껴졌던 명주의 발걸음을 떠올렸다. 그러고 보니 명주를 배웅하기 위해 댓돌 위에 놓인 고무신을 발에 꿰찰 때도 명주의 신발은 보이지 않았다. 명주의 낯빛도 여느 때와는 달랐다. 희다 못해 맑아서 실핏줄마저도 보일 듯했다. 그런가 하면 탈바가지라도 쓴 듯 표정이 없어서 속내를 알 수 없었다.

며칠 후 명정은 국군이 서울을 수복했다는 소식을 듣게 됐다. 절에는 다시 대중이 모였고, 영가천도를 올리려는 신도들의 발길도 이어졌다. 첫 영가천도재의 주인공은 명주였다. 위패를 보고서야 명정은 명주의 한자가 명주明珠였다는 것을 알게 됐다. 천도재를 앞두고 사중에는 명주의 죽음에 대한 풍문이 돌았다. 누구는 빨갱이 물이 들어서 국군한테 처형됐다고 했고, 누구는 미군들에게 겁탈을 당한 뒤 자결을 했다고 했다. 각기 말은 달랐으나 한결같이 말끝에 형제끼리 총칼을 겨누고 사돈 간에 죽창을 찌르는 아수라 판의 시절 인연을 한탄했다.

천도재가 열리는 명부전의 영단에는 감로탱화가 걸렸다. 지옥의 중생에게도 단비를 내리게 해 준다는 감로탱화. 탱화의 중앙에는 고혼孤魂의 상징으로 아귀가, 제단 왼편에는 아귀에서 성찬을 베풀기 위해 스님들이 늘어서 있었다. 그 아래로는 신음하는 중생의 욕계欲界가 묘파되어 있고, 가엾은 영혼을 구제하기 위해 불보살들이 현현해 있다.

천도재가 막을 내릴 때까지 명정은 감로탱화를 보고 또 봤다. 귀천을 떠나서 한곳에 모여 있는 존재들. 그들은 그림 안에 있으면서 그림 밖에 있었다. 감로탱화는 극락의 세계인 동시에 지옥의 세계였다. 불보살들의 세계인 동시에 마구니魔軍들의 세계였다.

명정은 어디선가 비구 스님들이 부르는 이고득락離苦得樂의 영산재 소리를 들었다. 환청이었다. 사뿐하게 허공을 날아가는 나비인 듯 고깔을 쓴 비구니 스님들의 바라춤을 보았다. 환영이었다.

육근六根의 모든 구멍을 일시에 열게 하여 육도윤회의 사슬을 일순 베어 버리는 그림. 천도재를 마치고 명부전을 빠져나온 뒤 은사는 명정을 뚫어져라 쳐다봤다. 수면은 물론이고 수심까지도 꿰뚫어 보는 눈빛이었다.

"한 치 앞도 안 뵈는 무명無明의 욕계도, 지혜와 자비의 빛으로 충만한 색계色界도 실은 같은 채색이라…… 울긋불긋 알록달록 청, 적, 황, 백, 흑 오색에서 만다라화가 나오기도 하고, 지옥도가 나오기도 하니……."

은사는 잠시 말을 끊고 먼산바라기를 했다. 이윽고 시선을 허공에 둔 채 말을 이었다.

"팔한지옥八寒地獄은 오색으로 만들어졌다. 어찌하여 우발라優鉢羅라고 하는가? 우발라꽃처럼 푸른 옥으로 만들어졌기 때문이고. 어찌하여 발두마鉢頭摩라고 하는가? 발두마꽃처럼 빨간 옥으로 만들어졌기 때문이고. 어찌하여 구물두拘物頭라고 하는가? 구물두꽃처럼 노란 옥으로 만들어졌기 때문이고. 어찌하여 수걸제須乞堤라 하는가? 수걸제꽃처럼 검은 옥으로 만들어졌기 때문이고. 어찌하여 분다리芬陀利라고 하는가? 분다리꽃처럼 흰 옥으로 만들어졌기 때문이다. 그런데 찬 기운에 온몸이 청색으로 바뀌는 것은 물론이고 얼어 터져서 붉은 피가 나고, 상처가 헐어서 누런 고름이 흐르고, 무슨 말을 하려고 해도 입에서는 말 대신 허연 입김만 나오고, 그러다가 끝내는 혀조차도 검게 굳어 버리는 팔한지옥의 오색은 바로 만다라의 오색이 아니더냐? 약사삼존 위로 내리는 꽃비雨華瑞의 빛이 아니더냐?"

 오색의 지옥 같은 전쟁이 끝이 나고, 오색의 꽃비 같은 기이한 연정도 끝이 났다. 귀신과 사랑을 나눈 까닭에 명정은 죽은 자와 다름없는 삶을 살아야 했다. 실로 그러했다. 살아서도 명정은 귀신이었다. 산목숨으로 그렇게 외로울 수는 없는 법이었다.[7]
 너 나 할 것 없이 중들도 가정을 꾸리는 시절이었음에도 불구하고 명정은 청정 비구로 늙어 갔다.
 명정의 벗은 붓밖에 없었다. 명정은 현실에서도, 꿈에서도 매양 손에 붓을 쥐고 있었다. 불화를 그릴 때는 꿈속에서도 불보살님들을 만났다. 꿈속에서 명정은 불화를 그리다가 불화 속으로 들어가곤 했다. 영산회상도 속으로, 아미타후불도 속으로, 비로자나후불도 속으로, 약사여래후불도 속으로, 지장시왕도 속으로, 관세음보살도 속으로 들어가 자신은 사라지고, 그리하여 종내는 그림만이 오롯하게 남게 됐다. 단청

---

[7] 침연의 시구 '사실 나는 귀신이다. 산목숨으로서 이렇게 외로울 수는 없는 법이다.'에서 인용.

을 그릴 때도 마찬가지였다. 꿈을 꿀 때마다 명정은 단청 속으로 사라지곤 했다.

만다라화

명정은 죽어서 그림이 됐다. 만다라화가 됐다.

몰아沒我라고 했던가? 나라는 허깨비를 지운 자리, 그곳이 명정에게는 만다라화였다.

자신의 49재가 열리는 동안 명정은 마지막으로 경내를 한 바퀴 돌아봤다. 이제 중유中有의 기간을 지났으니 생전의 업業에 따라 다음 세상에서의 인연이 결정되리라. 경내 마당에 서니 어느 봄날의 하오가 떠올랐다.

침침한 눈으로 벚꽃 흩날리는 것을 보면서 '꽃잎 하나가 떨어지네. 어, 다시 올라가네. 나비였네!'라는 이싸의 하이쿠를 읊조리던 봄날. 한 여인이 아이의 손목을 잡고 경내를 걸어갔다. 명정은 아이의 꽃신에 자꾸만 눈이 갔다. 명정의 눈앞에 스쳐 가는 얼굴이 있었다. 반딧불처럼 점멸하는 얼굴. 이상한 일이었다. 평생 그 이름을 못 잊으면서도, 그 얼굴은 좀처럼 떠오르지 않았다. 며칠 후 명정은 관세음보살도를 그리기 위해 남도의 사찰로 떠났다. 명정이 보기에 불사를 마친 관세음보살은 어느 사찰에나 가면 볼 수 있는 흔하디흔한 모습이었다.

 명정은 곧잘 은사가 그랬던 것처럼 먼산바라기를 했다. 이는 바람에 스적이는 초목들은 양변兩邊을 버리고 중도中道를 깨친 듯 경계를 긋는 순간 경계를 지우고 있었다. 그렇게 모든 초목이 어우러져 산을 이루며 장엄한 경전을 펼치고 있었다.
 문득 인기척에 놀라 명정은 뒤돌아봤다. 뒤편에는 아무것도 없었다. 그저 바람만 스쳐 갔다. 이제, 삶은 죽음에, 죽음은 삶에, 환귀본처還歸本處하는 봄. 머지않아 한 뿌리에서 피어오른 가지들마다 꽃물이 환하려니, 생각하면서 명정은 다시 걸음을 재촉했다.

연화와운문양 蓮花渦雲紋樣

"승객 여러분은 돌아오는 6번호에 승선해 주십시오."

 매표소 위에 달려 있던 조그만 스피커에서 안내 방송이 흘러나왔다. 멀리서 선장을 향해 돌아오는 배의 모습이 눈에 들어왔다. 배를 기다리는 내내 이모는 부소산을 오르내리느라 피곤했던 모양인지 의자에 앉아 연신 주먹 쥔 손으로 타닥타닥, 무릎을 두드렸다. 하긴 당연한 일이다. 환갑을 넘긴 데다가 암까지 앓았던 노인네인데 어디 젊은 사람하고 같겠는가. 이모를 곁눈질로 건너다 보다가 문득 아내에게 화가 치밀었다. 병든 노인네도 선뜻 따라나서는데 새파랗게 젊은 것이 왜 못 가겠다는 것인지 모를 노릇이었다. 부여에 가자고 할 때는 언제고, 정작 부여에 오니까 힘에 부쳐 못 걷겠다고 엄살을 부린다는 말인가.

"당신한테는 이모가 어머니나 마찬가지인데 여름휴가는 이모님하고 보내는 것이 도리가 아니겠어요."

그 말을 들을 때만 해도 아내가 기특했다. 하지만 시골집에서 하룻밤을 묵고 나더니 아내는 대번 본색을 드러내기 시작했다.

"이모님과 함께 부여 읍내로 바람 쐬러 가요. 차로 가면 반시간 거리니까 별 부담도 없잖아요. 유적지도 둘러보고 외식도 해요."

이모를 위하는 것처럼 말했지만 아내의 속내는 모처럼 얻은 연휴를 시골집에 보내는 게 싫었던 것이었다. 생각할수록 괘씸했다. 첫 행선지였던 신동엽 생가에서부터 아내는 쏟아지는 뙤약볕을 손차양으로 가린 채 입을 비죽이 내밀고서 어린애처럼 툴툴대기 시작했다.

"이 더운 날 신동엽 생가는 뭐 볼 게 있다고 와요."

철부지가 따로 없었다. 아내는 우리의 인연을 처음 맺어준 것이 신동엽의 「너에게」라는 사실조차 까맣게 잊고 있는 듯했다. 끝내 아내는 박물관 구경을 마치고 나더니 어지러워서 못 걷겠다며 부소산 오르기를 포기하였다. 아내는 그런 여자

연화와운문양蓮花渦雲紋樣 211

였다. 유복하게 자란 까닭인지 무슨 일이고 조금만 힘이 부치다 싶으면 조금도 참으려고 하지 않았다. 연애 시절 아내에게 써 부쳤던 신동엽의 「너에게」가 떠올랐다.

나 돌아가는 날
너는 와서 살아라.
두고 가진 못할
차마 소중한 사람
나 돌아가는 날
너는 와서 살아라.
묵은 순터
새순 돋듯

허구 많은 자연중自然中
너는 이 근처 와 살아라.

웃기고 있네. 그 철딱서니 없는 것이 잘도 이 근처에 와서 살겠다. 손에 흙 한 번 안 묻히고 살아온 것이 잘도 강촌江村에서 살겠다.
아내에게 화가 나서인지 나는 애꿎은 신동엽 시인의 시구조차 마뜩찮게 여겨졌다. 속으로 실컷 아내를 욕하다 보니 어느새 배는 선착장에 뱃머리를 대고 있었다.

여객선에서는 승객들의 여흥을 돋우기 위해 틀어 놓은 노래가 흘러나왔다. 유심히 들어 보니 노래는 '꿈꾸는 백마강'이었다. '고란사 종소리 사모치는데 구곡간장 오로지 찢어지는 듯 누구라 알리요. 백마강 탄식을. 깨어진 달빛만 옛날 같으니.' 칙칙한 잡음이 섞여 있는 것과 가락이 축축 늘어지는 것으로 봐서는 노래의 테이프는 이미 우려먹을 대로 우려먹은 게 분명했다. 배가 멎고 배에 타고 있던 사람들이 하나 둘씩 내리자 이모는 자리에서 일어나 승선할 채비를 서둘렀다. 배에서 내리는 사람들은 한결같은 낯빛을 하고 있었다. 늘어지는 '꿈꾸는 백마강'의 가락에 맞춰 축 처진 어깨를 하고 뱃머리를 내려오는 사람들. 사람들의 손에 우산이 쥐어져 있는 것을 보고서 나는 하늘을 올려다보았다. 눅눅한 공기가 심상치 않다 했더니. 노인네의 꾸부정한 등허리처럼 낮게 가라앉아 있는 하늘. 아무래도 비가 올 형상이었다. 비가 오려고 오전 내내 후덥지근했던 모양이라고, 이모에게 말을 건네려고 고개를 돌렸더니 조금 전까지 내 곁에 붙어 있던 이모가 보이지 않았다. 주위를 살펴보니 이모는 뒤편에서 낯선 여자들과 함께 서 있었다. 아마도 배에서 내리는 길에 이모를 보고서 여자들이 인사를 하러 온 모양이었다. 그런데 여자를 바라보는 이모의 낯빛이 어딘지 모르게 석연치 않았다. 나는 여자들을 눈여겨 살펴보았다. 여자들은 속옷이 훤히 비치는 하늘하늘한 원피스를 걸치고 있었다. 한 여자는 하늘색 원피스를, 다른 여자는 핑크색 원피스를 입고 있었다. 화려한 옷이며, 짙은 화장이며 시골집 여자 같지는 않았다. 여자들이 인사를 마치고 돌아서려고 하자 이모는 들고 있던 지갑에서 만 원권 지폐 몇 장을 꺼냈다. 알 수 없는 일이었다. 수전노에 가까운 이모가 인척 관계도 아닌 여자들에게 선뜻 몇 만 원을 건네다니. 몇 차례 사양을 하다가 여자들은 돈을 받고 돌아섰고, 이모는 승선하는 것도 잊은 채 여자들이 떠난 자리에 입간판처럼 붙박여 있었다. 제 품을 떠나는 자식을 바라보는 어머니처럼 사무치는 표정이었다. 간암이라는 지병 때문에 유난히 검었던 얼굴도 하얗게 질려 있었다. 이모는 끈끈하게 와서 박히는 내 시선을 의식했는지 먼저 걸음을 옮겨 여객선 안쪽으로 자리를 잡고 앉았다. 그리고는 아무 말 없이 아득한 눈빛으로 탁한 강물을 물끄러미 내려다봤다. 승객들이 하나둘씩 자리를 차지하고 앉자 배는 다시 물살을 가르며 뱃머리를 돌렸다. 움직이는 여객선을 따라서 발바닥의 끝에서는 어떤 미묘한 진동의 울림이 느껴졌다. 무슨 사연이 있는 것이 분명하다는 생각에 나는 조심스럽게 이모의 눈치를 살폈다. 여전히 이모의 얼굴은 굳어 있었다.

"이모, 아까 여자들은 누구예요. 누군데 돈까지 주고 그러세요."

내 말을 듣자 마치 나쁜 짓을 하다가 들킨 어린애처럼 이모는 어깨를 움찔하면서 놀란 기색을 감추지 못했다. 그리고는 변명처럼 몇 마디의 말을 늘어놓았다.

"한 애는 영한이 딸년이고, 다른 한 애는 명운이 딸년이다. 두 년 다 일찌감치 학교 공부는 때려치우고 저렇게 읍내 다방을 전전한다는구나. 어린것들이 집 나와서 저게 무슨 고생이라니. 이웃사촌이라고 생판 모르는 남도 아닌데 보고서 어찌 그냥 지나친다니. 해서 얼마 쥐어 줬다."

이모의 말을 듣고서야 그 여자애들이 누군지 알 수 있었다. 어딘가 낯이 익다 싶더니. 여자애들의 이름이 떠올랐다. 영주와 순하. 그 애들은 고향 친구의 누이동생들로 어렸을 적에는 제법 친하게 지내는 사이였다.

몇 해 전 지방신문에는 그 애들에 대한 기사가 실렸다. 기사의 내용은 대충 이러했다. 김 모 양 등 7명은 7공주라는 음성 서클을 조직, 상습적으로 동급생 아이들의 돈을 갈취하였고, 자신들의 말을 듣지 않는 아이들을 갈대밭으로 데려가

옷을 벗긴 뒤 몽둥이로 구타하는 등 청소년의 비행이라고는 믿기지 않는…….

다소 섬뜩한 내용의 기사였다. 어렸을 적에는 무척이나 수줍음이 많은 아이들이었는데, 어떻게 그 지경에 이르렀는지 알 수 없는 노릇이었다. 그 사건 이후 학교를 퇴학당하고 집을 나갔다는 소식만 전해 들을 수 있었다. 세월은 빠르고도 무서운 것이라는 생각이 들었다. 어린 시절 함께 눈길을 걸어 교회를 다니던 기억이 떠올랐던 것이다. 당시만 해도 빨간 털실 목도리를 둘러맨, 눈망울이 맑은 아이들이었는데.

잠시 어릴 적 그 애들의 모습을 떠올리는 사이 선내의 스피커에서는 '꿈꾸는 백마강'이 멎고, 낙화암 설화에 대한 안내 방송이 흘러나왔다. 삼천 궁녀가 백마강에 떨어져 죽은 뒤부터는 어부들이 아무리 그물질을 해도 물고기가 잡히지 않았습니다. 그래서 새로 촘촘한 그물을 만들어 다시 그물질을 해 봤지만 그물에는 궁녀의 시신들만 걸렸습니다. 이 소식을 들은 신라 사람들도 백제의 절개에 감탄했다고 합니다. '백제의 절개'라는 말 때문이었을까? 영주와 순하의 얼굴이 겹쳐져 떠올랐고, 이윽고, 이모와 순하 어머니의 얼굴이 겹쳐져 떠올랐다. 나는 다시 시선을 돌려서 이모를 바라봤다.

이모는 계속해서 탁한 강물을 내려다보고 있었다. 이모는 넋 나간 얼굴을 한 채 무슨 생각을 하고 있는 것일까? 이모의 허망한 시선을 보자니 문득 오래전 일이 생각났다. 사실 영주는 이모부의 딸이었다. 이모라고 이를 모를 리 없었지만 남들 앞에서는 일부러 시침을 떼고 있었다. 내가 이러한 사실을 알게 된 것은 언젠가 영한이 아저씨와 이모가 언성을 높이며 싸우는 것을 보고서였다.

초저녁 풋잠이 들었을 때였다. 잠자리가 뒤숭숭해서 일어나 보니 바깥에서 시끄러운 소리가 들려왔다.
"오빠는 해 저물도록 뭣하다가 이제야 온데요."
이모의 목소리였다.
"너는 말만 오빠지 행동은 무슨 머슴 대하듯 헌다. 너무 그러지 말어. 내가 부러 그렇게 중매를 선 것도 아니고. 또 그 사람도 생각해 보면 안된 사람 아니냐? 쉰 살도 안 돼서 저세상으로 갔으니 안쓰럽지 않냐."
목소리를 들어 보니 영한이 아저씨였다. 중매니, 쉰 살도 안 돼서 저세상으로 갔다느니 하는 말로 봐서는 이모부의 이야기를 하는 모양이었다.
"불쌍하기는 뭐시 불쌍혀. 지금도 내가 그놈 이름만 떠올려도 치가 떨려. 오빠도 째진 입이라고 아무 말이나 하는 게 아녀. 염치가 있어야지. 명색이 사촌오빠라는 사람이 누이동생 시집보낼 데가 없어서 그런 한량 놈을 소개시켜 준대. 내가 그놈하고 살면서 단 하루도 안 맞은 날이 읎어. 오죽허면 시집간 지 두 해 만에 도망을 왔겄어. 내가 그놈한테 맞아서 까무라쳤을 때 병원에서 뭐라고 했는지 아는감. 전치가 자그만치 16주랴. 16주. 그때는 시절이 어두웠으니까 나나 친정집도 암것도 할 줄 몰랐지만, 지금 같으면 구속이여. 구속. 오빠는 구속이 뭔 말인 줄이나 알어? 콩밥을 먹어야 한다는 말이여. 그리고 그놈이 집에 먹을 것만 떨어지면 어디로 갔는지 아는감? 총각 때부터 붙어먹던 과부집으로 쪼로로 달려갔드라고. 어디 시집보낼 데가 없어서 그런 느저지 없는 놈을 소개시켜 준단가? 평생 술집년 기둥서방이나 해 처먹던 놈한테. 오빠가 서울서 아주 큰 회사에 다니고 있다고 하지 않았는가? 그렇게 공갈을 쳐 놓고 오빠는 나한테 뭔 볼일이 남았다고 어슬렁거리는 겨. 오빠가 아니더라도 물고기를 팔겠다고 오는 사람 많으니 내 걱정은 안 해도 돼. 그리고 말이 나왔으니 하는 말인디 내가 모를 줄 아남. 오빠네 막내년이 그놈 딸년인 줄 내가 진즉에 알아봤구먼."

이모의 말에 영한이 아저씨는 내심 구린 게 있었던지 짐짓

언성을 높였다.

"언놈이 그런 말을 한댜. 어느 시러베 잡놈이 그런 말을 하드라는 말이여."

"누가 말해야 아남. 척 보면 척이지. 오빠네 언니가 그놈 동생이잖어. 그래서 나한테 그놈 소개시켜 준 거고. 오빠나 오빠 마누라나 다 내 신세 조지는 데 앞장선 거여. 오빠네 언니가 친정집 갔다가 오갈 데 없어진 어린년을 데리고 왔잖어. 그리고 그놈이 순사합네 하고 강경 읍내 돌아다닐 적에 다방 년하고 붙어먹었던 것도 내가 다 알고 있었구먼. 다방 년이 새끼만 낳고 도망을 치니까 어쩔 수 없이 오빠네가 거둔 거 내가 모를 줄 아남."

이모의 목소리가 무척 격양돼 갔다. 가만히 듣고만 있을 수는 없었다. 언제 몸싸움으로 번질지 모른다는 생각에 나는 둘이 마주 서서 눈을 부라리고 있는 마당으로 뛰어나갔다. 내가 밖으로 나가자 둘은 조카를 볼 면목이 없었는지 말싸움을 멈추고 내 눈치를 살폈다. 이모는 큼큼, 성난 황소처럼 코로 크게 숨을 내쉬었고, 영한이 아저씨는 "허! 참."이라는 말만 되뇌며 멀리 강가를 바라보았다. 잠시 침묵이 이어졌고, 오래지 않아서 영한이 아저씨는 이모에게 팔려고 들고 온 황빠가사리들을 챙겨 들고 돌아갔다. 그날 이모의 말을 듣고서야 나는 왜 사촌 지간인데도 이모가 영한이 아저씨만 보면 개 닭 보듯 대하는지 이유를 알 수 있었다. 이모는 영한이 아저씨가 떠난 뒤에도 한참 동안 우두커니 저녁 어스름이 깔려 오는 마당에 서 있었다.

이모가 이모부에게 갖는 감정은 무엇일까? 그토록 미워했던 남자의 딸에게 용돈을 주는 이유는 무엇일까? 이모는 한때 한 마을에서 영주의 얼굴을 보고 사는 것조차 싫어했다. 선착장에서 이모가 영주에게 대했던 태도는 아무리 생각해도 선뜻 이해가 가지 않았다. 내가 잠시 이모와 영주의 관계를 떠올리는 동안 선내의 스피커에서는 낙화암 설화에 대한 안내 방송이 끝나고 호랑이 처녀 설화의 안내 방송이 흘러나왔다.

나는 잠시 신경을 늦춰 선내의 풍경을 바라봤다. 맞은편 의자에 앉은 사람들이 눈에 들어왔다. 연인으로 보이는 젊은 남녀가 앉아 있었고, 그 오른쪽에는 관계가 의심스러운 중년의 남자와 이십 대 중반의 여자가 앉아 있었다. 두 쌍의 연인들은 환한 표정을 지으면서 사랑의 밀어蜜語를 나누었다. 그 모습을 보자 괜한 질투심이 생겼다. 어릴 적 나는 아이의 코를 훔쳐 주는 어머니의 모습만 봐도 시샘이 났다. 나는 시선을 떼려다 말고 문득 이모의 심정이 궁금해졌다. 이모도 저렇게 사이가 좋은 연인들을 보면 질투가 날까? 사실 이모는 부부의 정을 한 번도 느껴 보지 못했을 것 아닌가? 나는 야릇한 미소를 주고받는, 관계가 묘연한 남녀를 바라보다가 못내 머쓱하여 흐르는 강물에 시선을 박아야 했다. 강물의 빛은 흡사 전원이 꺼진 텔레비전 브라운관 같았다. 저 탁한 강물 아래에는 수많은 어종이 살고 있을 것이었다. 강물은 흐르면서 깊어지고, 깊어지면서 탁해지고 있었다.

순간, 불현듯 스쳐 가는 환영이 있었다. 강 건너 저편에서 손을 흔들고 있는 여자의 형상이었다. 어머니였다. 배조차 운행을 않는 겨울날, 어머니는 살얼음판의 강을 건너고 있었다. 강을 다 건너자 어머니는 빨간 노을을 배경으로 나를 향해 하얀색 목도리를 바람결에 흔들었다. 그 손짓은 마지막 인사처럼 보였다. 바람결에 나부끼는 어머니의 하얀 목도리. 어머니는 멈칫멈칫 몇 차례 뒤돌아보면서 제 갈 길을 갔고, 그렇게 내 시야에서 어머니는 사라져 갔다. 하늘 저편으로 점이 되어 사라지는 청둥오리 떼처럼 어머니는 아득히 멀어져 갔다.

어머니와 내 사이에 깊고도 먼 강이 흐르기 시작한 것은 언제부터일까? 나는 부지중 진저리치듯 체머리를 흔들었다.

왜 자꾸 그런 환영을 보는 것인지 모를 일이었다. 어머니가 돌아가신 것은 겨울이 아니고 여름이었다. 어머니는 아버지가 그랬던 것처럼 조개를 잡으러 갔다가 그만 급류에 휩쓸려 갔던 것이다. 흥미로운 사실은 어머니가 죽은 장소와 아버지가 죽은 장소가 같은 위치라는 것이었다. 언젠가 나는 이모에게 어머니 환영을 봤다는 것을 털어놓았다. 이모는 내 애기를 다 듣고서 알겠다는 듯 머리를 힘없이 끄덕였다. 그리고 안쓰러운 표정을 지으면서 내 뒷머리를 쓰다듬고는 이렇게 말했다.

"쯧쯧, 어린것이 을매나 지 에미가 보고 싶었으면 그런 헛것을 다 봤겄냐. 산다는 게 다 그런 게다. 떠난 사람은 떠나면 그만이지만, 남은 사람은 떠난 사람의 기억을 안고 살아야 헌다. 그려도 어쩔 것이냐. 에미는 멀리 간 것을. 미워할 것도, 사무칠 것도 없다. 에미는 제 가고 싶은 곳으로 갔다. 참으로 이상도 하지. 서방이 죽고서 그 이듬해 죽었으니. 그것도 서방이 죽은 그 자리에서. 아침부터 머리를 곱게 손질하더라니. 조개를 캐러 가는데 머리를 손질하는 년이 어디 있다냐? 넋 빠진 년이 아니고서야. 돌이켜 생각해 보면 그게 다 서방을 만나러 가려고 그런 모양이다. 물구신은 꼭 제 식구를 데리고 가는 벱이라고 하지 않더냐. 여하튼 금슬 하나는 좋은 내외간이다. 한 사람이 죽었다고 남은 사람이 하냥 따라서 가고……."

이모의 말대로라면 나는 허깨비를 본 것이 분명했다. 하지만 납득이 안 가는 것은 실제로 겪은 일처럼 너무도 기억이 또렷했다는 것이다. 살갗을 매섭게 때려 오던 칼바람. 코를 찔러 오던 진한 갯내음. 떼 지어 날아가며 사운거리던 청둥오리 떼의 울음소리. 꿈이나 헛것이라기엔 너무도 선명한 기억이었다.

머리가 무엇에 짓눌린 것처럼 묵중했다. 나도 모르는 사이 인상을 찌푸리고 있었던 모양이었다. 이모가 걱정스러운 표정을 지으면서 물었다.

"왜 자꾸 머리를 내두르니. 머리라도 아픈 게냐."

"아니요. 젊은 놈이 어디가 아프겠어요."

"하긴 날씨가 습해서인지 나도 머리가 약간 지끈거리는구나."

이모의 말에 하늘을 올려다보니 아닌 게 아니라 소나기가 지나가려는지 잔뜩 먹장구름이 내려와 있었다. 구름들이 빠르게 움직이는가 싶더니 오래지 않아 후둑후둑, 빗방울 듣는 소리가 유람선의 천장을 타고 울려 퍼졌다. 시원한 소리였다. 겉옷이 살갗에 달라붙어 끈적거리던 차에 비가 내리니 나는 외려 잘된 일처럼 여겨졌다. 그런데 문제는 우산을 준비하지 않았다는 것이었다. 우장을 챙기는 앞자리의 승객들을 보고서 이모는 대번 걱정부터 늘어놓았다.

"어쩔라고 이렇게 비가 온다냐. 우린 우산도 없는데."

사선으로 흩뿌리는 빗방울 때문인지 몇 사람은 벌써부터 우산을 펼쳐 들었다. 앞자리에 앉아 있는 한 쌍의 남녀도 우장을 준비하지 못했는지 남자가 재킷을 벗어 여자의 머리에 씌워 주었다. 마 소재의 하얀색 재킷을 둘러쓰고 있는 여자를 보고 있으려니 둘의 관계가 더욱 묘연하게 느껴졌다. 순간 나는 순하 어머니의 얼굴이 눈앞에 스쳐 갔다. 그녀는 예전에 팔푼이의 아내였다. 지금은 절름발이의 아내로 살고 있다. 나는 남녀에게서 시선을 거두면서 이모에게 물었다.

"이모, 최근에 순하 어머니는 어떻게 지내요. 아직도 그 절름발이 사내와 살아요?"

내 질문에 이모는 눈을 홉떴다. 네가 어떻게 그 사실을 아느냐는 표정이었다. 순하 어머니가 간통죄로 구속이 된 것은 벌써 십 년도 더 된 일이었다. 사건이 나고서 어른들은 교육상 좋지 않다고 판단했던지 아이들에게만 그 사실을 숨기려고 했다. 하지만 손바닥만 한 시골에 비밀이 어디 있겠는가.

이미 아이들 사이에서도 입에서 입으로 소문이 파다하게 나돌고 있었다. 게다가 아이들조차도 간통이라는 말 대신 어른들이 떠드는 대로 서방질이라는 말을 썼다.

"강경에서 그 절름발이 사내와 함께 째깐 음식점을 한다는구나."

순하 어머니는 보수적인 시골에서는 좀처럼 보기 어려운 사람이었다. 마을 사람들은 "아무리 남자가 좋다지만, 어떻게 자식 둘까지 떼 놓고 떠날 수 있느냐?"고 쑥덕이곤 했다. 그러고 보면 순하 어머니와 이모는 너무나 대조적인 삶을 살고 있었다. 이모는 혼인신고조차 안 한 상태였음에도 불구하고 마을 사람들의 이목이 두려워서 평생 혼자 살아야 했던 반면, 순하 어머니는 마을 사람들의 손가락질에도 아랑곳하지 않고 사랑하는 남자의 품으로 갔다. 생각이 거기까지 미치자 나는 이모가 순하 어머니의 일을 어떻게 생각하는지 궁금해졌다.

"이모는 어떻게 생각해요. 순하 어머니가 자식들까지 내팽개치고 절름발이 남자에게로 간 것을."

이모는 뭐라고 대답을 해야 할지 모르겠는지 한동안 내 얼굴만 빤히 쳐다보다가 입을 뗐다.

"처음에는 그저 화냥년이겠거니 싶었는데 요즘 들어서는

생각이 달라지더라. 너도 한번 생각해 봐라. 마을에서 명운이한테 언놈 하나 존댓말을 하더냐? 약조라도 한 것처럼 예전부터 으른이고 애구 반말을 하지 않았냐? 순하 에미라고 그런 덜 떨어진 팔푼이하고 평생을 살고 싶었겠냐? 나이가 중턱을 넘어설 때까지 매양 코나 흘리고 말이라고는 어린애처럼 옹알이밖에 못하는 그런 등신허구. 사실 순하 에미가 명운이한테 시집을 온 건 친정이 찢어지게 가난했기 때문이다. 전라도 익산이라든가 어딘가가 친정이라는데 친정집이라는 게 죽도 못 쒀 먹을 만큼 궁핍했다는구나. 당장 먹을 것도 없으니 친정아버지가 논 몇 마지기에 딸을 팔아넘긴 게지. 애초 잘못된 혼례였다. 마음이 없이 시집을 와서 그만큼 했으면 잘한 게다. 명운이 밑으로 아들 하나, 딸 하나 낳아 주고 길러 주고 갔으면 제 도리는 다한 거지. 다만, 섭섭한 게 있다면 자식새끼들과 연을 끊고 산다는 건데. 사실 명운이 같은 팔푼이가 뭘 알아서 고소를 했겠냐? 순석이가 다 꾸민 일일 테지. 순석이가 지 에미 얼굴에 대고 그랬다는구나. 절름발이 사내와 헤어지지 않으면 엄니라고도 않겠다고. 하지만 순석이나 순하도 재금 날 나이까지 키워 놨으면 어미로서의 도리는 다한 줄 알아야 한다. 순석이가 아니고 순석이 할애비라도 순하 에미한테 할 말은 없다. 늦게라도 제 행복

찾아간다는데 어느 누가 뭐랄 거냐. 비록 절름발이이긴 하지만 순하 에미를 잘 대해 주는 모양이더구나. 순하 에미도 절름발이 사내도 재판석에서 서로를 감쌌다지. 자신이 잘못했다면서 죄가 있으면 자신을 처벌해 달라고."

 이모는 말을 마친 뒤 자신의 말이 틀리지 않다는 것을 확인이라도 하듯 몇 차례 머리를 끄덕였다. 확실히 이모는 변해 있었다. 불과 몇 년 전만 해도 이모는 입에 담지 못할 정도로 순하 어머니를 욕했을 것이다. 그러고 보니 이모가 심경의 변화를 보인 것은 간암 수술을 한 이후부터였다. 2차, 3차로 이어진 수술로 인해 당시 이모는 무려 체중이 20㎏이나 줄었고, 낯빛이 시든 꽃처럼 야위어 갔다. 죽음과의 정면 승부. 그 비켜 갈 수 없는 사투가 이모의 심경을 변하게 했는지도 모르겠다. 사망률이 대단히 높다는 주치의의 예상을 깨고 이모는 비교적 간암이 호전된 상태에서 퇴원할 수 있었다. 퇴원 당시 이모는 세상살이의 한 이치를 깨달은 것 같았다.

 퇴원해서 집으로 돌아오는 차 안에서 차창 밖에 핀 코스모스들을 보면서 이모는 자신만 알아들을 수 있는 작은 소리로 이렇게 뇌이셨다.

 "참, 곱다. 쓰러질 듯 흔들리다가 다시 일어나고, 고꾸라질 듯 휘청거리다가 다시 일어나고…… 예전에는 왜 몰랐을까?

왜 허투루 보았을까? 저 얄팍한 허리로도 너끈히 큰 꽃잎들을 지탱하고 있으니……."

 차창 밖에 둔 이모의 눈빛은 어딘가 텅 비어 있는 듯하면서도, 어딘가 꿰뚫어 보는 듯했다.

 가을 들녘의 흙먼지 묻은 코스모스들을 한참 동안이나 쳐다보고 있는 이모. 이모는 내가 알지 못하는 소우주라도 본 것일까? 무엇을 체념한 것 같으면서도 무엇을 초월한 것 같은 표정이었다.

 이모와 대화를 나누는 사이 선내의 스피커에서는 우여에 대한 안내 방송이 흘러나왔다. 성긴 빗방울 소리 때문이었을까? 나는 비 내리는 저녁 무렵에 찬란한 은빛 비늘을 반짝거리면서 강물을 거슬러 오르며 유영하는 우여 떼의 모습을 떠올렸다.

 "우여는 긴 칼 모양을 하고 있는 멸치과의 어류로 배는 은백색이며, 꼬리는 회갈색을 띠고 있습니다. 4월이나 5월이면 바다에서 백마강으로 올라와서 갈대밭에 산란을 하는 회귀성의 어류입니다. 예부터 임금님의 수라상에 오를 만큼 그 맛이 담백하기로 유명한 별미의 어류입니다. 꼭 부여의 백마강으로만 거슬러 와서 산란하기 때문에 우여라고 부르는 것입니다."

안내 방송은 사실과 달랐다. 방송에서는 부여의 백마강으로만 거슬러 와서 우여라고 부른다고 했지만, 우여는 표준어가 아니었다.

작가가 되겠다고 이 책 저 책 가리지 않고 있던 무렵, 회귀성 어류 관련 책을 읽은 적이 있었다. 당시 나는 우여를 찾느라 한참이나 책장을 뒤적거려야 했다. 아무리 찾아도 우여라는 글자는 보이지 않았기 때문이다. 대신 우여와 똑같이 생긴 물고기 사진을 발견할 수 있었다. 그 사진 밑에는 웅어라고 쓰여 있었다. 물고기 이름은 잡히는 지역마다 각기 달랐다. 웅어, 우어, 우여, 웅애, 위어, 유여, 차나리…….

나는 우여에 대해 생각하다가 결혼 전 아내와 함께 군산에 놀러 갔을 때의 일이 떠올랐다. 그때도 오늘처럼 비가 오는 날이었다. 우리는 바다가 훤히 보이는 한 횟집에서 우여회에 소주잔을 기울이고 있었다. 나는 아내에게 석빙고 속에서 얼음이 되어 버린 꼽추 소년과 옥련 소녀의 설화에 대해 말했다.

"혹시 얼음이 되어 버린 꼽추 소년의 얘길 알아요? 모르죠? 옛날에는 이 우여가 어상御床에 오르는 귀한 음식이어서 어획이 국법으로 금지돼 있었답니다. 만약 이 국법을 어긴 사람은 동굴 석빙고에 갇혀 얼어 죽는 끔찍한 형벌을 받았습니다. 그러니 누가 국법을 어기겠어요. 그런데도 불구하고 국법을 어긴 소년이 있었어요. 무너지는 흙벽에 허리가 다쳐 꼽추가 된 소년이었어요. 이 소년은 한강 변 어느 마을에서 물고기를 잡으며 살았습니다. 소년은 열여섯 살이 되는 해, 온갖 꽃들이 만개하는 봄날에 덕양산으로 나무를 하러 갔다가 진달래꽃을 한 아름 안고 내려오는 옥련 소녀를 보았어요. 옥련 소녀는 정 판서의 딸로서 태어날 때부터 몸이 좋지 않아 어느 의원이 이르는 대로 행주나루에 요양을 왔던 것입니다. 그날 이후 꼽추 소년은 마음에 병이 생겨서 눈만 감으면 아슴아슴 옥련 소녀의 모습이 떠올랐습니다. 세월이 흘러서 가을의 소슬바람이 불자 옥련 소녀는 병이 깊어져서 바깥 출입조차 할 수 없게 되었습니다. 이 소식을 듣고서 꼽추 소년의 마음의 병도 깊어졌어요. 꼽추 소년과 옥련 소녀의 얘기가 고봉산 만경사라는 사찰의 주지 스님에게까지 전해졌습니다. 어느 날, 주지 스님이 꼽추 소년을 찾아와 이런 말을 했습니다. 네가 정녕 옥련과 살리려거든 우여를 잡아 먹이면 될 것이다. 이 말을 듣고 꼽추 소년은 우여를 잡아 정 판사에게 갖다 준 뒤 석빙고에 갇혀 얼어 죽었습니다. 옥련 소녀는 꼽추 소년이 준 우여를 먹고서 병이 다 나았고요. 옥련 소녀는 고맙다는 말을 하려고 꼽추 소년을 찾아봤지만 만날 수가 없었죠. 오래지 않아서 옥련 소녀도 자취를 감추게 됩니다. 이후 마을에는 석빙고 속에서 얼음 사람을 봤다는 사람과 해 질 무렵 두 마리의 우여가 무지개 속으로 사라지는 것을 봤다는 사람이 나타났습니다. 하지만 그 누구도 옥련 소녀의 행방을 알아 낸 사람은 없었습니다."

내 말이 끝나자 아내는 뚫어져라 나를 바라보았다. 아내의 두 눈은 깊고 맑아서 그 속에 우여 두 마리가 살고 있을 것만 같았다. 그날 밤 나는 아내와 처음으로 함께 잤다.

우여를 떠올리다가 나도 모르게 입 안에 군침이 고였다. 고향 말은 잊어도 고향 맛은 못 잊는다더니. 우여 생각만 해도 군침이 도는 것을 보면 십 년 남짓 객짓밥을 먹었다지만 나는 영락없는 부여 촌놈이었다.

"이모, 요즘도 우여가 금강으로 올라와요?"

"더러 올라온다고 하더구나. 예전만은 못하지. 군산에 하구 둑을 막은 뒤로는 뭐고 잘 안 나. 예전에는 꽃 피는 춘삼월이 되면 우여들이 잊지 않고 돌아왔지. 이제 금강 하구 말고는 우여를 잡기 어렵다고 하더구나."

이모의 말을 듣고서 나는 자신이 태어난 탁류를 찾아서 물살을 거슬러오는 회귀성 어류들을 떠올렸다. 우여, 숭어, 복어, 참게, 뱀장어 등 금강에 나는 대부분의 어류들은 회귀성 어류들이었다.

패망한 고도古都를 잊지 않고 찾아오는 회귀성 어류들은 상처의 기억뿐인 이 탁류를 끝내 떠나지 못하는 고향 사람들과 다르지 않았다. 이모나 순하 어머니도 수많은 회귀성 어류 중 하나인지도 모르겠다. 그러고 보면 나 자신도 하고많은 우여 떼의 하나일지도……. 낮에는 깊이 숨어 있다가 저녁놀이 붉게 타면 수면 위로 파닥거리며 은백색 몸체를 드러내는 우여. 제 어미가 그랬던 것처럼 찬란한 한때를 위해 헤엄쳐 오는 우여. 웅어, 우어, 우여, 웅애, 위어, 유여, 차나리……. 잡히는 지역에 따라 그 슬픔의 이름도 가지각색인 은백색의 어류.

선내의 스피커에서는 다시 '꿈꾸는 백마강'이 흘러나왔다. 도착지에 다다른 것이었다. '백마강 달밤에 물새가 울어 잃어버린 옛날이 애달프구나. 저어라, 사공아. 일엽편주 두둥실 낙화암 그늘 아래 울어나 보자.' 노래는 패망한 백제 유민流民의 설움이 깃들어 있었다. 나는 고개를 돌려 강물을 보앉다. 강물에는 떨어지는 빗방울에 수많은 동심원이 만들어지고 있었다. 아무리 봐도 백마강이라는 이름과는 걸맞지 않은 탁한 물줄기였다. 강은 흐르면서 깊어지고, 깊어지면서 탁해지고 있었다. 나는 아버지와 어머니를 싣고 떠내려간 강물에 생각했다. 그리고 그 강물을 거슬러 오는 회귀성 어류에 대해서도.

 금세 뱃머리는 선착장에 닿았다. 사람들이 하나둘씩 재빠르게 우산을 받쳐 들고 일어섰다. 빗방울이 제법 굵었던 터라 어떻게 선착장을 빠져나갈지 걱정됐다. 비가 오면 우산을 들고 선착장에서 기다릴 것이지 하는 생각에 나는 아내가 원망스러웠다.
 그렇다고 계속해서 배에 앉아 있을 수도 없는 노릇이었다. 배는 사람들을 태우고 온 길을 다시 돌아가야 했다. 선착장 앞에는 승선하려고 채비를 서두르는 사람들의 모습이 보였다. 장대비가 쏟아지는데도 낙화암에 가려는 사람들이 적지 않았다. 이모와 나도 행렬에 서서 걸음을 뗐다. 배에서 내리자마자 나는 이모의 손을 붙잡고 주차장을 향해 빗속을 뛰어가야 했다. 몇 걸음이나 뛰었을까? 병을 앓아서인지 이모는 걸음을 멈추고 숨을 골랐다. 허리에 손을 얹고 숨을 고르던 이모는 바닥에서 뭔가를 발견한 모양이었다. 이모의 입에서 탄식이 흘러나왔다.

"바닥에 온통 연꽃이 피었구나. 연화밭이로구나."

이모의 말에 바닥을 내려다보았다. 바닥에는 블록마다 연화무늬가 새겨져 있었다. 수백의 연화가 흐드러져 있는 바닥. 그 무늬는 부여박물관에서 봤던 것이었다. 기와나 전돌 등 산 사람들의 집에는 물론이고, 죽은 사람들의 집인 무덤에도 새겨 놓았던 연화와운문양蓮花渦雲紋樣이었다. 움푹 파인 연꽃무늬 사이로 빗방울이 떨어지고 있었다. 흙탕물이 고인 그 모습을 보고 있으려니 관솔처럼 한 데 엉켜 있는 것 같았던 심란함이 온데간데없이 사라졌다. 나는 혀끝에 맴도는 말들을 삼켰다. 그렇다. 우리는 제각기 한 송이의 연꽃을 피우기 위해 살고 있는지도 모르겠다. 살아서는 외등에 새겨 두고, 죽어는 무덤의 천장에 그려 뒀던 백제인의 연화와운문양. 우리는 죽음까지 가져가야 할 영원의 꽃을 품고 있었다. 언젠가 이모가 되뇌었던 말이 떠올랐다.

"참, 곱다. 쓰러질 듯 흔들리다가 다시 일어나고, 고꾸라질 듯 휘청거리다가 다시 일어나고⋯⋯ 예전에는 왜 몰랐을까? 왜 허투루 보았을까? 저 얄팍한 허리로도 너끈히 큰 꽃잎들을 지탱하고 있으니⋯⋯."

그때였다. 멀리서 누군가 나를 부르는 소리가 들렸다. 저 먼발치에서 나를 부르고 있는 손짓. 그것은 어머니의 환영이 아니었다. 손수건을 흔들고 있는 아내였다. 아내는 나와 이모를 위해 우산을 준비한 상태였다. 한 손에 우산을 들고서 아내는 나와 이모를 찾아 헤매고 있었던 모양이다. 나를 간절하게 부르고 있는 저 손짓은 이제 더 이상 고별을 알리는 손짓이 아니었다. 나는 꼽추 소년의 이야기를 다 듣고 나서 나를 바라보던 아내의 시선이 떠올랐다. 깊고 맑아서 그 속에 우여 두 마리가 살고 있을 것만 같았던 눈망울. 멀리 서 있는 아내를 바라보다가 나도 모르는 사이 시구가 입 밖으로 튀어나왔다. 그 시구는 내가 아내에게 신동엽의「너에게」를 적어 보내자 아내가 화답으로 보내 줬던 인병선 여사의「생가」였다.

우리의 만남을
헛되이
흘려 버리고 싶지 않아
있었던 일이
늘 있는 일로 하고 싶은 마음이
당신과 내가 처음에 맺어진

이 자리를 새삼 꾸미는 뜻이라

우리는 살고 가는 것이 아니라
언제까지나
살며 있는 것이다.

하나인가? 둘인가?
― 倩女離魂

덧없이 바라보던 벽에 지치어
불과 시계를 나란히 죽이고

어제도 내일도 오늘도 아닌
여기도 저기도 거기도 아닌

꺼져 드는 어둠 속 반딧불처럼 까물거려
정지한 '나'의
'나'의 설움은 벙어리처럼……

— 미당 서정주의 「벽壁」에서 인용

미명未明이다. 빛과 어둠이 공존하는 시간, 어미의 배꼽처럼 큼지막한 것부터 큰아이의 보조개 같은 것, 작은아이의 손톱자국 같은 조막손이 별자리까지 모두 스러지고 나면, 바다의 끝에 뜨거운 불덩이 하나가 세상을 붉게 물들이며 올라올 것이다. 사위는 물안개 오르는 새벽 바다의 풍경처럼 온통 희부옇다. 보이는 모든 것들이 가면을 쓰고 있는 것만 같다. 나는 사지 굳은 시체처럼 반듯이 누워 있다. 어둠이 물러가면서 남긴 한기가 뼛속 깊이 파고든다. 누군가 나를 내려다보고 있는 게 느껴진다. 또 다른 나이다. 육신 밖으로 빠져나간 내 영혼이 자기가 깃들어 살던 거푸집을 보고 있는 것이다.

공기를 찢는 소리가 들린다. 금속성 마찰음 속에서 간간이 들려오는 울음. 젖배 곯은 갓난애의 소리다. 염전鹽田의 짠 냄새가 난다. 생채기에 굵은 소금을 흩뿌린 것처럼 어딘가 아린 듯 아기가 자지러지게 울고 또 운다. 울음은 물수제비 뜨려고 던진 작은 돌멩이가 남긴 파문처럼 엷게, 그러나 멀리까지 퍼져 나간다. 소리는 허공 끝까지 퍼져 나가서는 다시 되돌아온다. 끊어질 듯 끊어질 듯 메아리치며 이어지는 소리에 일어나려고 안간힘을 써 보지만, 몸이 말을 듣지 않는다. 입 안이 탄다. 침이 마른다. 이윽고 혀가 목구멍 속으로 말려 들어가고 숨이 막혀 온다. 그때 손길이 뻗쳐 온다.

"흉한 꿈을 꿨는가? 식은땀에 온몸이 흠씬 젖었는걸."

이마를 짚던 사내의 손바닥이 천천히 내려온다. 볼을 타고, 목을 타고, 사내의 손이 옷섶을 헤치고 가슴을 움켜쥔다. 사내가 혀끝으로 젖꼭지를 빤다. 사내의 손길에 점차 힘이 실린다. 사내는 우악스럽게 치마를 들치고, 팬티를 내린다. 옹이 박힌 거친 손바닥이 음부에 닿고, 시나브로 젖어 간다.

"몸뚱이 안팎이 모두 물이 많구나."

사내의 말에 어머니가 떠오른다. 네 몸뚱이에는 얼마나 큰 샘이 있어 눈물이 마르지 않냐? 사내의 뜨거운 것이 내 몸 안을 헤집고 들어온다. 나는 다시 허공을 본다. 여전히 또 다른 내가 나를 내려다보고 있다. 형태는 나를 꼭 빼닮았으나 핏기 없이 하얗기만 한 낯바닥, 데스마스크 같은 또 다른 나를 움켜쥐어 보려고 손짓을 한다. 잡힐 듯 잡히지 않는다. 허공에 몇 번 손짓을 한 후에야 이내 내 두 팔은 사내의 어깨를 움켜쥔다. 그때 내 넋이 다시 몸속으로 들어오려는지 허청허청 걸어온다. 나는 신음을 내뱉는다. 그 소리는 오랜 세월 버려져 있던 몸과 천지사방 헤매다 돌아온 넋이 교합하는 소리이자 더는 갈 곳이 없는 두 영혼이 벼랑 위에서 만나 끌어안고서 끝도 없는 낭하로 떨어지는 소리다.

　사내가 찾아왔을 때 나는 창문을 열고 바다를 보고 있었다. 폭설이 아흐레째 내리고 있었다. 멀리는 푸른 파도가 이리저리 몸을 뒤채며 하얀 포말로 부서지고, 가까이에는 수북이 쌓인 눈밭 위로 목화솜 눈송이들이 점점이 떨어지고 있었다. 1층 횟집 앞까지 세 남자가 걸어왔고, 두 남자가 사내의 손목에 채워져 있던 수갑을 풀어 줬다. 멀리서부터 검은 모직의 모자를 쓰고 있어서 유독 사내만이 눈에 들어왔던 터였다. 시리도록 하얀 눈밭 때문이었는지, 수갑이 더욱 차갑게 보였다. 오래지 않아 사내의 발자국 소리가 2층으로 통하는 계단을 타고 들려왔다. 내 눈앞에는 환영이 펼쳐졌다. 조문객을 위해 밝혀 둔 홍등을 향해 날아가는 나방 한 마리. 사내가 방금 전 초상집을 다녀왔다는 것을 알 수 있었다. 사내가 방문 앞에 다다랐을 무렵 코끝에서 피 냄새가 진동을 했다. 사내가 피가 뚝뚝 듣는 식칼을 들고 서 있고, 알몸의 남녀가 칼에 찔린 채 널브러져 있다.
　"하룻밤 묵고 간다 하니 잘 모셔라."
　포주가 방문을 열고 눈웃음을 흘렸다. 사내는 선뜻 방으로 들어오지 못하고 방문 앞에서 손으로 외투에 묻은 눈송이를 털었다. 포주가 어깨를 밀치고서야 사내는 못 이기는 척 구두를 벗었다. 사내는 유난히 눈썹이 짙고 광대뼈가 도드라지게 튀어나왔다. 챙이 넓은 모자를 쓰고 있으면 마적단의 일원처럼 보일 인상이었다. 사내는 방에 들어오자마자 창문을 열고 밖을 내다봤다. 한동안 우두커니 서 있던 사내가 혼잣말을 뇌까렸다.

"풍경이 좋긴 하나 막막하군. 끝도 없이 펼쳐진 저 수평선 때문인가. 이곳은 철창이 없어도 감옥 같군."

사내의 말을 듣고 나서 이곳에는 철창이 없다는 것을 새삼 깨닫는다. 유녀가 된 뒤 내 몸은 온전히 내 것이 아니었다. 언젠가부터 내 몸은 보이지 않는 끈에 조종되고 있었던 것이다. 행여 유녀들이 도망갈 것을 우려해 만든 유형무형의 철창들. 포주들에게 유녀는 돈을 버는 기계였다. 나도 처음에는 유곽을 벗어나고 싶었다. 처음 유곽에 발을 디뎠을 때가 떠올랐다. 간이 화장실에서 볼일을 보듯 차례차례 내 몸을 억누르던 사내들. 시키는 대로 하지 않으면 사정없이 뺨을 올려붙이는 놈들도 있었다. 어디로든 떠나고 싶었다. 붉은 조명 아래서 알몸을 드러내는 곳이 아니면 어디든지 좋을 듯싶었다. 하지만 무서운 건 세월이었다. 점차 유곽 생활이 익숙해졌고, 하루에 예닐곱 명은 상대할 수 있게 되었다. 어쩌면 피붙이가 없어서 쉽게 단념했는지도 모르겠다. 도망친다고 한들 딱히 돌아갈 곳이 없었다. 어느 해에는 이중 삼중으로 잠금장치를 해 놓은 곳에서 보냈다. 그곳에 불이 났다. 나보다 열 살이나 어렸던, 고작 열여덟 살짜리 계집애가 연기에 질식돼 죽었다. 목욕탕을 다녀온 사이에 벌어진 사고였다. 몇 시간 전만 해도 물오르는 몸을 지니고 있던 애가 시커멓게 탄 시신이 되어서 철창 밖으로 빠져나가는 것을 봐야 했다. 그 애도 나처럼 연고지가 없었다. 그 애의 시신을 인도할 가족은 끝내 나타나지 않았다. 다만 그 애가 남긴 빚과 화재로 손해를 보게 된 것을 안타까워하는 포주만이 있을 뿐. 뭍에서 바닷가로, 바닷가에서 섬으로 개구리밥처럼 떠돌다 보니 어느새 마흔이었다.

사내는 창문을 닫고 돌아서서 방을 한번 둘러보더니 바닥에 앉아 담배에 불을 붙였다. 재떨이를 무릎 앞에 갖다 놓자 사내가 유심히 나를 훑어봤다.

"내가 오는 걸 창문으로 보고 있었지? 나도 멀리서부터 널 봤어. 간수들이 수갑을 풀어 주는 것도 봤겠군."

사내는 담배연기를 길게 내뿜고 무연히 나를 건너다봤다.

"귀휴歸休를 나왔어. 어머니가 돌아가셨거든. 오 년 만의 만남이었지. 마지막 면회를 왔을 때 내가 더 이상 오지 말라고 했거든. 그것으로 끝이었지. 따지자면 내가 상주인데……. 얼굴도 본 적 없는 동생들이 초상집을 지키고 있더군. 객쩍기도 하고 해서 영정사진 앞에 절만 올리고 바로 나왔지."

사내의 말에 빈소의 풍경이 선하게 그려졌다. 장례식장은 종합병원에 차려졌다. 빈소를 지킨 것은 사내의 남동생들과 누나들이었다. 사내에게는 남만도 못한 사람들이었다. 갓난애였던 사내를 버리고 어머니가 재가해서 낳은 동생들이었고, 피 한 방울 안 섞인 전처소생의 누나들이었다. 간수들에게 에워싸인 채 사내가 초상집에 들어서자 검은 양복을 입은 남동생들과 하얀 치마저고리를 입은 누나들이 놀란 기색을 감추지 못했다. 그들은 대번 사내를 알아봤다. 사내는 어머니의 영정을 모신 곳으로 가서 향을 피워 사르고 절을 올렸다. 어쩔 줄 몰라 하는 동생들과도 맞절을 했다. 그리고 바로 장례식장을 빠져나왔다. 인사도 나누지 않고 말없이 장례식장을 빠져나오는 게 사내가 죽은 어머니와 남은 형제들에게 할 수 있는 유일한 예의였다. 사내가 담배꽁초를 재떨이에 비벼 끄며 다시 물끄러미 나를 쳐다봤다.

"이름이?"

"가을이에요."

"예명 말고 본명."

"본명이 가을이에요. 가을에 주워 왔다고."

"가을에 주워 왔다고?"

알 만하다는 듯 사내는 머리를 주억거렸다. 나는 사내의 이름을 묻지 않았다. 남자들은 만나자마자 이름을 묻는다. 하지만 그들이 이름을 묻는 이유는 내 존재를 기억하기 위해서가 아니다. 비록 돈을 주고 샀다고 할지라도 한 여자를 소유하고 있다는 사실을 가슴에 각인시키고 싶은 것이다. 남자들에게 내 이름 따위는 관심사가 아니었다. 나도 마찬가지였다. 손님들은 그저 스쳐 지나갈 뿐이었다. 허기를 채우듯 허겁지겁 욕정을 풀고 나면 쓸쓸하게 앉아 담배를 피우고, 유곽의 문을 열고 나서면 인파 속에 섞여 묻혀 버릴 사람들이었다.

장례식장 풍경의 환영을 봐서일까? 아니면 사내가 내 이름을 물어서일까? 어머니가 죽던 날이 떠올랐다. 새벽녘 꿈에 어머니의 모습이 보였다. 곧잘 집을 찾아오던 남자와 심하게 말다툼을 하고 있었다. 남자는 어머니의 머리채를 휘어잡아 질질 끌고 다녔고, 그래도 화가 안 풀리는지 구둣발로 배를 걷어찼다. 어머니가 배를 움켜쥔 채 목에 핏줄이 서도록 욕설을 퍼부었다. 악몽에서 깨어났을 때 내 눈앞에 스쳐 간 것은 어머니의 시신이었다. 시신은 강물 밑에 가라앉아 있었다. 눈알이며 살갗은 이미 물고기들이 다 파먹은 뒤였고, 해골의 우묵한 자리마다 어린 게들이 집은 지은 듯 드나들고 있었다.

나는 나들이 채비를 하느라 화장을 하는 어머니에게 말했다.
"대문 밖을 나서면 횡액이 기다리고 있다."
어머니는 얼굴에 분을 바르다 말고 나를 뚫어져라 쳐다봤다. 나는 계속해서 말을 이었다.
"쯧쯧, 사방팔방이 모두 막혔다. 독 안에 든 쥐로다. 모녀지간 인연도 이제 끝을 볼 차례이니 굳이 붙잡지는 않겠다. 가고 싶거든 가거라."
나는 말을 마치고 나서 돌아서서 앉았다. 엄밀히 말하면 내가 한 말이 아니라 내 넋이 한 말이었다. 나는 뒤돌아섰지만 어머니가 소금 기둥처럼 몸이 굳은 채 나를 멀뚱멀뚱 보고 있다는 것을 알 수 있었다. 어머니는 곧이어 교자상 위에 쌀들을 뿌렸다. 점괘를 보기 위해서였다. 점괘가 좋을 리 없었다. 하지만 어머니는 내 말대로 끝내 제 갈 길을 갔다. 다시는 돌아올 수 없는 길을.

눈들이 점차 잦아드는가 싶더니 하늘에는 진눈깨비가 내

렸다. 바다는 어미가 아이를 끌어안듯이 떨어지는 눈송이를 제 품속으로 거둬들이고 있었다. 열어 둔 창문 사이로 건듯 바닷바람이 불어왔다. 사내가 침대 위에 모로 눕는가 싶더니 오래지 않아 코 고는 소리가 들렸다. 사내는 피곤한 기색이 역력했다. 사내는 동면에 든 곰처럼 보였다. 사내는 들릴 듯 말 듯 작은 소리로 잠꼬대를 했다. 두 시간 가량 잔 뒤 사내는 벌떡 상체를 일으키더니 천장을 올려다봤다.

"깜짝 놀랐어. 천장이 바뀌어서."

사내는 연거푸 담배 두 개비를 피운 뒤 욕실로 향했다. 물 쏟아지는 소리가 들렸고, 욕실 창문에 뿌옇게 수증기가 맺혔다. 욕실에서 나온 사내는 수건으로 짧은 머리를 털면서 말했다.

"목욕을 했더니 갈증이 나는군. 나가서 한잔하지. 내가 살 테니."

나로서는 모처럼 만에 맞는 바깥바람이었다. 고작해야 2층에서 1층으로 내려오는 것이지만, 며칠 몸살을 앓고 난 뒤여서 방을 벗어나니 정신이 맑아졌다. 온몸의 모공이 열리는 느낌이었다. 사내는 주문을 받으러 온 주인집 사내에게 숭어회를 시켰다. 주인집 사내는 인근 바다에 통통배를 타고 나가 물고기를 잡았다.

"제가 직접 잡은 것이어서 육질이 혀에 달라붙을 겁니다."

주인집 사내가 힘줄이 돋은 팔뚝을 세워 가며 너스레를 떨었다. 주인집 사내가 수족관에 있는 고기를 잡으러 뜰채를 들고 밖으로 나가자 사내가 입을 뗐다.

"내 어릴 적 살던 고향은 강변이어서 봄이면 숭어들이 떼 지어 올라오곤 했지. 제 어미가 알을 슨 곳으로 잊지 않고 올라오는 걸 보면 저것들도 영물이야."

쪽진 머리에 은비녀를 꽂은 노인에게 숨넘어가게 울어 대는 갓난애를 건네는 여자의 환영이 보였다. 사내가 말한 고향은 외가였다. 사내는 어머니가 새로 시집을 가면서 외할머니 손에 자라야 했다. 외할머니가 들일을 하는 동안 송진 타는 소나무 그늘 아래 놓인 빨간 고무 대야 속에서 아이는 매미처럼 울어 댔다. 아이는 자라서 소년이 되었다. 여름날이면 까마득히 멀어 보이는 시커먼 우물물에 비친 제 모습을 보면서 소년은 나 목말라, 하고 소리를 질렀다. 그 소리는 우물 벽을 타고 다시 나 목말라, 하고 메아리쳤다. 겨울날이면 행렬을 이루고 날아가는 청둥오리 떼를 올려다보면서 소년은 나도 데려가 줘, 하고 혼잣말을 하며 발돋움을 했다. 그 소리는 허공에 흩어졌다. 밤마다 낭하에서 떨어지는 꿈을 꿨고, 그런 꿈을 꾸면 키가 큰다는 어른들의 말대로 소년은 악몽을 꾸면서 조금씩 어른이 되었다.

사내는 연거푸 소주잔을 비운 뒤에야 모자를 벗었다. 바투 깎은 머리 한가운데 큼지막한 흉터가 있었다. 언뜻 보기에는 불에 덴 것 같았으나, 유심히 보니 화상 자국은 아니었다. 내 시선이 신경 쓰였는지 사내가 손바닥으로 머리를 쓸었다.

"이거, 자해해서 생긴 흉터야. 감옥에서 목공 일을 하다가 대패로 밀어 버렸어. 그렇게라도 하지 않으면 미칠 것 같더 군. 평생을 감옥에서 썩어야 한다고 생각하니 참을 수가 없 었어. 수시로 불덩이 같은 게 가슴 저 밑바닥에서 올라왔지. 잠도 제대로 잘 수가 없었어. 독수리가 내 심장을 쪼아 먹는 것만 같았지. 그런데 암방暗房을 다녀온 뒤에는 그럭저럭 견 딜 만해지더라고. 이상한 일이지. 빛 한 줌 들지 않는, 사방 이 어둠뿐인 곳에서 손목과 발목이 묶인 채 짐승처럼 밥을 먹고 똥을 싸면서 며칠을 보냈더니 가슴을 짓누르던 압박감 이 사라졌어."

며칠 만에 본 볕이 부셔서 손차양을 하는 사내의 모습이 보인다. 사내는 어둠 속에서 무시로 떠오르는 얼굴에 체머리 를 흔들어야 했다. 자신은 사랑했지만 자신을 버린 사람들. 그러나 눈이 멀 것처럼 쏟아지는 햇빛을 보면서 사내는 그간 자신을 옥죄었던 것이 바로 자신의 마음이었다는 것을 어렴

풋이 깨달았으리라.

사내는 웃음을 지었다.

"무섭지 않아? 살인범하고 술을 마신다는 게."

나는 고개를 가로저은 뒤 사내의 술잔에 소주를 따랐다.

"보기보다 대담하네. 하긴 여기 바닷가까지 흘러 들어왔을 때는 산전수전 다 겪었을 테지."

머쓱했던지 사내가 테이블 위에 놓인 숭어 아가미 쪽으로 손가락을 갖다 댔다. 숭어는 살이 발린 채 입을 벙긋거렸다. 물고기는 통점痛點이 없고 압점壓點만 있다는 어디서 주워들은 애기가 떠올랐다. 나도 언젠가부터 통증을 전혀 느끼지 못했다. 그저 압박감만 느낄 뿐. 심하게 가슴이 짓눌릴 때, 저도 모르게 벙어리의 탄성처럼 깊은 한숨이 터져 나올 때 나는 둘이 되었다. 몸 안의 나와 몸 밖의 나가 분리되었다. 암방 속에서 사지가 묶인 채 이리저리 뒤채던 사내의 모습이 스쳐 갔고, 그러자 숭어를 보고서 제 어미가 알을 슨 곳을 잊지 않고 돌아오는 걸 보면 영물이라던 사내의 말이 떠올랐다. 어쩌면 사람들도 통점 없이 압점만 지니고 사는지도 모르겠다. 하늘과 땅의 틈새, 태어남과 죽음의 틈새, 그 시공간의 틈새가 주는 압박감에서 벗어나기 위해 사람들은 더 멀리 나아가려고 한다. 하지만 아무리 멀리 떠나도 채워지지 않는 게 있다. 때로는 눈물 들 듯 천천히 가슴이 젖기도 하고, 때로는 억새밭에 바람이 불어오듯 이리저리 가슴이 흔들리기도 하는 것.

사내가 내 잔에 술을 따른 뒤 물었다.

"내가 왜 감옥에 가게 됐는지 궁금하지 않아. 누구를 죽였는지."

이미 다 알고 있었지만 그 사실을 말할 수 없었다. 언젠가 손님에게서 죽음을 냄새를 맡은 적이 있었다. 손님이 떠나려고 옷을 챙겨 입을 때 나도 모르게 말이 튀어나왔다. 내 말이면서 내 말이 아닌 말이었다.

"비명횡사하기 싫으면 차를 타지 마."

내 말이 끝나기 무섭게 손님은 욕설을 퍼부었다.

"별 미친년을 다 보겠네."

손님이 떠난 뒤 오래지 않아 포주가 방문을 열고 들어와서 내 뺨을 후려쳤다. 손님이 나가면서 애 단속 똑바로 하라고 일러 주고 간 것이었다. 그 일 이후 나는 누군가의 과거나 미래에 대해 언급하는 것을 삼가게 됐다. 물론 절로 벌어지는 입을 막는 것은 쉬운 일이 아니었다. 나도 모르게 말이 튀어나오려고 할 때 우선 손바닥으로 입을 틀어막았다.

사내의 말에 나는 고개만 끄덕였다. 어차피 사내는 내 대답이야 어쨌든 제 할 말을 할 기세였다.

"내 마누라와 내 마누라와 붙어먹은 내 친구 놈. 이상하지. 안 보려고 했다면 얼마든지 안 볼 수도 있었을 텐데. 기어이 그 현장을 찾아가 칼부림을 했던 걸 보면."

사내가 집에 도착했을 때 친구와 아내는 한 몸이 돼 있었다. 덤프트럭 기사였던 사내는 지방 출장이 잦았다. 며칠 전 출장을 다녀왔을 때 사내는 집에 친구의 야구 모자가 놓여 있는 것을 봤다. 수십 년 동안 동고동락했던 친구였다. 사고가 난 날, 사내는 부산을 향하다 말고 차의 핸들을 꺾었다. 허공 위에 뜬 아내의 두 다리, 그 사이에 깊이 파묻혀 있는 친구의 엉덩이. 그 모습을 보는 순간 사내는 피가 거꾸로 도는 것 같았다. 사내를 먼저 알아본 건 아내였다. 교성을 지르던 입에서는 놀라움과 두려움이 뒤섞인 소리가 새어 나왔다. 뒤를 돌아본 친구는 황급히 몸을 사렸다. 하지만 사내의 동작이 더 빨랐다. 사내는 친구의 등을 노렸다. 칼은 안성맞춤의 칼집을 만난 것처럼 친구의 몸속 깊숙이 파고 들어갔다. 사내는 칼이 잘 빠지지 않아 좌우로 헤집어야 했다. 친구가 고함을 질렀다. 친구의 몸속에서 빠져나온 칼은 다시 친구의 배로 향했다. 칼은 처음보다 수월하게 몸속으로 들어가서 빠져나왔다. 바닥에는 이미 피가 흥건했다. 아내는 벌어진 입을 다물지 못하고 벌거벗은 몸으로 뒷걸음을 쳤다. 사내는 아내의 뒤를 쫓았다. 머리채를 잡아 뒤로 제친 후 핏물이 듣는 칼을 목에다 들이댔다. 칼날을 옆으로 한 뒤 힘차게 그었다. 경동맥에서 피가 솟구쳤고, 사내의 얼굴에 튀었다. 아내는 힘없이 모로 쓰러졌다. 사내는 자신이 언젠가 더듬었던, 그리고 친구가 탐했던 아내의 벌거벗은 몸뚱이를 내려다봤다. 사내는 손에 든 칼로 쉴 새 없이 아내의 몸을 쑤셨다. 가슴 아래에서 사타구니 위까지. 아내를 난자하고 있는 것은 사내이면서 사내가 아니었다. 차의 핸들을 꺾는 순간, 사내는 이미 사내가 아니었다. 그때부터 사내의 몸은 자신의 의지대로 움직일 수 없었다. 누군가의 지시를 받고 있었다. 자신의 몸으로 들어온 누군가 속삭였던 것이다. 저들을 죽여라.

"정신을 차리고 보니 칼을 든 채로 온몸에 피를 뒤집어쓰고 있더군. 담배를 한 대 피우고 파출소로 가서 자수를 했지. 얼굴과 손, 바지와 운동화까지 모두 피투성이인 내 모습을 보더니 경찰들이 놀라더군."

만약 핸들을 돌리지 않고 목적지인 부산으로 향했다면 사내의 삶은 지금과 달랐을 것이다. 길은 사람의 운명을 갈라놓는다. 어머니도 남자를 만나러 가지 않았다면 죽지 않았을 것이다. 남자는 유부남이었다. 어머니는 남자와 정분이 났고, 그러다가 아이를 뱄다. 남자는 어머니에게 낙태할 것을 종용했으나, 어머니는 말을 듣지 않았다. 화가 난 남자는 어머니를 패기 시작했고, 그러다가 살해까지 하게 됐다. 어머니가 죽는 순간 나는 관자놀이가 찢어지는 듯 아파 왔다. 면도날로 살갗을 찌르는 것 같은 통증이었다. 나는 아픔에 못이겨 방바닥에 누워 데굴데굴 굴렀다. 그러다 무엇엔가 홀린 것처럼 신전으로 향했다. 신전에 놓여 있던 시루떡과 옥춘과 홍옥. 나는 옥춘에 붙은 먼지를 털어 낸 후 입에 넣었다. 입안 가득 단맛이 돌았다. 벽 한 귀퉁이에 걸려 있던 알록달록한 무녀복이 눈에 들어왔다. 춤춰 본 지 오래여서 어깨를 축 늘어뜨리고 있는 무녀복.

 죽을지도 모르는데 굳이 길을 나선 어머니의 마음을 이제는 조금은 알 것 같다. 열아홉 살 때 나는 고속도로의 휴게소에 서 있었다. 오징어와 호두과자 같은 주전부리를 들고서였다. 휴게소에 버스가 멎으면 나는 차에 들어가 물건을 팔았다. 그때 뒷좌석에 앉아 있던 남자가 나를 불렀다. 과자 한 봉지를 들더니 물었다.

 "오늘 나와 보내지 않겠어. 일당을 쳐 줄 테니."

 갓 스물을 넘긴 아직 앳된 낯이었다. 멋을 내어 뒤로 넘긴 머리가 반질반질했다. 반듯하게 넓은 이마와 휘어진 얇은 입술이 눈에 들어왔다. 연신 다리를 떨어서 허리가 들어갈 정도로 통이 넓은 바지가 춤을 추듯 흔들렸다. 남자가 말을 걸 때 눈앞에 영상이 스쳐 갔다.

남자가 웃으며 돈을 세고 있다. 그 돈을 들고서 노름판으로 간다. 밤새 화투짝을 쥐었다 폈다 하며 돈을 모두 날린다. 이른 새벽 사이다 한 컵을 마시고 빈손으로 돌아선다. 어두운 골목, 남자가 휘파람을 불면서 걸어간다.

나는 남자의 속셈을 알 수 있었다. 하지만 나는 뜻밖의 답을 하고 있었다.

"좋아요. 하지만 일당은 필요 없어요."

남자와 나는 꼭 1주일을 보냈다. 밤낮없이 뼈가 으스러질 정도로 서로 몸을 탐했다. 먹고 그 짓 하기에도 바쁜 시간이었다. 뭘 알아서 그런 것은 아니었다. 색정에 눈을 뜨기에도 어린 나이였다. 그저 사람의 체온이 그리웠다고 해야 할까? 더운 숨을 내쉬는 누군가가 내 옆에 있다는 것이. 헤어지던 날, 남자는 서울에 볼일이 있으니 같이 가자고 했다. 나는 남자의 가슴에 얼굴을 묻고 오랫동안 남자의 체취를 느꼈다. 남자는 버스에서 내내 잠을 잤다. 나는 잠이 오지 않았지만 남자의 어깨에 머리를 기댄 채 눈을 감고 있었다. 터미널 인근 다방에서 남자는 중년의 여자를 만났다. 여자는 연신 힐끗힐끗 나를 쳐다봤다. 다방을 나와서 남자는 말했다. 내가 잘 아는 누나인데. 잠시 누나 일 좀 도와주고 있어. 곧 데리러 올 테니까. 머지않아 다시 볼 거야. 나는 남자를 다시는 볼 수 없다는 것을 알고 있었다. 왜였을까? 그렇게 될 줄 알면서도 남자를 따라간 이유는. 아마도 외로움 때문이었을 것이다. 다시 혼자 남게 될 것을 알기에 나는 머지않아 다시 볼 거야, 라는 남자의 말이 가슴 아팠다.

사내는 창밖을 보고 있었다. 진눈깨비도 멎은 지 오래였다. 술집에 내려왔을 때만 해도 훤히 몸을 드러내고 있던 너른 갯벌이 물에 잠겨 보이지 않았다. 배가 빠져나가면서 갯벌 위에 남긴 칼로 그은 것 같은 자국도 찾을 수 없었다. 다만 흥건히 차오른 물 위로 잉걸불처럼 저녁놀이 타고 있었다. 생각해 보니 정월 보름이 눈앞이었다. 지구와 달이 가장 가까운 때, 대지와 바다가 서로 경계를 지우고 한 몸이 되는 만조滿潮. 황혼 때문인지 부서지는 파도가 더욱 희게 보였다. 저녁놀은 낭자한 피처럼 붉었고, 힘차게 내달려 와 잘게 부서지는 물거품들은 깨진 유리 조각 같았다. 조금 전까지만 해도 검푸른 바다였다. 소주잔을 기울이는 사이 불바다가 된 것이었다. 마지막 잔을 입에 털어 넣고 사내는 모자를 쓰면서 말했다.

"바다를 가까이에서 보고 싶은데, 갯벌이 있는 데까지 같이 가 보지 않겠어?"

가게를 나오자마자 나는 사내의 팔에 팔짱을 꼈다. 그냥 그러고 싶었다. 사내는 무연히 나를 쳐다보더니 걸음을 뗐다. 우리는 말없이 바닷가로 향했다. 걷는 내내 뽀드득, 눈길을 밟는 소리가 났다. 눈앞에 파도가 부서지는 게 보이는 자리까지 와서 뒤돌아보니 눈길 위에 우리가 걸어온 발자국이 삐뚤삐뚤하게 이어져 있었다. 사내는 술에 취했는지 연방 손바닥으로 얼굴을 쓸었다.

"독방에 있을 때 이런 놀이를 했어. 내가 내 이름을 부르는 거야. 그리고 내가 답하는 거지. 그러면 정말로 내가 둘이 된 것 같은 착각이 들어. 그러나 그 둘은 이내 하나가 되지. 묻는 소리도, 답하는 소리도 결국 메아리가 되어 돌아올 뿐이니까."

사내의 말에 나도 모르게 뜻하지 않은 말을 하고 말았다.

"저도 그럴 때가 있어요. 내가 둘이 된 것 같을 때가."

사내가 놀란 얼굴로 나를 봤다. 깊어지는 어둠 때문에 더욱 빛을 발하던 사내의 눈동자가 정처 없이 흔들리고 있었다.

"우리 잠시 앉았다 갈까?"

사내는 말이 끝나자마자 선착장 앞에 자리를 잡고 앉았다. 나는 그 옆에 앉았다. 사내가 먼바다 끝을 바라보면서 입을 뗐다. 말을 꺼낼 때부터 사내의 음성은 미세하게 떨리고 있었다.

"어머니가 마지막으로 면회를 왔을 때 말이야. 먼 길 오신 걸 생각해서 나가기는 했는데 유리벽을 두고 멀뚱멀뚱 어머니를 바라보자니 마음이 안 좋더군. 할 말도 없고 해서 그저 빨리 면회 시간이 끝나기만 기다리고 있는데, 어머니가 이런 말을 하는 거야. 아가, 네가 이렇게 갇혀 있는 게 다 내 탓인 것만 같다. 이 에미가 말도 배우지 못한 것을 어둔 방에 가둬 놨으니……."

사내가 무슨 말을 하려는지 알고 있었다. 눈앞에 환영이 스쳐 갔다.

방 안 문풍지 앞에 갓난애가 누워 잠들어 있다. 아이는 눈이 부어 있다. 저녁이 오면서 함께 데리고 온 노을빛이 아이가 손가락으로 뚫어 놓은 문풍지 구멍 사이로 스미어 들어온다. 여자가 황급히 문을 열고 들어와 가슴을 푼다. 인기척에 놀라 아이가 잠을 깬다. 여자는 퉁퉁 불어 핏줄이 선 젖을 물리지만 아이는 갈라진 목소리로 울음을 토한다. 눈에서 흘러내린 눈물이 여자의 광대뼈를 타고 떨어져 아이의 얼굴에 닿는다. 여자의 눈물과 아이의 눈물이 뒤범벅된다.

사내의 어머니는 사내가 백일이 지났을 무렵 아버지를 잃었다. 한동안 사내의 어머니는 슬픔에 젖어 지냈다. 그러다 며칠 후 쌀독에 쌀이 떨어진 사실을 알았다. 다행히 지인의 소개로 허드렛일을 하게 됐다. 아침에 일어나면 젖에서 젖이 뚝뚝 떨어지곤 했다. 일을 나가면서 바깥 문고리에 수저를 찔러 놓곤 했는데, 퇴근할 때까지 그 수저만 눈앞에 아른거렸다. 집에 들어서면 아이는 눈이 부은 채 잠이 들어 있었다. 젖을 물려도 아이는 젖을 물지 않고 하도 울어서 쉰 목소리로 다시 울기만 했다. 그렇게 땅거미가 지는 사이 어머니도 아이를 부둥켜안고 울어야 했다.

어느새 사내는 고개를 숙이고 있었다. 나는 사내의 앞으로 가서 섰다. 그리고 사내의 어깨를 감싸 안았다. 어머니가 집을 나서기 전에 했던 말이 떠올랐다. 제 혼이 빠져나가 제 몸에 들었으니……. 살면서 시시때때로 열병을 앓듯이 이 명이 들려왔다. 갓난애의 울음소리였다. 울다가, 울다가 지쳐서 숨이 넘어갈 것 같은 소리. 어머니는 당최 신통치 않은 무당이었다. 그러다 보니 찾아오는 손님도 많지 않았다. 그러던 중 다른 무당에게 동자 신이 붙으면 춘삼월 꽃맞이굿에 나선 처녀 무당처럼 신명이 돋는다는 말을 들었다. 그 말이

방울 소리처럼 어머니의 귀에서 떠나지 않았다. 어찌어찌하여 갓난애를 얻었다. 며칠간 뒤채다가 어머니는 아랫입술을 깨물며 결심했다. 독 속에 갓난애를 넣었다. 아이는 독 속에 갇혀 울고 자기를 반복했다. 독 안에는 미리 소금을 넣어 놨다. 아이는 눈물을 한 됫박 쏟고, 소금 먹어 가뭄 들어 갈라진 논바닥 같은 입술로 마지막 울음을, 소리도 나지 않는 울음을 간신히 토했다. 마음이 모질지 못했던 어머니는 아이를 독 안에서 꺼내어 물을 먹였다. 어머니의 마지막 뒷모습을 보는 순간 예전의 일들이 눈앞에 펼쳐졌다. 제 혼이 빠져나가서 제 몸에 들어왔으니……. 어머니의 말을 되새기다 보니 사내가 마치 내 혼이라도 된 것처럼 느껴졌다. 내가 사내를 끌어안자 사내도 드세게 나를 껴안았다. 그렁그렁 차오른 만조의 바닷물 위에 몇 척의 배들이 흔들리고 있었다. 물이 출렁일 때마다 선착장에 묶인 배들이 선체가 부딪치면서 소리를 냈다.

더는 아무것도 보이지 않는다. 아득한 소실점이 되어 사라져 갈 때까지 사내의 뒷모습을 바라봤다. 새벽녘 잠이 깨자 사내는 이런 말을 했다.

"방에서 들은 말이야. 옛날에 한 처녀가 총각을 좋아했는데, 집에서 총각과 혼인하는 것을 반대했대. 처녀는 상사병에 걸려 눕고 낙심한 총각은 배를 타고 먼 곳으로 떠날 채비를 했지. 그런데 뜻밖에도 나루터에서 처녀를 만난 거야. 그래서 둘은 다른 고장에 가서 아이 둘을 낳고 살았어. 그렇게 오 년이 흐른 뒤 처녀는 친정집에 갔는데 아버지가 딸을 보더니 소스라치게 놀라더라는 거야. 딸이 여전히 병상에 누워 있었기 때문이지. 아버지의 말을 듣고서 딸도 놀랐지. 처녀는 몸져누운 또 다른 자신을 보러 갔지. 그때 누워 있던 처녀가 일어나 처녀의 몸속으로 들어왔다는 거야."

사내는 다시 교도소의 높고 긴 벽에 갇힐 것이다. 사내가 사라진 자리 끝에서 갈매기 한 마리가 날아온다. 이 바닷가로 숨어들 때 갈매기는 나를 쫓아왔다. 갈매기는 남은 것이라곤 평생 못 갚을 빚더미와 가방 속 속옷 몇 장밖에 없는 나를 놀려 대는 것만 같았다. 갈매기의 울음소리를 들으면서 그때 나는 혼잣말을 했다. 뱃놈들의 억센 팔뚝에 안기면 그뿐. 이제는 더 팔려 갈 곳도 없으니 차라리 잘됐지. 창문을 닫는다. 그리고 사내가 독방에서 했다는 혼잣말 놀이를 시작한다. 가을아. 그래. 가을아. 고개를 끄덕이면서 희미하게 웃는다.

작가의 말

 직지천의 얼음이 다 녹지 않았을 무렵, 새벽에 노스님에게서 걸려 온 전화를 받았다.
 "배가 아파서 밤새 한 숨도 못 잤다. 네가 입원 수속을 밟아 줬으면 고맙겠다."

 처자식이 없는 노스님에게는 병원에 함께 갈 사람이 나밖에 없는 모양이었다. 노스님은 맹장이 터져 배 안에 염증이 번진 상태였다. 비교적 수술 경과는 좋은 편이었으나, 평소 당뇨병을 앓고 있었던 터라 스님은 장기 입원을 해야 했다.

 그러는 사이 직지천의 얼음은 녹아서 막힌 데 없이 아래로 흘러갔고, 황악산의 수목들은 '조카딸년들이나 그 조카딸년들의 친구들의 웃음판과도 같은' 꽃숭어리들을 온몸에 주렁주렁 달았다. 그 수목마다 검은 새, 흰 새들이 날아와서 있는 목청껏 합창하고, 그 수목의 꽃숭어리에는 꽃과 나비들은 있는 힘껏 군무群舞를 췄다.

 노스님은 퇴원 전날에도 내게 연락했다. 이튿날, 퇴원 수속을 마치고 주석하는 사찰로 모셔다드리자 스님은 나를 다실茶室로 안내했다. 스님과 나는 좌탁坐卓 찻상에 마주 앉았고, 스님은 물을 끓였다. 다도茶道에 따라 차를 우리고 찻잔을 데우고 찻잔에 차를 따르느라 스님의 두 손이 바빴다. 첫 찻잔을 마신 뒤 스님은 마당이 훤히 들여다보이는 드넓은 유리창으로 시선을 옮겼다. 그리고 혼잣말처럼 "시발, 목련이 다 폈네."라고 읊조렸다. 시발이라는 표현은 무심코 내뱉은 일종의 추임새 같은 것이었는데, 이 표현으로 인해 스님의 말은 외려 선적禪的인 기지奇智를 획득하는 듯싶었다. 스님의 말에 나도 따라서 유리창 너머 마당에 핀 목련을 보았다. 햇빛을 받은 채 피어 있는 목련은 실컷 울면서 마음속의 설움도 남김없이 다 토하고 나서 살포시 웃는 어린애와 같았다. 더는 슬플 것도, 속상할 것도, 서러울 것도, 외로울 것도, 억울할 것도, 수치스러울 것도 없다는 듯 맑게 피어 있는 목련을 보고 있으려니 나는 오래전 옛일이 떠올랐다.

　잔병치레가 잦았던 아홉 살의 나는 등교하다가 아프면 곧잘 길바닥에 앉아 쉬곤 했다. 그날은 아침에 미역국을 먹고서 체했는지 속이 메슥거려서 가다 쉬길 반복했다. 때마침 내리던 빗방울이 굵어져서 한 양옥의 대문 앞 처마 아래 다리를 뻗고 쉬어야 했다. 그런데 쓰레기를 버리려고 나왔던 아주머니가 나를 보고서는 인상을 찡그리더니 "왜 남의 집 앞에서 앉아 있느냐?"고 나무랐다. 아주머니의 타박은 제법 길게 이어졌고 참다못한 나는 이렇게 말했다.
　"시발, 아프다고."
　아주머니는 놀란 표정을 짓더니 대문을 쾅, 닫고 제집으로 들어갔고, 나는 그 대문 앞에 전날 먹은 음식까지 모두 게워 낸 뒤에야 일어섰다. 그리고 내가 학교로 갔는지, 아니면 아무도 없는 가난의 땟물에 찌든 움막 같은 집으로 돌아왔는지는 기억이 나지 않는다. 다만, 그 집의 담 너머 뻗어 있는 나뭇가지의 목련만이 기억나는데, 비를 맞고 피어 있는 목련은 아프고 서러운 내 심사를 그대로 대변해 주고 있었다.

잘 우러난 세작을 마시면서 나는 화두는 긴가민가하는 순간 이미 분별심의 덫에 빠진다는 것을 잘 알면서도 어릴 적 봤던 목련과 지금 보고 있는 목련이 같은 것인지, 다른 것인지 생각하지 않을 수 없었다. 목련이 아픔과 설움을 맑게 씻고서 환한 웃음으로 피기까지는 40여 년의 세월이 걸렸다는 것을 깨달았고, "내가 30년 전 참선하기 전에는 산을 보면 산이었고 물을 보면 물이었다. 그런데 나중에 훌륭한 스승을 만나 깨침에 들고 보니 산을 보아도 산이 아니었고 물을 보아도 물이 아니었다. 그러다가 이제 정말 깨침을 이루고 보니 전과 같이 산은 그대로 산이었고 물은 그대로 물이었다(老僧三十年前 未參禪時 見山是山 見水是水 乃至後來 親見知識 有入處 見山不是山 見水不是水 而今得箇休歇處 依前 見山祇是山 見水祇是水)"라는 청원靑原 선사의 가르침이 떠올랐다.

만약 미당未堂의 시나 동리東里의 소설을 접하지 않았다면 나는 여전히 아픈 몸과 설운 마음으로 살고 있을지도 모르겠다.
 내게 문학은 찢기고 헤진 넋을 달래서 원한조차 맑게 씻어 주는 진오귀 굿판의 만신이었고, 맑은 물속에 온몸을 적심으로써 구원의 길에 들게 하는 침례浸禮 의식의 성령이었고, 밤하늘에 뜬 달을 통해 태고太古의 빛깔을 보여 주고 대숲 아래 불어오는 바람을 통해 태고의 소리를 들려주는 직지인심直指人心의 선지식이었다.

 한 권으로 묶느라 그간 써 온 것들을 살펴보니 살림살이가 빈궁하기 짝이 없다. 하지만 어쩌랴? 못나나마 이미 목련은 피었는 걸.

해설

인연의 사슬에 묶여
몸부림치는 사람들의 이야기

이승하(문학평론가, 중앙대 교수)

 2023년이 되면 세상이 달라질 거라며 희망적인 생각을 한 사람은 많지 않을 것이다. 코로나19 바이러스의 기세가 꺾이지 않고 있는데 남극과 북극의 빙하는 하염없이 녹아내리고 있다. 웬 압수수색은 이렇게 잦은지, 법조인들이 살판난 세상은 결코 바람직한 세상이 아닐 터이다. 공공요금과 물가는 치솟고 있는데 하늘은 뿌옇다. 남쪽의 내우內憂를 보고 북한의 지도자가 먼 나라의 전쟁을 흉내 내지 않을까 염려스럽다. 이런 어지러운 시국에 해설자는 유응오 작가의 단편소설 9편에 푹 빠져서 며칠 동안 꿈같은 여행을 했다.

소설가 유응오는 대학 시절에 3대 대학문학상, 즉 중앙대 의혈창작문학상, 숙명여대 범대학문학상, 영남대 천마문화상에서 시가 당선된 예비 시인이었다. 그런 그가 서사에 대한 갈망이 컸는지 2001년에 불교신문 신춘문예에, 2007년 한국일보 신춘문예에 단편소설이 당선되어 등단하였다. 소설집 나올 때가 되었는데…… 하고 생각하고 있던 터에 책이 나왔으니 장편소설 『하루코의 봄』이었다. 2017년 실천문학사를 통해서였다. 세월은 덧없이 흘러 소설로 등단한 지 어언 22년이 되었다. 소설가를 직업으로 삼을 수 없는 세상이다. 주간불교신문사에 취업한 뒤 그는 계속해서 불교계에서 몸담고서 생업을 영위했다. 그래서 스님들의 출가기와 구도기 같은 것을 다수 책으로 묶어 냈다. 기자 정신을 발휘하여 『10·27법난의 진실』 같은 책을 펴내기도 했고, 비승비속의 마음으로 영화관에 다니면서 『영화, 불교와 만나다』 같은 책을 쓰기도 했다. 이래선 안 되겠다고 뒤늦게 정신을 차리고서 여기저기 발표했던 소설을 찾아내 모아 보니 십수 편, 그중에서 골라낸 것이 이번에 묶고자 하는 소설집 『검은 입 흰 귀』이다.

먼저 「하나인가? 둘인가?」는 아내와, 아내와 사통한 친구를 현장에서 살해한 죄로 옥살이를 하게 된 사내가 모친상을 당해 귀휴歸休를 가서 겪는 일이 소설의 기둥 줄거리다. 이럴 경우에는 대체로 교도관이 동행하는데, 이 소설에서는 혼자 장례식장에 갔다 온다. 종합병원의 장례식장에서 사내를 맞은 이들은 "갓난애였던 사내를 버리고 어머니가 재가해서 낳은 동생들이었고, 피 한 방울 안 섞인 전처소생의 누나들"이었다. 사내는 어머니 영정을 모신 곳으로 가서 향을 피워 사르고 절을 올린 뒤 어쩔 줄 몰라 하는 배다른 동생들과는 맞절을 한다. 그리고는 황급히 장례식장을 빠져나온다.

이 소설에서 가장 비중 있게 다뤄지는 인물은 이 사내가 아니라 사내를 손님으로 맞이하는 유곽의 여성이다. 기구한 운명은 사내에게만 덮친 것이 아니다. 창녀의 이름은 가을이요 그녀의 어머니는 무녀였다. 강신무와 세습무는 많이 다른데, 가을은 신이 내린 강신무여서 그런지 어머니 이상의 무당기가 있다. 그래서 딸은 어머니에게 이런 말을 한다. "대문 밖을 나서면 횡액이 기다리고 있다.", "쯧쯧, 사방팔방이 모두 막혔다. 독 안에 든 쥐로다. 모녀지간 인연도 이제 끝을 볼 차례이니 굳이 붙잡지는 않겠다. 가고 싶거든 가거라."라고.

어머니를 죽인 사람은 유부남이었다. 가을의 어머니가 아이를 배자 남자는 낙태를 종용한다. 어머니는 말을 듣지 않고 아이를 낳으려고 하자 화가 난 남자는 어머니를 때리기 시작한다. 살해까지 하기에 이른다. 죽일 생각은 없었을 테지만 결과는 살인이었다. 생모가 눈앞에서 사라진 세상에서 가을은 살아갈 길이 막막했다. 일찍부터 산전수전을 다 겪은 뒤에 그만 전락하여 유곽으로 흘러든다.

그렇게 만난 사내와 가을은 바닷가에서 저녁과 밤을 같이 보낸다. 상처투성이의 두 사람이 하룻밤에 만리장성을 쌓는 것이 이 소설의 핵심이다. 상처받은 사람이기에 상처받은 사람의 아픔을 아는 법이다. 그래서 동병상련이라는 말이 있는 것일 테고.

어느새 사내는 고개를 숙이고 있었다. 나는 사내의 앞으로 가서 섰다. 그리고 사내의 어깨를 감싸 안았다. 어머니가 집을 나서기 전에 했던 말이 떠올랐다. 제 혼이 빠져나가 제 몸에 들었으니······. (중략) 어머니의 말을 되새기다 보니 사내가 마치 내 혼이라도 된 것처럼 느껴졌다. 내가 사내를 끌어안자 사내도 드세게 나를 껴안았다. 그렁그렁 차오른 만조의 바닷물 위에 몇 척의 배들이 흔들리고 있었다. 물이 출렁일 때마다 선착장에 묶인 배들이 선체가 부딪치면서 소리를 냈다.

단 몇 시간이었지만 두 사람은 육체의 결합과 함께 정신적으로도 교감하는 사이가 된다. 사내는 처용 설화를 몰랐던 것이리라. 사련邪戀의 장면을 보고 덩실덩실 춤을 춘 처용 이야기를 알았더라면 좋았을 것을. 경찰을 찾아가 자수했기에 정상참작이 되었을까. 그래도 사내는 출소할 무렵이면 호호백발이 되어 있을 것이다. 가을도 사랑한 사람이 있었다. 꼭 1주일, 밤낮없이 뼈가 으스러질 정도로 서로 몸을 탐했지만 노름꾼인 젊은 그는 창녀를 한때의 애인으로 삼았을 따름이다.

처음으로 마음이 통한 사내를 가을은 날이 밝으면 보내야 한다. 청춘이 가 버린 남자는 감옥으로, 여자는 유곽으로 다시 가야 한다. 두 사람에게 남은 인생이란 그리 길지도 않겠지만 백석의 시 구절처럼 가난하고 외롭고 쓸쓸할 것이다.

이 소설의 제목은 '하나인가? 둘인가?'이고 부제가 '천녀이혼倩女離魂'이다. '倩'은 예쁠 천이다. 예쁜 여자의 몸이 혼과 분리된다? 이탈한다? 소설의 첫 대목이 암시하는 바, 인간의 영과 육은 죽어서야 분리되는 것인지 모른다.

미명이다. 빛과 어둠이 공존하는 시간, 어미의 배꼽처럼 큼지막

한 것부터 큰아이의 보조개 같은 것, 작은아이의 손톱자국 같은 조막손이 별자리까지 모두 스러지고 나면, 바다의 끝에 뜨거운 불덩이 하나가 세상을 붉게 물들이며 올라올 것이다. 사위는 물안개 오르는 새벽 바다의 풍경처럼 온통 희부옇다. 보이는 모든 것들이 가면을 쓰고 있는 것만 같다. 나는 사지 굳은 시체처럼 반듯이 누워 있다. 어둠이 물러가면서 남긴 한기가 뼛속 깊이 파고든다. 누군가 나를 내려다보고 있는 게 느껴진다. 또 다른 나이다. 육신 밖으로 빠져나간 내 영혼이 자기가 깃들어 살던 거푸집을 보고 있는 것이다.

이와 같이 시적인 문장으로 소설은 시작하지만 실제의 시작은 서정주의 신춘문예 당선작 「벽」의 일부이다. "덧없이 바라보던 벽에 지치어/ 불과 시계를 나란히 죽이고// 어제도 내일도 오늘도 아닌// 꺼져 드는 어둠 속 반딧불처럼 까물거려"를 인용하면서 시작되는 소설은 영과 육의 분리를 제목으로 삼았다. 시간의 일치, 공간의 일치, 사건의 일치를 꾀해야 한다는 서구 고전주의의 3일치와는 아무 상관이 없다. 남녀가 참으로 큰 기쁨으로 한 몸이 된 것도 한순간, 그들은 다시 만날 수 없는 남남이 된다. 인생이란 누구에게나 다 1회요 한 순간이요 일장춘몽인 것을.

유응오 작가는 김동리의 「무녀도」「역마」「까치 소리」를 읽었을 것이다. 작가의 말에서 "만약 미당의 시나 동리의 소설을 접하지 않았다면 나는 여전히 아픈 몸과 설운 마음으로 살고 있을지도 모르겠다"고 한 이유가 여기에 있지 않을까. 「하나인가? 둘인가?」와 이 세 편의 소설과 묘하게도 일맥상통하는 부분이 있다. 운명론과 인연설, 그리고 무속적인 분위기가 짙은 소설은 이 한 편만이 아니다. 유응오의 소설은 불교의 교리 중에서도 인연에 대해서 계속 쓰고 있다. 이 두 사람에게 이 뜨거운 하룻밤이 인연의 전부일까. 그렇지 않으면 영원한 이별을 위해 기막힌 인연을 맺은 것일까.

「검은 입 흰 귀」는 보육원에서 함께 사란 '검은 입'(벙어리 소년)과 '흰 귀'(귀머거리 소녀)의 성장을 그린 일종의 성장소설이다. 소년원에서 만난 육손이 형제한테 소매치기 수법을 배운 이들은 어른이 되어서도 소매치기를 하면서 살아가는 신세가 된다. 네 사람은 부지런히(?) 도둑질을 하지만 일확천금도 아니요 생계가 되기는 어려웠다. 그래서 조직폭력배 두목인 '빠른 손'의 보호와 비호 아래 살아가게 된다. 네 사람은 일생일대의 모험을 하는데, 빠른 손의 돈가방을 바꿔치기해 다른 도시로 튀는 것이었다. 작전은 성공하지만 마작판에서 돈을 흥청망청 쓰던 흰 귀가 빠른 손의 부하가 도박장의 주인인 것을 몰랐던 것이 문제였다. 빠른 손이 부하들과 이들을 덮쳤을 때 검은 입은 흰 귀를 달아나게 해 주고 대신 체포된다.

흰 귀가 검은 입을 면회 가는 것으로 소설은 끝난다. 「검은 입 흰 귀」는 서두에 아담과 하와의 낙원 추방을 묘사한 16세기 목판화를 게재해서인지 기독교적 상상력에 의한 알레고리 소설로 읽힌다. 벙어리인 검은 입과 귀머거리인 흰 귀가 나누는 대화는 현실에서는 불가능한 '아담의 언어'라고 할 수 있다. 그런데 발터 벤야민이 역설한 '아담의 언어'는 선종禪宗에서 강조하는 이심전심以心傳心의 말후구末後句와 다르지 않을 것이다. 부처가 꽃을 들자 마하가섭 존자만이 슬며시 웃은 염화미소拈華微笑의 일화에서 알 수 있듯이 선적 언어는 벙어리와 귀머거리가 나누는 성전일구聲前一句의 대화라고 할 수 있다.

창녀들의 엄마, 즉 여자 포주를 화자로 삼은 「선홍빛 나무 도마」도 인상적인 작품이다. 애당초 미군 보병 사단의 헌병대가 있던 이곳으로부터 미군이 물러가자 고객이 한국군으로 바뀐다. 군인들은 욕정을 채우고자 유곽으로 왔고 나는 '딸년들'을 데리고 장사를 한다. 또한 그녀들을 돌보는 어미 노릇도 해야만 한다. 목구멍이 포도청이라고, 군인들 포켓의 돈을 노려 가게를 운영하였만 유곽의 포주가 떳떳한 직업일

수는 없다.

　나는 출산을 한 계집애에게는 가물치를 끓여 주고, 낙태를 한 계집애에게는 소고기를 넣은 미역국을 끓여 줬다. 미역국은 계절마다 끓이지만, 가물치를 끓여 준 것은 손에 꼽을 만큼 적었다. 언젠가는 딸년 둘이 낙태 수술을 해서 미역국을 한 솥 끓인 적이 있었다. 밥상을 받자 한 년은 수저를 들지 못하고 국그릇에 눈물을 떨어뜨렸지만, 다른 한 년은 허겁지겁 국에 밥을 말아 먹었다. 제 신세가 처량해서 우는 년이나 그럴수록 더 마음을 다잡고 살아야 한다고 밥을 먹는 년이나 배 아래를 손바닥으로 쓰다듬었다. 딸년들의 자궁은 새 생명을 잉태한 공간이기도 하지만 그 새 생명이 세상의 빛을 보기도 전에 죽인 공간이기도 했다. 그래서 딸년들은 새 생명을 낳은 뒤가 아니라 죽인 뒤에 미역국을 받았다. 딸년들에게 생명은 축복이 아니라 저주였다.

　낙태는 여기서 잦은 일이어서 계절마다 미역국을 끓였지만 출산까지 한 경우는 손에 꼽을 만큼 적었다. 그래도 가물치를 사 와서 직접 도마질을 해서 먹이는 이유는 딸년들과의 끈끈한 정 때문이었다. 비록 동두천의 포주로 연명하고 있지만 해마다 초파일에는 연등을 달았고 우란분盂蘭盆절에는 죽은 이 영혼의 극락왕생을 빌면서 영가등靈駕燈을 달기도 한다. 포주와 창녀의 만남도 인연이라면 인연인 것이다.

오랫동안 시를 써서 그런지 유응오의 소설은 함축적인 문장이 많다. 아주 사실적이면서도 시적인 문장이라서 자꾸만 음미하게 된다. 즉, 소설을 읽는 속도가 빠를 수 없다. 시를 계속 썼더라도 아주 뛰어난 시인이 되었을 터인데, 재능이 아깝다. 아무튼 가물치를 잡는 장면 묘사가 다음과 같이 시적이면서도 치밀하다. 서정적이면서도 서사적이다. 사실적이면서도 상징적이다. 이런 탄력 있는 문장은 자주 대할 수 있는 게 아니다.

가물치의 대가리 아래를 움켜쥔 뒤 나무도마 위에 올렸다. 곤추 세운 대가리가 발기한 성기 같았다. 게다가 미끌미끌한 점액이 묻어 있어 손아귀에 전해지는 느낌이 성기를 움켜쥔 것만 같았다. 살기 위해서 가물치는 더 많은 점액을 내뿜고 있었다. 살고 싶겠지, 혼잣말을 중얼거리면서 손에 힘을 줘 가물치의 배가 보이도록 했다. 꼬리 부분이 나무도마에 부딪히면서 둔탁한 소리가 울려 퍼졌다. 손아귀에 더욱 힘을 주면서 다른 한 손으로는 칼을 들었다. 벼린 칼끝으로 단번에 배를 갈랐다. 시커멓고 길쭉한 구멍이 생기고 그 구멍 사이로 내장이 쏟아졌다. 칼등으로 내장을 싱크대 수챗구멍으로 밀어 버렸다. 피비린내가 코끝을 찔렀다. 가물치의 움직임이 둔해지는 게 느껴졌다. 다시 칼을 들어서 아가미부터 꼬리까지 균일하게 갈랐다. 구멍 사이로 등뼈에 묻은 선홍빛 피가 보였다. 천천히 등뼈에 고인 핏물을 걷어 낼 때까지 가물치의 아가미가 펄떡였다.

이런 대목은 행을 나누고 연을 나누면 시가 될 것이다. 아니, 소설이 아니라 산문시다. 때로는 샤프하고 때로는 터프한 유응오의 문장은 국내 소설가들 중에서는 닮은 사람이 없고, 미국의 헤밍웨이나 존 스타인벡의 중간, 일본의 시가 나오야와 아쿠타가와 류노스케의 중간쯤 되는 것 같다.

몸이 재산인 두 명 여성의 인생행로가 완전히 다르다. 여성의 행복과 불행이 남성에 의해 좌우되는 사실이 안타깝지만 말이다. 숙이는 군인 동혁과 연애를 했고 아기를 가진다. 동혁은 제대하자마자 숙이를 산부인과에 데리고 가 아이를 출산하고선 방을 구한 뒤에 모자를 데리러 온다. 하지만 가을이의 몸을 탐한 헌병은 책임질 생각이 없는 무정한 사내였다. 가을이는 아이를 지우고 온 뒤에 화자가 끓여 준 미역국을 먹다가 말고 주르륵 눈물을 흘린다. 말없이 가을이의 어깨를 쓰다듬자 가을이는 눈물을 훔치고 국에 밥을 말아 먹는

다. 소설의 후반부에는 이곳에 와서 이런 직업을 갖게 된 화자의 사연이 펼쳐지는데, 운명의 신의 장난 같은 기막힌 사연이다. 자기 자신도 모르는 사이에 배 속의 아기가 지워진 사연이 펼쳐진다.

손바닥으로 배를 만졌다. 배가 움푹 꺼져 있었고, 손바닥으로 전해지던 아이의 움직임도 느낄 수 없었다. 당숙모는 미역국을 끓인 밥상에 들고 와서 내 눈치를 살폈다.
"어떻게 된 거예요?"
"잊어라. 다 잊어라."
"뭘 잊으라는 말예요. 배 속의 우리 아이는 어떻게 된 거예요."
"어젯밤에 뗐다. 간호원을 시켜서 전신마취를 하고 너 정신 잃은 사이에 말끔하게 뗐다."
가슴이 벌렁거리고 눈시울이 뜨거워서 나는 차마 말을 이을 수 없었다.
"그 아이는, 우리 아이예요. 그 사람이, 나오면, 가장 먼저 찾을, 우리 아이예요."

더 많이 인용하거나 자세하게 이야기하면 독자들의 소설 읽을 흥미를 반감시킬 테니 이 정도에서 멈추기로 하자. 이 소설도 불교의 인연설에 대한 작가의 탐구가 아닐까. 만남과 헤어짐이, 탄생과 죽음이, 죄다 인연인 것을.

'명정'이라는 이름의 스님 일대기를 그린 소설 「금어록」은 모델이 있는 것도 같다. 1931년생이라고 출생 연도까지 밝혔기 때문이다. 명정은 딱 한 번 파계를 한다. 은사恩師의 친척이자 화주 보살의 딸인 명주를 사찰 행사 때마다 보면서 둘은 친해진다. 어릴 때부터 살갑게 지낸 친구인 명주가 "가슴께가 봉긋 솟은, 하여 가슴이 이제 막 영근 꽃봉오리처럼 보이는 명주"가 뛰어오는 것을 보고 십 대 말의 명정이 명정明靜의 마음을 유지했다면 그것은 거짓말이다. 1950년 6월 25일에 한국전쟁이 일어난다. 사흘 만에 서울이 공산 치하가 되고 많은 사람들이 피난을 가고 서울이 9월 28일에 수복되고, 중공군의 남침으로 1월 4일에 전면 후퇴가 이뤄지고……. 그 와중에 두 사람은 한 사람이 된다.

"놀랍지 않아요? 벚꽃 아래 이렇게 살아 있다는 게."

명정이 듣기에 뜻 모를 말이었다. 이미 벚꽃이 진 지 오래였다. 여름도 다 가고 있었다. 머지않아서 단풍 물이 내려올 텐데 난데없이 벚꽃 타령이란 말인가? 명주가 명정의 속내를 훤히 꿰뚫어 보는지 말을 이었다.

"하이쿠예요. 일본의 이싸가 지은."

그만 가 봐야겠다며 명주가 자리에서 일어났다. 명정은 명주를 배웅하기 위해 마당으로 나갔다. 앞서 걷던 명주가 문득 뒤돌아보더니 잠긴 목소리로 말했다.

"피난을 내려갈 때가 엊그제 같은데 벌써 가을이라니…… 스님, 올봄에는 피지도 못하고 지는 꽃이 많았어요."

그 말을 듣는 순간 명정은 피가 거꾸로 솟구치는 것 같았다. 눈앞에 하얀 화선지가 펼쳐졌다. 저도 모르게 명정은 명주의 손을 거칠게 움켜잡았다. 명정은 명주를 이끌고 어딘가로 향해 걸었다. 둘의 발길이 멎은 곳은 비로전. 비로전에 들어서자마자 둘은 누가 먼저랄 것도 없이 서로의 몸을 끌어안았다. 손에 느껴지던 명주의 농밀한 육체. 웃는지 우는지 아니면 신음하는지 정체를 알 수 없는 이명耳鳴이 귓바퀴에 파고들었다.

명주는 '피지도 못하고 지는 것'을 꽃이라고 했지만 명정은 그 말을 다르게 해석한다. 그래서 스님은 딱 한 번 파계를 하게 되는 것인데, 해설자는 참으로 많은 소설에서 남녀의 정사 장면을 보았지만 "비로전에 들어서자마자 둘은 누가 먼저랄 것도 없이 서로의 몸을 끌어안았다. 손에 느껴지던 명주의 농밀한 육체. 웃는지 우는지 아니면 신음하는지 정체를 알 수 없는 이명이 귓바퀴에 파고들었다."란 세 문장만으로 끝내는 소설은 처음 보았다. 짧은 게 문제가 아니라 과감한 생략이어서 정사 장면이 조금도 상스럽지 않고 아름답기까지 하다. 성직자의 파계면 추하거나 역겨워야 하는데 조금도 그렇게 느껴지지 않는다. (하일지의 소설 『경마장 가는 길』의 정사 장면은 얼마나 긴가!)

그런데 서울 수복 이후 명정이 명주의 천도재를 지내 주게 된다. 시체로 발견되자 연고가 있는 이 절로 누가 운구해 온 것이다. 명주라는 처녀가 누구는 빨갱이 물이 들어서 국군한테 처형되었다고 했고 누구는 미군들에게 겁탈을 당한 뒤 자결했다고 하지만 시체는 말을 하지 않는다. 세월이 흘러 명정도 죽는다. 자신의 49재가 열리는 동안 경내를 한 바퀴 돌아본다. "이제, 삶은 죽음에, 죽음은 삶에, 환귀본처還歸本處 하는 봄, 머지않아 한 뿌리에서 피어오른 가지들마다 꽃물이 환하려니, 생각하면서 명정은 다시 걸음을 재촉했다."가 끝 문장이다. 명정과 명주, 두 사람은 어떤 인연으로 만난 것이며 어떤 인연으로 결합한 것인지, 어떤 인연으로 헤어진 것인지 가슴이 먹먹해질 따름이다.

「비로자나, 비로자나」도 '슬픔의 핵'을 다루고 있다. 기자 생활을 한 지 오 년이 지난 '나'는 4박 5일 일정의 앙코르와트 여행을 마치고 귀국하자마자 곧바로 해인사로 간다. 쌍둥이 비로자나불을 보기 위해서였다.

나는 한 불행한 여성의 잔상을 더듬는다. 그녀 이정이는 중학생 시절, 교회 합창단에서 만난 동네 후배였다. 그녀의 아버지는 전형적인 폭력 가장인데 노름빚 때문에 소주에 쥐약을 타 먹고 자살한다. 그렇지 않아도 궁핍하기 짝이 없는 집인데 아버지는 난봉꾼이었고 어머니는 재취였고 딸들밖에 없는 집이었다. 가장이 그 지경이 되어 죽자 동네에서 정이는 약자의 표상이 되고 만다. 낯선 방에서 처음 보는 남자들에게 능욕을 당하고 이튿날 수면제를 한 주먹이나 먹는다. 그 뒤로 작은 회사의 경리를 했는데 캐나다로 갔다는 소문도 들리고……. 그러더니 목을 매달아 자살을 한 것이었다. 화자가 지껄이는 혼잣말은 이 소설집 전체의 주제를 축약한 대목이 아닐까. 우리들 모든 인간의 탄생의 인연, 관계의 인연, 삶과 죽음에 따른 인연 등을 생각하지 않을 수 없다. 우리는 인연을 소중히 생각하고 아껴야 하리.

당신이 올 줄 알았습니다. 어떻게 지냈는가요? 핏줄마다 바늘 끝이 떠도는 듯, 열 손가락의 손톱이 빠진 듯 아린 세월이 흘러갔는데 당신은 어떻게 지냈는지요? 먼저 살던 산동네보다도 높은 곳.

멀리 이사 가서는 소식조차 없더니 이제야 찾아오는군요. 당신 목에 감겨 있던 끈처럼 굵은 인연이 있어서, 아무래도 끊을 수 없는 인연이 있어서 돌아오는군요. 벽제 하늘가 뿌여니 흩어지던 당신이, 허연 살갗이 형체도 없이 사라져 버리던 당신이 이제는 만 가지 말들을 속닥거리면서 내 가슴으로 달려와 안기는군요.

대학 시절에는 시를 쓴 작가이기에 이렇게 문장이 유려한 것일까. 인연설에 대한 말이 선사의 법어나 설법처럼 고차원적이지 않아서 좋다. 비로자나불은 보통 사람의 육안으로 볼 수 없는 광명의 부처를 의미하는 신앙 대상으로, 법신불이라고도 한다. 비로자나불은 항상 여러 가지 몸, 여러 가지 명호, 여러 가지 삶의 방편을 나타내어 잠시도 쉬지 않고 진리를 설함으로써 우리가 살아가는 삶의 현장에서 일체중생을 제도하는 것이다. 비로자나불에 의해서 정화되고 장엄되어 있는 세계는 특별한 부처님의 세계가 아니라 바로 우리들 자신이 살고 있는 현실 세계를 의미한다는 특징을 갖는다. (이상은 『한국민족문화대백과사전』에서 가져온 것.) 이 사바세계에서 중생이 겪는 온갖 고통 중에 도저히 이겨 낼 수 없는 고통을 헤아려 중생제도의 길을 열고자 한 이가 있었지만 이 나라에서만 해도 2021년 한 해에 1만 3,195명이 자살했다.

지난 10년 내내 해마다 이 정도의 숫자를 유지하고 있다고 한다. 기독교로 치면 성령 혹은 성신이라고 할 수 있을 텐데, 우리는 비로자나불을 만나지 못하고 온갖 죄를 다 짓는다. 하지만 환자가 없으면 의사가 필요 없듯이, 중생이 없으면 부처도 필요 없을 것이다. 작가가 통일신라 시대의 쌍둥이 비로자나불을 이 시대에 소환한 이유도 부처는 중생의 아픔을 함께 해야 한다는 것을 역설하기 위함이 아닐까?

일종의 세태 풍자 소설이라고 할 수 있는 「요요」는 붕괴된 가정의 참상, 젊은이들의 성 풍속도, 원조교제 등을 다루고 있다. 하드보일드 문체에 성적 타부 타파, 일상적 매춘 등을 다룬 다분히 충격적인 작품이다. 흑인 미군과 한국인 여성과의 사이에서 태어난 비보이의 명수 킹콩은 인간의 인연에 대해 다시 한번 생각하게 한다. 전쟁이 혼혈아들을 낳은 것이므로.

「태초부터 자비가 충만했으니」에는 3명의 동자승에 대한 이야기다. '멧돼지 말고는 오를 수 없는 북막골 독은암'이라는 곳에 2년 동안 세 사람이 찾아와 예닐곱 살의 코흘리개 남자애를 맡긴다. 주지는 이 세 아이에게 천지, 현황, 우주라고 이름을 붙여 준다. 사춘기를 맞이하고 또 성인이 되자 이들은 주지 스님이 자주 가는 탄광촌 니나노 색싯집의 비밀을 알고 싶어한다. 천지는 사하촌의 유일한 교회 목사의 딸과 눈이 맞아 수도 생활을 그만두고 속세로 가서 농사를 짓고 염소를 키우며 살아간다. 현황과 우주가 이 소식을 듣고 천지의 살림집에 놀러 가서 술판을 며칠 내내 벌인다. 수도를 하는 두 사람이 이 집에서 키우는 염소를 천지의 만류에도 불구하고 잡아 죽여서 푹 고아 먹는다. 현황은 큰 절 강원의 강사가 되고 학승으로 이름을 떨친다. 우주는 주지가 아예 하산해 버리자 절을 물려받아 수행에 들어 큰 깨달음을 얻는다.

「신 반장의 쿠데타 진압 사건」도 풍자 소설이기는 하지만 앞의 소설이 생의 비애를 담아 을씨년스런 느낌을 주는 데 반해 유쾌한 기분을 제공한다. 화자의 어머니는 여걸 풍으로 또순이 스타일이다. 목 뒤에 생긴 혹이 신경을 눌러 수술을 받는다. 어머니는 '반장'이라는 감투를 쓰고 있는데 잔디 심는 아주머니들을 모아서 일터를 데려가는 일이 주된 임무이다. 반장이 무슨 감투라고 병원에 입원하고 수술을 받게 되었다니까 조경 회사에 전화를 해 반장을 하겠다고 두 사람이 나타난다. 어머니가 쿠데타 세력을 잠재우려고 두 사람을 찾아가는데 작은아들의 차를 이용한다. 이 소설의 묘미는 감투를 좋아하는 우리 사회의 병폐를 꼬집어 본 것에 있을까? 아니다. 대학 시절에 쓴 것이라 짐작되는 시 2편에 있다. 그래서 더더욱 작가의 자전적인 이야기가 아닐까, 짐작이 간다.

「태초부터 자비가 충만했으니」와 「신 반장의 쿠데타 진압 사건」은 머시(mercy)라는 부제가 붙은 연작 장편掌篇 소설이다. 작가가 전혀 다른 제재의 서사인 두 작품을 연작으로 묶은 이유가 무엇일까? 두 작품은 삶에서 만남보다 헤어짐이 더 중요하다는 것을 주제로 하고 있다는 점에서 동일하다.

유응오는 충남 부여 태생의 소설가이다. 이 소설집에서 유일하게 고향 이야기를 하니,「연화와운문양」이다. 부여가 낳은 시인 신동엽의 시도 인용이 되고 그의 부인 인병선 여사의 시도 인용된다. 부여의 유적지를 화자의 이모와 함께 배로 둘러보는 길에 만난 두 여성, 영한과 명운의 딸인 연주와 순하에게 이모는 돈을 몇 푼 쥐어 준다.

"두 년 다 일찌감치 학교 공부는 때려치우고 저렇게 읍내 다방을 전전한다는구나. 어린것들이 집 나와서 저게 무슨 고생이라니. 이웃사촌이라고 생판 모르는 남도 아닌데 보고서 어찌 그냥 지나친다니. 해서 얼마 쥐어 줬다."

소설은 순하의 어머니에게로 초점이 이동한다. 참으로 기구한 사연을 갖고 있는 그 여인의 경우도 가슴을 저리게 한다. 화자의 부모가 조개를 잡으러 갔다가 급류에 휩쓸려 차례로 죽은 사연도 인간의 운명에 대해 골똘히 생각하게 한다. 꼽추 소년과 옥련 소녀에 대한 설화도 가슴 아픈 사연을 담고 있다. 나이 마흔에 간질환으로 죽은 신동엽 시인도 그렇고. '패한 고도'인 부여는 또 얼마나 많은 비극을 지닌 곳인가. 소설을 읽다 보니 이 세상은 온통 비극이 미만해 있는 무간지옥 같은 곳이라는 생각이 든다. 하지만 이 혼탁한 흙탕물에서 연꽃을 피워내고자 분투하는 존재가 또한 인간이다.

허리에 손을 얹고 숨을 고르던 이모는 바닥에서 뭔가를 발견한 모양이었다. 이모의 입에서 탄식이 흘러나왔다.
"바닥에 온통 연꽃이 피었구나. 연화밭이로구나."
이모의 말에 바닥을 내려다보았다. 바닥에는 블록마다 연화무늬가 새겨져 있었다. 수백의 연화가 흐드러져 있는 바닥. 그 무늬는 부여박물관에서 봤던 것이었다. 기와나 전돌 등 산 사람들의 집에는 물론이고, 죽은 사람들의 집인 무덤에도 새겨 놓았던 연화와운문양蓮花渦雲紋樣이었다. 움푹 파인 연꽃무늬 사이로 빗방울이 떨어지고 있었다. 흙탕물이 고인 그 모습을 보고 있으려니 관솔처럼 한 데 엉켜 있는 것 같았던 심란함이 온데간데없이 사라졌다. 나는 혀끝에 맴도는 말들을 삼켰다. 그렇다. 우리는 제각기 한 송이의 연꽃을 피우기 위해 살고 있는지도 모르겠다. 살아서는 외등에 새겨 두고, 죽어는 무덤의 천장에 그려 뒀던 백제인의 연화와운문양. 우리는 죽음까지 가져가야 할 영원의 꽃을 품고 있었다. 언젠가 이모가 되뇌었던 말이 떠올랐다.

"참, 곱다. 쓰러질 듯 흔들리다가 다시 일어나고, 고꾸라질 듯 휘청거리다가 다시 일어나고…… 예전에는 왜 몰랐을까? 왜 허투루 보았을까? 저 얄팍한 허리로도 너끈히 큰 꽃잎들을 지탱하고 있으니……."

이 소설의 주제가 집약되어 있는 아주 중요한 대목이고 소설가 유응오의 작가의식이 십분 발휘되고 있는 부분이라서 길게 인용해 보았다. 그리고 문장 하나하나가 시다. 기와나 전돌 등 산 사람들의 집에는 물론이고 죽은 사람들의 집인 무덤에도 새겨 놓았던 연화와운문양……. 그렇지 않은가. 우리는 제각기 한 송이 연꽃을 피우기 위해 아득바득 살아가고 있는 것이 아니겠는가. 지금으로부터 2500년 전에 일국의 왕자 고타마 싯다르타가 왜 부귀와 영화를 누릴 수 있는 궁궐을 박차고 나와 고행의 수도승이 되었을까. 그때도 이 세상은 비극이 철철 넘쳐나고 있었기 때문이다. 그가 붓다로 거듭나 불교를 전파한 이래 이 세상천지에는 연꽃을 피우고자 하는 사람들이 나타났다. 면벽 참선한 불자가 어디 한둘이었으랴. 소설가도 그중 한 부류일 것이다. 인간의 수다한 인연을 살펴서, 허다한 아픔을 보듬어서, 위안의 말을 들려주려는 사람 중에서 우리는 유웅오라는 소설가의 이름을 기억해야 한다. 2001년에 등단하여 벼르고 벼르다 마침내 2023년에 첫 소설집을 묶는 우리 시대의 참된 작가의 이름을.

검은 입 흰 귀

초판 1쇄 발행 2023년 1월 30일

지은이 유응오
펴낸이 이계섭

책임편집 박찬세
디자인 이라희

펴낸곳 (주)백조
주소 경기도 화성시 남여울3길 19 201호
출판등록 2020년 8월 14일
전화 031-8015-0705
팩스 031-8015-0704
E-mail baekjo1120@naver.com

ISBN 979-11-91948-08-0(04810)
값 15,000원

*이 책 내용의 전부 또는 일부를 재사용하려면 반드시 저작권자와 (주)백조 양측의 동의를 받아야 합니다.
*잘못된 책은 바꾸어 드립니다.